地势坤，君子以厚德载物。

戴建业 著

高能宋词课

北京联合出版公司
Beijing United Publishing Co.,Ltd.

图书在版编目（CIP）数据

高能宋词课 / 戴建业著. -- 北京 ：北京联合出版公司，2024.11（2025.1重印）
ISBN 978-7-5596-8016-7

Ⅰ. I207.23

中国国家版本馆CIP数据核字第2024CJ0988号

高能宋词课

作　　者：戴建业
出 品 人：赵红仕
责任编辑：徐　樟

北京联合出版公司出版
（北京市西城区德外大街83号楼9层　100088）
河北鹏润印刷有限公司印刷　新华书店经销
字数200千字　880毫米×1230毫米　1/32　印张10.875
2024年11月第1版　2025年1月第2次印刷
ISBN 978-7-5596-8016-7
定价：58.00元

版权所有，侵权必究
未经书面许可，不得以任何方式转载、复制、翻印本书部分或全部内容。
本书若有质量问题，请与本公司图书销售中心联系调换。电话：（010）82069336

目 录

自　序　讲进去与读进去 _01

引　言　宋词的风情与风韵 _05

第 1 讲　北宋早期的小令与中调 _001

第 2 讲　柳词："不减唐人高处" _020

第 3 讲　周邦彦："词中老杜" _041

第 4 讲　中秋词中的绝唱 _062

第 5 讲　词坛女皇李清照 _087

第 6 讲　女儿身，男儿心 _095

第 7 讲　绰约见天真 _101

第 8 讲　"自是花中第一流" _113

第 9 讲　无限风情 _125

第 10 讲　"怎一个愁字了得" _145

第 11 讲　辛弃疾：诗才与帅才 _163

第 12 讲　痛苦与解脱 _192

第 13 讲　英雄气与婉约词 _210

第 14 讲　稼轩体 _230

附第 15 讲　李煜：绝代才子，薄命君王 _259

附第 16 讲　诗中的理趣 _282

自　序
讲进去与读进去

读者朋友从书名就能看出，拙著《戴老师高能宋词课》是此前《戴老师高能唐诗课》的配套书。过去大家庭里兄弟姊妹的名字，往往以重字重音来表明他们的亲缘关系；前后出版的这两本小书都冠以"高能"，同样也昭示了二者的连贯性。

三年前在B站开了一门诗词课，B站朋友给课程取了个高大上的名字"戴建业高能诗词课"。课程一上线就成为爆款，至今仍是B站的长销课程。拙作《戴老师高能唐诗课》和《戴老师高能宋词课》，读者可以分册单独阅读，也可以两册连续阅读，订购了B站课程的朋友，也可与课程参照阅读，这样，视频与文字既相互补充又相得益彰。

课程取名"高能"，出自B站朋友的美意；书名冠以"高能"，寄托了出版社编辑的厚望。当然，他们也可能是以戴高帽的方式，给我以鼓励和鞭策。

好在课和书都很"争气"，课程从开始的热销到如今的长销，书也同样深受读者朋友的欢迎。《戴老师高能唐诗课》首印就是15万册，年初编辑兴奋地告诉我，它在"微信读书"上的"推荐值"高达92.8%，被"微信读书"评为"神作"。另外，它很快就要和《戴老师魔性诗词课》一起出修订版，后者已重印了十几次，销量快过50万册了。

读者的厚爱是我写作的巨大动力，也是我写作的巨大压力。读者读书就像茶客品茶，随着品鉴越来越精，胃口也越来越大，要求自然会越来越高。只有不断让自己的作品"更上层楼"，才是对读者最好的回馈。

这样，就必须不断超越自己，重复无异于自寻绝路，"苟日新，日日新，又日新"，是我为人与为文的标杆。保持自我与突破自我的统一，是写作的一种最佳状态，它会使读者一拿起我的作品，既有老友重逢的温馨，又有新结良朋的惊喜，还有"问姓惊初见，称名忆旧容"的快意。

王国维说"一代有一代之文学"，其实就是一代有一代最繁荣的文体，如汉赋、唐诗、宋词、元曲，其中宋词就是宋代文学的代表。对宋代文人来说，唐诗是一座难以逾越的高峰，而宋词则是一片尚待开垦的处女地；唐诗只是宋人身后辉煌的历史，而宋词则为他们展示了美好的未来。宋代士风与词风又刚好一拍即合，宋代士人生活的精致、为人的风流、精神的风雅、心灵的丰富、感受的细腻，在宋词中表现得淋漓尽致。要想听宋人冠冕堂皇的门面话，你就应当去读宋代的诗文；要想听他们与情人枕边的悄悄话，那就一定要去读宋词。"情感史"是当代的史学前沿，写好了宋词的发展史，也就写好了宋代的情感史。

不过，宋人的心灵敏感细腻，宋词的表现又委婉曲折，其抒情方式更含蓄蕴藉，经由宋词走进宋人的情感世界，通过宋词写宋人的情感史，又谈何容易！

一直记得迟庵师的告诫：讲进去了才是好先生，读进去了才是好学生。课堂上老师讲古典诗词，总是让那几个形容词"加班加点"，翻来覆去都是什么"语言清新""意境优美""情景交融""结构紧凑"。我特别怕老师说"结构紧凑"，自己怎么也看不出哪里"紧凑"，更弄不懂如何"紧凑"；也怕老师说"情景交融"，既不明白如何"交"，更不晓得怎么"融"，听多了甚至怀疑自己有点弱智。后来才知道，这样解读诗词完全浮于诗词表面，这些套语可以形容课本中的任何诗词，就像见面夸人家的男孩"好帅气"，夸人家的女孩"好漂亮"，不过是对诗词说了几句恭维话，听多了不是麻木就是肉麻。

几年前我出过一本《两宋诗词简史》，那是一本宋代诗词的通论，这次我希望阐释得更为深入。原打算重点写苏东坡、辛弃疾、周邦彦、李清照，后来考虑到正在着手单独写一本苏东坡，这次只分析了东坡的代表作，这为李清照与辛弃疾腾出了更多篇幅，因而对他们两位也就着墨更多。易安为婉约词的正宗，幼安是豪放词的代表，他们碰巧都是济南人，又碰巧他们的字号中都有个"安"字，在文学史上并称"济南二安"。李清照无人不爱，但爱她未必懂她；辛弃疾是人皆赞，但"搔痒不着赞何益"？

但愿拙著能把宋词"讲进去"，以引导读者把宋词"读进去"。我自己写得特别卖力，希望朋友们也读得特别有趣。要是大家翻开此书便"欣然忘食"，那我真要乐得"忘乎所以"。

2024 年秋于广州白云山麓

引 言
宋词的风情与风韵

1. 正人君子还是风流浪子?

宋代是个很奇怪的朝代,一方面国力极其孱弱,北宋通常与辽、西夏并称,而且常被辽和西夏暴打,不断向这两个强邻赔款求和,南宋又与金并称宋金,北宋徽、钦二宗先是被金人掳走,南宋后又向金称臣纳贡割地,北宋对辽还只是事之如兄长,南宋对金则不得不事之如君父——对外关系上再也找不到比两宋更窝囊的朝代;另一方面两宋经济繁荣、生活富庶,文化更是昌明发达,在古代即使不能说"绝后",至少可以称为"空前"。人们提到学术便并称汉宋,提到诗文便并称唐宋,提到绘画便并称宋元——不管提到什么都不能落下宋。军事上与辽、西夏、金对阵受尽了屈辱,文化上与汉、唐、元并称则大出风头。

我们马上要讲到的宋词,就是在这样矛盾的社会土壤中产生的。

宋太祖说"卧榻之侧,岂容他人鼾睡",辽、西夏和金的统治者,都与宋太祖"英雄所见略同",所以每一方都想把"卧榻之侧"的邻国灭掉,最后,弄成了南北宋腾出自己的地盘让人家鼾睡的局面。宋代一开国就出现了爱国诗,宋代诗人心里要多憋屈就有多憋屈,北宋王安石就埋怨"家家养子学耕织,输与官家事夷狄"(《河北民》),到南宋岳飞提到金朝更是"怒发冲冠"(《满江红·写怀》)。

过去瞧不起的"四夷",现在成了宋人的强敌,"普天之下,莫非王土;率土之滨,莫非王臣",这类诗句成了对宋人的一种嘲讽。强邻不仅不属于"王土","王土"反而不断割让给强邻。民族的生存长期受到威胁,过去自我中心的"天下"没人敢想,自我中心的民族主义则开始"抬头",北宋石介写了一篇《中国论》。这篇看起来气壮如牛的文章,其实就是想寻求一点民族的自尊:虽然我们军事力量没有四夷的强大,但我们的文化要比四夷的文雅。

宋代理学兴起和兴盛,强化固有的生活观念,高扬民族的传统价值，也与凸显民族的优越和文化的优越有关。由于内向，由于焦虑，由于敏感，于是便把伦理道德推向了荒唐的境地，强调"存天理，灭人欲""饿死事小，失节事大"，这种极端严峻的伦理标杆，增加了人们精神的紧张，也带来内心的冲突，更造成了人们普遍的人格分裂。

这种人格分裂在文学创作上的表现，就是诗文与词像是两张面孔。宋人不仅把男女分出贵贱，也把文体分出尊卑，北宋初期尤其如此。在他们眼中，诗文是文体中的"世家大族"，而词只是近世兴起的"暴发户"。既然称词为"诗余"，自然便用诗文来立言传世，而用词来"簸弄风月"。能在白昼阳光底下说的话，他们大都写在诗歌、散文中，如范仲淹的《岳阳楼记》，"先忧天下之忧而忧，后天下之乐而乐"，真是要多伟岸就有多伟岸；夜晚枕边对太太或情人说的悄悄话，他们大多写进词里，看范仲淹的《御街行·秋日怀旧》，要多缠绵就有多缠绵：

> 纷纷坠叶飘香砌。夜寂静，寒声碎。真珠帘卷玉楼空，天淡银河垂地。年年今夜，月华如练，长是人千里。

> 愁肠已断无由醉。酒未到，先成泪。残灯明灭枕头欹，谙尽孤眠滋味。都来此事，眉间心上，无计相回避。

欧阳修的情况更为明显，他人诗文中的欧阳修是一派"正人君子"，而《六一词》中的欧阳修简直就是"风流浪子"。因此，有人断言不是无赖托名欧阳修，就是政敌故意栽赃欧阳修，《六一词》多半不出自六一居士。事实上，北宋文坛上这种情况十分普遍，《乐章集》中是天天寻欢作乐的柳永，《鬻海歌》中则是忧国忧民的柳永。

你说哪个柳永更真实呢？这一方面说明人性的复杂，另一方面说明宋代文人精神结构的分裂。

到了苏轼才开始以诗为词，诗与词所抒发的情感才逐渐统一。

2. 士风与词风

唐朝伴随着开国而开边，向四周延伸自己的版图，宋朝开国版图不仅没有向外扩张，北方的地盘反而向内收缩。另外，与盛唐时期的开朗张扬不同,士人的精神世界在宋代变为内敛退缩。

盛唐时期,"男儿本自重横行,天子非常赐颜色"(高适《燕歌行》),且不说李白夸耀自己"杀人红尘中""杀人都市中",即使是手无缚鸡之力的王维,也高喊"孰知不向边庭苦,纵死犹闻侠骨香"(《少年行四首》其二)。宋代文人完全没有这般豪雄粗犷,他们的心胸也没有唐人那般阔大,器宇也没有唐人那般轩昂,气势当然更没有唐人那般豪迈,他们逐渐变得内向、细腻、敏感,少数文人甚至有点狭隘、萎靡和颓唐。

有的读者可能会问,岳飞不是有"三十功名尘与土,八千里路云和月",不是也喊出了"驾长车,踏破贺兰山缺。壮志饥餐胡虏肉,笑谈渴饮匈奴血"(《满江红·写怀》)吗?盛唐诗人"四边伐鼓雪海涌,三军大呼阴山动"(岑参《轮台歌奉送封大夫出师西征》),是开疆拓土的进军号角,而岳飞"踏破贺兰山缺"的"壮志",是敌人兵临城下的哀歌。

宋代的文化总体上呈现出一种精致、优雅而又细腻的特点,宋代文人具有极其雅致的审美趣味、极其深厚的文化素养、极其渊博的书本知识,可同时又具有极强的幻灭感,似乎总有一种打不起精神的倦怠意味,即使旷达如苏东坡,即使

刚正如范仲淹,即使富贵如晏殊,在词中也常表现出幻灭、颓唐、倦怠的情绪,表现一些优美、精巧的境界:

范仲淹《苏幕遮·碧云天》:

碧云天,黄叶地。秋色连波,波上寒烟翠。山映斜阳天接水。芳草无情,更在斜阳外。

黯乡魂,追旅思。夜夜除非,好梦留人睡。明月楼高休独倚。酒入愁肠,化作相思泪。

又如晏殊《浣溪沙》二首:

一曲新词酒一杯,去年天气旧亭台,夕阳西下几时回?

无可奈何花落去,似曾相识燕归来,小园香径独徘徊。

一向年光有限身,等闲离别易销魂,酒筵歌席莫辞频。

满目山河空念远,落花风雨更伤春,不如怜取眼前人。

晏殊一生安享尊荣富贵，是当时所有男人都艳羡的"太平宰相"，可他仍然深感"无可奈何"，致慨于"落花伤春"，徘徊于"小园香径"，乍读这两首词还会误以为作者是多愁善感的伤春少女。

超脱旷达的苏轼更在诗词中常说"古今如梦""君臣一梦""人间如梦""未转头时皆梦"：

世事一场大梦，人生几度秋凉。夜来风叶已鸣廊，看取眉头鬓上。

酒贱常愁客少，月明多被云妨。中秋谁与共孤光，把盏凄然北望。（《西江月·世事一场大梦》）

三过平山堂下，半生弹指声中。十年不见老仙翁。壁上龙蛇飞动。

欲吊文章太守，仍歌杨柳春风。休言万事转头空。未转头时皆梦。（《西江月·平山堂》）

再看看苏轼那首豪放词的代表作《念奴娇·赤壁怀古》：

　　大江东去，浪淘尽、千古风流人物。故垒西边，人道是，三国周郎赤壁。乱石穿空，惊涛拍岸，卷起千堆雪。江山如画，一时多少豪杰！

　　遥想公瑾当年，小乔初嫁了，雄姿英发。羽扇纶巾，谈笑间，樯橹灰飞烟灭。故国神游，多情应笑我，早生华发。人生如梦，一尊还酹江月。

　　一起笔"大江东去"，笔力真是一泻千里，"乱石穿空，惊涛拍岸，卷起千堆雪"，那气势更是山呼海啸，词体中难得见到这种排山倒海的气概。可是下阕结尾时突然笔头一转："故国神游，多情应笑我，早生华发。人生如梦，一尊还酹江月。"至此我们才明白，什么"一时多少豪杰"，什么"雄姿英发"，原来都是在"遥想公瑾当年"，至于他自己却是"早生华发"，面对这一切不由得生出"人生如梦"的喟叹。

　　那位落魄潦倒的柳永更是一副嬉皮士的样子，如《鹤冲天·黄金榜上》：

黄金榜上，偶失龙头望。明代暂遗贤，如何向？未遂风云便，争不恣狂荡？何须论得丧。才子词人，自是白衣卿相！

　　烟花巷陌，依约丹青屏障。幸有意中人，堪寻访。且恁偎红倚翠，风流事，平生畅。青春都一饷。忍把浮名，换了浅斟低唱。

　　宋代的士风深刻影响到宋代的词风，宋代词风以委婉细腻为主要特色，雄强豪放的词风十分少见。即使在苏东坡和辛弃疾的词集中，数量上也仍然以婉约词为多。

3. 文体特征与审美趣味

　　宋词能成为一代文学的代表，也与词这种文体特征息息相关，也就是说词的文体特征，最能表现宋代的社会生活，最能满足宋人的精神需求，最能吻合宋人的审美趣味——它既是宋代文化的产儿，也是宋代文化的代表。

　　词的文体特征是什么呢？王国维在《人间词话》中说："词之为体，要眇宜修，能言诗之所不能言，而不能尽言诗之所能言。诗之境阔，词之言长。""要眇宜修"出于《楚辞·九歌·湘君》"美要眇兮宜修"，"要眇"即精致微妙或美丽优雅的样子，"宜修"是说精致修饰得恰到好处，或者说，它是指一种由于修饰而显得极其精致的美。王国维这段话大意是说，词的文体风格微妙精致、优雅新巧，它的风格是优美而不是壮美。它能表现诗所不能表现的东西，但不能抒写诗所能抒写的东西，诗的意境宏阔，词的韵味悠长。

这一特点与词的音乐性息息相关。中国古代诗歌与音乐的关系一直十分密切，《诗经》、汉乐府和词都与音乐相关。和《诗经》相配的音乐，有风、雅、颂，后世把《诗经》中的风、雅、颂统称为雅乐。汉乐府自然也是入乐歌唱的，和汉乐府相配的乐叫清乐（也叫清商乐）；原先歌唱的音乐，或逐渐消亡，或逐渐演变，而配乐演唱的歌词，便成了只能诵读的案头文学。部分《楚辞》也是入乐歌唱的，譬如屈原的《九歌》。《诗经》《楚辞》这些作品，到汉代能唱的人极少，汉乐府到了南北朝情况也一样，它们都不再是演唱的歌词，而成了阅读的文学。魏晋南北朝和唐代诗人的乐府诗，其实大多是不能入乐歌唱的徒诗。和唐宋词相配的音乐就是我们接下来讲的燕乐。

到了唐代，古乐更没有人能演奏，即使有人演奏也很少有人欣赏,如刘长卿的《听弹琴》说:"泠泠七弦上,静听松风寒。古调虽自爱,今人多不弹。"在盛唐时期,"古调"既没有多少人爱,也基本找不到人弹。这时候,从西域传入的"胡乐"与汉族原来的清商乐融合,形成了一种新型的音乐形式——"燕乐"或"宴乐"。宋人沈括在《梦溪笔谈》中所说:"先王之乐为雅乐,前世新声为清乐,合胡部者为宴乐。"燕乐现在已经完全失传,姜夔留下了十七首词的乐谱,但迄今没有人能破译出来。

燕乐成于隋而盛于唐,推动燕乐繁荣和普及的重要人物是唐玄宗,这位酷爱并精通音乐的皇帝,在宫中设置了蓄有数百名乐工的大型乐团——梨园。梨园弟子中有许多著名音乐家、歌唱家、演奏家,如杜甫《江南逢李龟年》一诗说:"岐王宅里寻常见,崔九堂前几度闻。正是江南好风景,落花时节又逢君。"京城培养的许多音乐爱好者,也促进了燕乐的广泛流行。这种新型音乐有舞曲和歌曲,歌曲的歌词当时叫"曲子词","曲子词"就是词的雏形。燕乐中有些曲调的曲拍声调与五言、七言绝句相合,这些五言、七言绝句直接就可以入乐歌唱,如《旗亭画壁》故事中的"寒雨连江夜入吴"(王昌龄《芙蓉楼送辛渐》)、"开箧泪沾臆,见君前日书。夜台今寂寞,犹是子云居。"(高适《哭单父梁九少府》,原诗为长篇五古,为了歌唱截取四句)、"奉帚平明金殿开"(王昌龄《长信秋词五首》其三)、"黄河远上白云间"(王之涣《凉州词二首》其一)。但大多数情况下,直接以诗入曲很难演唱,必须加入和声和泛声才能合拍,像广为传唱的《阳关三叠》也得破句。民间早已开始因声填词,中唐以后文人也开始按乐曲填词,如白居易的《忆江南》之类。

词与《诗经》、汉乐府的区别,一是它们各自所配的音乐不同,也就是前面谈到的雅乐、清乐和燕乐。二是它们创作过程不同,《诗经》和汉乐府是先有词,然后再根据词来谱曲,也就是人们常说的"依词谱曲";而词则是"依曲填词",先有固定的曲谱,再根据曲谱来填词,所以很少说"写词",而是说"填词"。"填词"可按乐章分阕(又叫"遍""片")的数目,按曲拍定句的长短,按乐声选字的平仄,这就形成了一种不同于诗的长短句体裁。如从上下片换头或不换头,就能判断这首词乐章的特点。如秦观:

纤云弄巧,飞星传恨,银汉迢迢暗度。金风玉露一相逢,便胜却人间无数。

柔情似水,佳期如梦,忍顾鹊桥归路。两情若是久长时,又岂在朝朝暮暮。(《鹊桥仙·纤云弄巧》)

山抹微云,天连衰草,画角声断谯门。暂停征棹,聊共引离尊。多少蓬莱旧事,空回首,烟霭纷纷。斜阳外,寒鸦万点,流水绕孤村。

销魂。当此际,香囊暗解,罗带轻分。谩赢得青楼,薄幸名存。此去何时见也,襟袖上,空惹啼痕。伤情处,高城望断,灯火已黄昏。(《满庭芳·山抹微云》)

上片、下片开头两句,句式不变叫"不换头",如前一首上片"纤云弄巧,飞星传恨",与下片"柔情似水,佳期如梦",句式和字数都一样,这就是"不换头",不换头表明上下乐章完全一样。上片、下片开头的两句,句式变了就叫"换头",如后一首上片开头"山抹微云,天连衰草",下片开头"销魂。当此际",句式和字数都不同,换头则说明上下乐章有变化。

由于词是入乐歌唱的歌词,所以又叫"曲子词",如敦煌词就叫《敦煌曲子词集》;由于曲子词必须入乐歌唱,所以又叫"乐府",如苏东坡的词集就叫《东坡乐府》;由于它的句式长短不齐，所以又叫"长短句"，如辛弃疾的词集就叫《稼轩长短句》。

另外，小令、中调、长调的区别是什么呢？原来的小令、中调、长调大家一看就知道，主要区别是音乐的长短。

后来音乐都消亡了，后世又是如何划分小令、中调、长调呢？清代学者都是按字数来划分的，有的说60字以内，包括60字是小令；从61字到90字之间是中调；90字以上是长调，长调又叫慢词。有的说59字以下，包括59字的是小令；从60字到89字之间属中调；90字以上就属长调。其实，这两种划分都依据字数，二者只有一个字的差别，二者都没有什么根据，大家选任何一种都行。小令都只有一阕（片），中调通常是二阕（片），长调有二、三、四阕（片）不等。

据《旧唐书·温庭筠传》，晚唐五代词人"逐管弦之音，为侧艳之词"，题材不外乎男欢女爱，词境只限于闺阁园亭，词风因而也婉约细腻。词的长短句式、音调节拍以及配乐可歌的特性，使它长于表现一种婉约细腻的女性美，即使是后来苏、辛的豪放词，也必须于豪宕之中蕴韶秀，刚健之中显婀娜，如果只一味刚健和豪放，那词不是近于叫嚣，就是失之浅露。如果一味粗犷，一味豪放，他们的词就不应再叫"词"了。

说白了，词作为一种文体的审美特征是婉约的女性美，细腻柔婉是它的正宗，刚健豪放是它的变调。连"苏门"的陈师道都认为子瞻词"虽极天下之工，要非本色"。清代四库馆臣同样认为："词自晚唐五代以来，以清切婉丽为宗"，苏轼词虽不可说它不工，但"寻源溯流，不能不谓之别格"（《四库全书总目·东坡词》）。大家看看《宋词三百首》，收录婉约词代表人物周邦彦的词是苏东坡词的两倍多。

晚唐五代和北宋前期的词人，对词的体认也印证了词这种特性，如五代欧阳炯的《花间集序》说："递叶叶之花笺，文抽丽锦。举纤纤之玉指，拍按香檀。不无清绝之词，用助妖娆之态。"由此可以看到，晚唐五代文人词大多是写给歌伎舞女们唱的，使她们更加妖娆可爱，更加性感动人。欧阳修在《采桑子》词序中也说，自己填词不过是"因翻旧阕之辞，写以新声之调。敢陈薄伎，聊佐清欢"。

燕乐的娱乐特性决定了词的内容和风格：内容大多为儿女之情，手法大多委婉深曲，情调大多柔媚轻艳，语言也大多凝练精巧。波澜壮阔的社会生活、豪迈激昂的英雄浩气、金戈铁马的战场厮杀，基本不能在词中得到表现，因为这些东西在柔美的乐曲中没有办法歌唱。苏轼以后才有所变化，后面我会讲到。

细腻柔婉这一文体特征，与宋人内向敏感的精神状态，与他们雅致精微的审美趣味，构成了高度的和谐，如张先的《青门引·春思》：

> 乍暖还轻冷，风雨晚来方定。庭轩寂寞近清明，残花中酒，又是去年病。
> 楼头画角风吹醒，入夜重门静。那堪更被明月，隔墙送过秋千影。

"暖"而说"乍"，"冷"而言"轻"，风吹角响以"醒"字来形容，体物既微妙，下字更精细，抒情也含蓄有味。这首词以纤柔清丽的词风，表现词人细腻幽微的感受，它们在艺术上堪称绝唱。

4. 商业的繁荣与宋词的兴盛

宋代经济的高度繁荣，城市文明的高度发展，同时也促进了宋词的繁荣。北宋时期随着商品经济的活跃，南北逐渐形成了一些大都市，商品生产达到什么样的规模，城市就会发展到什么样的规模。北宋首都汴京固然巍峨壮丽，江南的苏杭也同样富庶繁华，柳永是古代最早的城市歌手：

花发西园，草薰南陌，韶光明媚，乍晴轻暖清明后。水嬉舟动，禊饮筵开，银塘似染，金堤如绣。是处王孙，几多游妓，往往携纤手。遣离人，对嘉景，触目伤情，尽成感旧。

别久。帝城当日，兰堂夜烛，百万呼卢，画阁春风，十千沽酒。未省、宴处能忘管弦，醉里不寻花柳。岂知秦楼，玉箫声断，前事难重偶。空遗恨，望仙乡，一饷消凝，泪沾襟袖。（《笛家弄·花发西园》）

东南形胜，三吴都会，钱塘自古繁华。烟柳画桥，风帘翠幕，参差十万人家。云树绕堤沙，怒涛卷霜雪，天堑无涯。市列珠玑，户盈罗绮，竞豪奢。

重湖叠巘清嘉，有三秋桂子、十里荷花。羌管弄晴，菱歌泛夜，嬉嬉钓叟莲娃。千骑拥高牙，乘醉听箫鼓，吟赏烟霞。异日图将好景，归去凤池夸。（《望海潮·东

南形胜》)

  吴会风流。人烟好，高下水际山头。瑶台绛阙，依约蓬丘。万井千闾富庶，雄压十三州。触处青娥画舸，红粉朱楼。

  方面委元侯。致讼简时丰，继日欢游。襦温袴暖，已扇民讴。旦暮锋车命驾，重整济川舟。当恁时，沙堤路稳，归去难留。(《瑞鹧鸪·吴会风流》)

这三首词分别写"帝城""银塘似染，金堤如绣"的金碧辉煌，杭州"市列珠玑，户盈罗绮"的"豪奢"，以及苏州（一说杭州）"青娥画舸，红粉朱楼"的"富庶"。杭州后来成了南宋小朝廷的京城，集中了江南的财富，"山外青山楼外楼，西湖歌舞几时休"（林升《题临安邸》），这座城市变得更加美丽迷人。

唐朝的首都长安，只有像元宵节等少数节日，才会"金吾不禁夜，玉漏莫相催"（苏味道《正月十五夜》），大多数时候都要宵禁，一入夜早早就罢市了。

而宋朝的大都市，全都整夜灯火通明。你们去看看《清明上河图》，它呈现了汴京的商业盛况，当时的汴京是座不夜城。汴京是有上百万人的大都市，而古代没有互联网，城里没有电影院，家中又没有电视机，个人更没有手机，上百万人聚在一起难道整夜干坐着？

词虽然产生于唐代，其实它是老天专为宋人准备的礼物，怕宋人——特别是宋代文人——晚上无聊，特地"造好"词这种文体供宋人娱乐。

任何一部文学作品，任何一种文学体裁，不过是作者在用笔向人倾诉衷肠。俗话说"到什么山上唱什么歌，见什么人说什么话"，每个作者下笔之时心中都有一个拟想的倾诉对象，这种拟想的倾诉对象，不仅决定词的内容，也决定词的语言，甚至决定了词的语调，当然更决定了词的风格。

宋词因拟想的人受众不同，呈现出不同的艺术风貌——有的是所谓"雅词"，有的是所谓"俗调"。前者取悦高雅的士人君子，后者取悦下层的市井小民。前者如晏几道的《鹧鸪天·小令尊前见玉箫》：

小令尊前见玉箫，银灯一曲太妖娆。歌中醉倒谁能恨，唱罢归来酒未消。

春悄悄，夜迢迢，碧云天共楚宫遥。梦魂惯得无拘检，又踏杨花过谢桥。

这是一首艳情词，也是一首怀人之作。宋代文人与歌女交往密切，留下了大量的艳情词。所谓艳情就是"走私"的爱情，不为社会或伦理所认可的爱情。此词上片写当年一见钟情，下片写如今思念不已。酒席之前，银灯之下，玉箫献唱一支小令，不只歌儿是那样甜美，人儿更是"太妖娆"，晏几道完全心醉神迷，在销魂的歌声中为她"醉倒"，唱罢归来后仍然"酒未消"。正因为玉箫人儿倾城，才使得词人为她倾倒，一夜的艳遇成了一生的念想。

邵博《邵氏闻见后录》载："伊川（程颐）闻诵晏叔原'梦魂惯得无拘检，又踏杨花过谢桥'长短句，笑曰：'鬼语也。'意亦赏之。"程颐这位道学家平时总是一脸正经，真想不到，对"梦魂惯得无拘检，又踏杨花过谢桥"这种"鬼语"，他竟然还"意亦赏之"，其他文人对它的喜爱更会如醉如痴，可以想象这类"雅词"在士大夫中有多大的市场。

晏几道常用词表现对歌伎的一往情深，小晏词的受众是和他一样的文人雅士，市井小民的男欢女爱在他的视野之外，这位"官二代"不了解市井小民的生活,客观上不可能接触下层百姓,主观上也不愿意放下身段,不管是情趣还是审美,他都不会欣赏市井小民的爱情。而柳永的情况则大不相同,一方面他出身官宦人家,他知道哪种情调才"雅",另一方面他又一生蹉跎,只能在底层妓女中厮混,有机会体验普通百姓的爱情,并能欣赏和认同"世俗"的情趣,加之他又具备多方面的才能,所以他既能写"雅词",又能唱"俗调"。家庭教养和城市文明,使柳永能"雅"能"俗",而且是大雅大俗。我们来看看他的俗词,如《定风波·自春来》:

> 自春来、惨绿愁红,芳心是事可可。日上花梢,莺穿柳带,犹压香衾卧。暖酥消,腻云亸,终日厌厌倦梳裹。无那!恨薄情一去,音书无个。
>
> 早知恁么,悔当初,不把雕鞍锁。向鸡窗,只与蛮笺象管,拘束教吟课。镇相随,莫抛躲,针线闲拈伴伊坐。和我,免使年少,光阴虚过。

张舜民的《画墁录》记述一件有趣的逸事:因下第写下《鹤冲天·黄金榜上》,其中"忍把浮名,换了浅酌低唱"触忤了宋仁宗，柳永跑到宰相厅和晏殊套近乎。"晏公曰：'贤俊作曲子么？'三变曰：'只如相公亦作曲子。'公曰：'殊虽作曲子，不曾道"绿线慵拈伴伊坐"。'柳遂退。"宋人称宰相为相公，柳永希望能与晏殊有共同话题，他明白相公喜欢作曲子，回答时说自己与相公有共同爱好——"只如相公亦作曲子"，我和相公一样也作曲子。哪知拍马屁拍到马蹄子上了，晏殊没有给柳永一点面子，对他说我虽然也"作曲子"，但从不作"绿线慵拈伴伊坐"这种俗曲子。不是张舜民记忆有误，就是晏殊记忆有误，柳永原文是"针线闲拈伴伊坐"。"针线闲拈伴伊坐"，是市井女孩心中温馨的夫妻恩爱，在晏殊眼中却显得俗不可耐。这首词大量运用市民的口语、俗语，如"是事可可""厌厌""无那""无个""怎么""镇相随""抛躲"，都是当时的市井口语，相当于今天的地方方言。

柳永唱出了市井小民的心声，市井小民也捧红了柳永，当年就出现了"凡有井水饮处，皆能歌柳词"的盛况（叶梦得《避暑录话》），而这一切都是商业繁荣和城市发展的结果。

5. 宋词发展的节点与本书讲到的词人

最后和大家聊一下唐宋词的发展，交代一下本书内容。

假如说唐代诗人留给宋人的，是一座难以逾越的高峰，那么唐五代词人留给宋人的，则是一片广袤的处女地，宋代词人在这儿可以开疆拓土，随便撒播种子就可以丰收，所以宋词比宋诗更有独创性。

唐宋词的发展，大概有如下几个重要的节点，本书要重点讲到几个关键词人。

现已发现的敦煌曲子词最早产生于七世纪中叶，除极少数诗客的作品外，其中大部分可能是来自民间的歌唱，词风一般都朴质明快，体式有小令、中调和慢词，内容较后来的《花间集》也要广泛得多："有边客游子之呻吟，忠臣义士之壮语，隐君子之怡情悦志，少年学子之热望与失望，以及佛子之赞颂，医生之歌诀，莫不入调。其言闺情与花柳者，尚不及半。"（王重民《敦煌曲子词集叙录》）中唐诗人如戴叔伦、张志和、白居易、刘禹锡等采用这种体裁进行创作时，体式一色都止于小令，风格还带有民歌的活泼清新。晚唐创作的文人越来越多，他们运用这种体裁的技巧也更熟练，可惜随着词中辞藻越来越华丽香艳，它所反映的生活却越来越狭窄贫乏，词逐渐成了公子佳人和权贵显要们歌台舞榭的消闲品。在仕途上潦倒失意的温庭筠，是晚唐填词最多的作家，现存的70多首词内容"类不出乎绮怨"（刘熙载《艺概·词曲概》），艺术上的主要特色是丽密香软，稍后的花间词派尊他为鼻祖。与温齐名的韦庄所写的题材也不外乎男女艳情，只是词风上变温词的浓艳为疏淡。

战乱频仍的五代，只有西蜀和南唐免遭兵火之灾，宜于簸弄风月的小令便率先在这两个小朝廷繁荣起来。《花间集》中的词人除温、韦外多为蜀人。南唐最著名的词人是李煜，他的早期词风情旖旎、妩媚明丽，晚期词以白描的手法抒发亡国的深哀，于词的题材和境界是一大突破。王国维在《人间词话》中说："词至李后主而眼界始大，感慨遂深，遂变伶工之词为士大夫之词。"冯延巳也是南唐的一位重要词人，其词洗温庭筠的严妆为淡妆。

宋初词基本也是花间词的延续，这时最可称述的词人是二晏和欧阳修。晏殊、欧阳修都受惠于冯延巳词，前者得冯词之俊，后者得冯词之深（见刘熙载《艺概·词曲概》）；前者词风温润秀雅，后者词风深婉沉着。晏几道的一生前荣后枯，常以哀丝豪竹抒其微痛纤悲，别具低回蕴藉的艺术效果，其清词俊语更是独步一时。

小令在晚唐五代和宋初是一枝独秀。张先以小令笔法创作了20多首慢词，明显带有由小令向慢词过渡的痕迹。柳永是词的发展史上一个非常重要的人物，他是宋代第一位专业词人，使长调和小令、中调平分秋色。柳词在艺术上的成就更值得称道，他探索了慢词的铺叙和勾勒手法，使词在章法结构上"细密而妥溜"，更能表现复杂丰富的生活内容；他在翻新旧曲的同时，又自度了许多新曲，并且大胆地采用口语、俗语入词，使词的语言"明白而家常"（刘熙载《艺概·词曲概》）。没有柳永就没有苏东坡，就没有周邦彦，就没有后来的很多人，包括辛弃疾。

那么，词的发展史上的另外一个重要人物就是苏东坡。柳永是发展了慢词，整理和谱写了很多曲谱，他在艺术上对词有多方面的贡献；苏东坡是扩展了词的题材，丰富了词的表现手法，提高了词的格调。他借鉴诗的表现手法填词，也就是人们常说的"以诗为词"，使词成了一种"无意不可入，无事不可言"的新型诗体（刘熙载《艺概·词曲概》），打破了"诗庄词媚"的传统观念。

苏轼的门人和友人，如秦观和贺铸，在填词上仍沿袭"花间"和柳永的路数。周邦彦是北宋后期的词坛大家，被后人称为"词中老杜"和"格律词派"的开创者。他发展了柳永慢词的铺叙技巧，变柳词的直笔为曲笔，深化了词在抒情叙事上的功能；同时他使词的语言更为典雅，词的音调更为和谐。李清照为两宋之际最杰出的女词人，她将"寻常语度入音律"（张端义《贵耳集》卷上），将口语、俗语和书面语锤炼得清新自然，明白如话，创造了后来词人广泛仿效的"易安体"。

南宋前期，辛弃疾以纵横驰骋的才情、雄肆畅达的笔调，在苏轼的基础上进一步扩大了词的疆域，从苏轼的"以诗为词"进而"以文为词"，使其题材更为广阔丰富，意境更为雄豪恢张，想象更为奇幻突兀，手法更为灵活多样。就词风的某些方面相近而言虽"苏、辛并称"，但整体成就上"辛实胜苏"（纳兰性德《渌水亭杂识》）。

南宋后期，姜夔一反婉约派的柔媚软滑，笔致清空峭拔。吴文英与姜夔并肩，词风与姜相反：姜词清空疏宕，吴词质实丽密，他们二人同为格律词派的殿军。

张綖在《诗馀图谱》中指出："词体大略有二：一体婉约，一体豪放"，"婉约者欲其词调蕴藉，豪放者欲其气象恢宏"。

其实，这两派的分流始于柳永、苏轼登上词坛以后，苏轼之前并没有豪放与婉约之分。词人因各自的气质、个性不同，有的偏于柔婉，有的偏于豪放，但这仅是从其大略而言，涉及的具体创作情况十分复杂，婉约者也可能偶尔豪放，豪放者常近婉约，万不可过分拘泥。

原打算只讲唐诗，准备以后专讲宋词，但读者强烈要求，他们迫不及待地想读点宋词。大家的要求合情合理，我一向又喜欢从善如流，于是就把课程调整为唐诗宋词各讲一半。北宋以二晏、欧阳修、柳永、苏轼、周邦彦为主。南宋则主要讲李清照和辛弃疾，前者是婉约派的正宗，后者是豪放派的代表。他们碰巧又都是济南人，李清照号易安居士，辛弃疾字幼安，文学史把他们并称"济南二安"。唐诗的内容大家都听过，配套的书《戴老师高能唐诗课》也都读过，无论是课还是书都已成为爆款，不仅畅销而且长销。宋词更会让你们喜出望外。课的讲法和书的写法都有所改进，至于具体有哪些新的变化，我还得像古代说书人那样卖个关子——欲知后事如何，且听下回分解。

第 1 讲

北宋早期的小令与中调

这一讲我们着重谈小令和中调。唐五代至北宋前期,小令和中调一直是词坛上的主角,柳永登上词坛以后慢词才与小令、中调平分秋色。由于叙事抒情的铺叙展衍,慢词反而相对显豁易懂;由于写法上通常浓缩蕴藉,小令和中调却常词意难明。

学习文学必须从作品入手,为了大家以后知道如何读小令和中调,我们先和大家一起学几首经典作品。这有点像商家做推销,先让大家免费品尝,如果喜欢你们以后再去自学。

这一次讲小令和中调,选词以北宋为主而兼及南宋。

1. 莺莺燕燕

先讲一首张先的小令。

张先（990年—1078年），乌程（今浙江湖州）人，是北宋前期一位著名的词人。他享高寿而又极风流，既解风情，又很风趣；既非常聪明，又十分豁达。这种人在任何时代都有女人缘。八十五岁时他还在杭州娶了个小妾，连晚辈苏东坡都觉得很难为情，还写了《张子野年八十五尚闻买妾述古令作诗》：

> 锦里先生自笑狂，莫欺九尺鬓眉苍。
> 诗人老去莺莺在，公子归来燕燕忙。
> 柱下相君犹有齿，江南刺史已无肠。
> 平生谬作安昌客，略遣彭宣到后堂。

"莺莺""燕燕"在诗词中泛指歌伎或妓女，此处特指张先的小妾。"诗人老去莺莺在，公子归来燕燕忙"，不知道苏东坡是恭维他还是挖苦他。

可以想象，诗酒风流与风花雪月，就是张先词的主要内容。《醉垂鞭·双蝶绣罗裙》便是一首歌咏艳情的小令：

  双蝶绣罗裙，东池宴，初相见。朱粉不深匀，闲花淡淡春。

  细看诸处好，人人道，柳腰身。昨日乱山昏，来时衣上云。

  "醉垂鞭"是词牌，不是词的标题。词牌就是曲调名称，兴起之初依调填词，词的内容与词的曲调完全统一，所以有词牌就无须标题，唐五代至北宋早期通常都是这样。苏轼以诗为词以后，词的曲调与词的内容互不相关，这才必须在词牌之外另加标题，如他的《念奴娇·赤壁怀古》。张先这首《醉垂鞭·双蝶绣罗裙》很有名，被收录在《宋词三百首》中。

  "双蝶绣罗裙，东池宴，初相见。"这三句其实是倒装句，应该是"东池宴，初相见，双蝶绣罗裙"。倒装固然是形式和押韵的需要，也是为了突出重点。他一起笔就是"双蝶绣罗裙"，是为了凸显她的着装。时间大概是春夏之交，天气已经开始热起来了，大家注意，这个女孩穿的裙子是"双蝶绣罗裙"，裙子上面绣了两只小蝴蝶。她穿得淡雅得体。

  "东池宴，初相见"，古人设宴请客吃饭，比我们更风雅。他们一般是怎样设宴的呢？只要条件允许，他们会在一个池塘旁边设宴。这跟我们今天大不一样,我们现在是订个包厢,弄个排气扇转啊转的,真一点意思也没有。

"东池宴,初相见",见到什么样子呢?张先是个情场老手,他看姑娘看得特别有层次,首先看她的衣着——"双蝶绣罗裙"。接着,看她脸蛋——"朱粉不深匀"。由于要见张先这样的社会名流,那个女孩无疑会着意打扮,她既不是素面朝天——过于随意便失之傲,又不是浓妆艳抹——油头粉面又失之俗,你们看她略施淡妆,"朱粉不深匀",稍加晕染表示对主人的尊重,不过分涂抹显示对自己的自信,这样看上去十分明丽,又完全是一派天然,就像诗歌语言极尽锤炼,却不留下人工的痕迹。

下一句写得太漂亮了,"闲花淡淡春",我的个天!这个女孩子给张先的印象太好了,淡妆似有若无,浅笑含而不露,她就像春天野外的一朵闲花,没有任何人工的修剪装点,遍体都散发出淡淡的幽香,清闲脱俗,一尘不染。

上阕写的什么呢?写词人在"东池宴"上对姑娘的第一印象,英语把这叫"first impression"。

下阕过片(阕)不换意,紧承上阕继续写姑娘的容貌:"细看诸处好,人人道,柳腰身。"大家注意,这里也是个倒装句,它应该是:"人人道,柳腰身,细看诸处好。"我刚才说过,词人跟那个姑娘是第一次见面。"人人道,柳腰身"的意思是说,我们还没有见面的时候,人人都说这个姑娘长得真美,"柳腰身"就是古代白话小说中常常形容的"腰如弱柳迎风",也就是我们今天俗话说的"水蛇腰"。大家要想对"柳腰身"有感性认识,可以看看时装表演走 T 台的那些女性模特,她们把身材的美妙展示得分外妖娆。

由于所有人都说她的身材好,这才引起了张先的高度注意:"细看诸处好。"我的个天!岂止是身材好,你们仔细瞅瞅,她头发、眉毛、眼睛、嘴唇、手,样样长得是地方。天哪!没有一样不好。

"昨日乱山昏,来时衣上云。""乱山"是花园里的假山。"昏"就是昏暗。这首词是他见这个女孩子的第二天写的。他说,难怪昨天那个花园里的假山一片昏暗,噢,原来是"来时衣上云"。

"来时衣上云"是什么意思呢?大家看过《天仙配》没有?天仙从天上下来的时候,衣角后面就带有云彩。张先是什么意思呢?他是说"此女只应天上有",这个女孩子不是人世的凡胎,她是仙女下凡。

"昨日乱山昏"中的"乱山",上承首句的"东池",可见他们是在花园里吃饭,花园里有树有花有山有水。古代的富贵人家都有私家园林。

最后,我想告诉大家的是,这位"朱粉不深匀"的女孩,其实是一个风尘女子,多半是一位歌伎。我们怎么知道她是个风尘女子呢?因为古代的大家闺秀,绝对是大门不出二门不迈的,根本不会陪一般的男人在外面吃饭。

这首词把一位歌伎写得如此细腻、典雅、高贵,把她精致化、高雅化、贵族化,与其说是写眼前的歌伎,不如说是写他心中理想的女神。

唐宋词中的情词多属艳情,写与风尘女子的纠葛缠绵,写歌伎的花容玉貌。现略讲一首晏殊的《浣溪沙·淡淡梳妆薄薄衣》,便于大家参读比较,以提高自己细腻的感受能力:

淡淡梳妆薄薄衣。天仙模样好容仪。旧欢前事入颦眉。

闲役梦魂孤烛暗,恨无消息画帘垂。且留双泪说相思。

晏殊与张先是同时代的词人，词中女孩的打扮也是"淡淡梳妆"，长得也是"天仙模样"，穿着也是"薄薄衣"，由此可以看出宋代文人对异性的审美趣味，普遍崇尚素淡高雅，这与他们对诗文和工艺的审美十分一致。出土的宋瓷都是白净的素瓷，与大红大绿的唐三彩大异其趣。

2. 情深语俊

晏几道，字叔原，号小山，是太平宰相晏殊的幼子，父子同为北宋杰出词人，大晏温润，小晏情深，文学史家将他们并称为"二晏"。

年轻时我就偏爱晏几道，近年来时常重读《小山词》，就像又吃到儿时喜欢的家乡菜，细嚼慢咽，生怕一口吃完。

黄庭坚在《小山词序》中说："叔原固人英也，其痴亦自绝人。"性怪者才异，痴绝者情深，晏几道生就是个情种，《小山词》常以俊语抒深情，《鹧鸪天·彩袖殷勤捧玉钟》便是其代表：

彩袖殷勤捧玉钟，当年拚却醉颜红。舞低杨柳楼心月，歌尽桃花扇底风。

从别后，忆相逢，几回魂梦与君同。今宵剩把银釭照，犹恐相逢是梦中。

此词写与情人的久别重逢，从内容上看，情人或许是一位萍水相逢的歌伎。他们在舞场上一见钟情，舞跳到天明，歌也唱得尽兴，姑娘给他留下深刻的印象。彩云易散难重聚，多年后突然见到当年的"彩袖"，又勾起了自己美好的回忆，更抑制不住自己的意外惊喜——词就是抒写这两方面的内容。

"彩袖殷勤捧玉钟，当年拚却醉颜红。"他以衣服来暗示人，穿的既是"彩袖"，人自然更是美人。"彩袖"后面紧接"殷勤"，大家注意，衣着是"彩袖"，态度是"殷勤"，姿势是手"捧"，"捧"的又是"玉钟"，"玉钟"里斟的无疑是美酒。有几个男人能经受住这样的诱惑？"彩袖"本易让男性激动，"殷勤"更让人心醉，捧的"玉钟"同样使人难以自持。我的个天！这就引出了第二句"当年拚却醉颜红"，这么美的姑娘，这样的美酒，这么好的态度，我平时即使滴酒不沾，今天也要拼命喝个够！"拚（pàn）却"就是不顾一切要喝得满脸通红，酩酊大醉。

"醉颜红"以后，他们马上就嗨起来了："舞低杨柳楼心月，歌尽桃花扇底风。"跳舞从月亮东升跳到月亮西斜，"杨柳楼心月"画面特别美，杨柳依依掩映雕栏画栋，在悠扬的舞影中明月冉冉西沉。唱歌的时候，女孩手执桃花扇作为道具，古代女孩用的桃花扇，分为折叠扇和团扇，扇面画了桃花、杏花等作为装饰，这句是说姑娘一直唱、跳到筋疲力尽。他们俩一见倾心，女孩殷勤，词人忘情，跳舞跳沉了月，唱歌唱尽了风。

上句"舞""杨柳""月"为眼前实景，意思比较好懂；下句"桃花""风"全属虚拟，"桃花"不过扇的修饰语，并非真有桃花，"风"更是主观感受，大意指歌声在空气中回荡。这种虚实结合的写法，使得对偶句既逼真又空灵。

这两句是千古俊语，苏门学士晁补之赞不绝口："叔原不蹈袭人语，而风调闲雅，自是一家。如'舞低杨柳楼心月，歌尽桃花扇底风'，自可知此人不生在三家村中也。"晏几道虽写歌伎的"疯狂"，但气度雍容华贵，色彩浓丽而不艳俗，语言工致而又清新。

上片写初遇之乐，下片写别后之思及重逢之喜。上片"当年"暗示事属过去，下片"从别后"交代是写眼前。

"从别后，忆相逢"，这两句用笔回环曲折，明明是要写重逢之喜，偏偏先写相思之苦。它全用朴素明白的口语，全然像脱口而出，与上两句的精工华丽形成反差，"舞低杨柳楼心月，歌尽桃花扇底风"，宴会交际自然要讲排场；"从别后，忆相逢"，个人相思不妨直率；"几回魂梦与君同"，多次梦中两人又在一起缠绵。在古典诗词中，"君"可以指女方也可以指男方，具体所指要看上下文。我把这首词理解为词人的独白，此处的"君"指姑娘。

"几回魂梦与君同"，结构上承上启下。"今宵剩把银釭照"，"剩把"就是尽把，"银釭"就是搁蜡烛的银质灯台，就是拿着蜡烛反复地去照她。"犹恐相逢是梦中"，"犹恐"就是仍然担心。原先多次梦中相逢，好像是真的一样，现在真的重逢了，好像是在梦中，往者梦也以为真，今者真却疑为梦，笔法上极尽回环往复之妙。

陈匪石称这首词"笔特夭矫，语特含蓄。其聪明处固非笨人所能梦见，其细腻处亦非粗人所能领会，其蕴藉处更非凡夫所能跂望"（《宋词举》）。

这首词是语俊而情深的典范之作，大家要想不被笑为"笨人""粗俗"，尽快脱俗而入雅，由粗而变精，就得反复诵读它，细细品味它，说不定哪一天真的脱胎换骨，早晨一起床另一半对你睁大了眼睛："我的宝贝，又聪明又灵秀！"

为了提高大家细腻的艺术感受能力，参读南宋著名词人姜夔的《踏莎行·自沔东来丁未元日至金陵江上感梦而作》：

燕燕轻盈，莺莺娇软，分明又向华胥见。夜长争得薄情知？春初早被相思染。

别后书辞，别时针线，离魂暗逐郎行远。淮南皓月冷千山，冥冥归去无人管。

上面晏几道的《鹧鸪天·彩袖殷勤捧玉钟》写重逢后的惊喜，而此词只是写对情人的真挚相思。

题中的"沔（miǎn）东"就是今天武汉市的汉阳区，姜夔早年流寓此地。"丁未元日"指南宋淳熙十四年（1187年）元旦。"金陵"是今天南京的古称。词题的意思是说，从沔东出发丁未元日才到金陵，舟次江上梦有所思所感而作此词。这段话与其说是标题，还不如说是自注，交代作词的缘由。

"燕燕轻盈，莺莺娇软"，"燕燕""莺莺"代指情人，字面来于苏轼的"诗人老去莺莺在，公子归来燕燕忙"。"轻盈"状其体态,"娇软"形容声音,他的情人体态轻盈优雅,说话更柔软娇媚。"分明又向华胥见"的"又向",说明"燕燕轻盈,莺莺娇软"是梦中所见,还是从前那可人的体貌,还是从前那娇美的声音!"华胥"是梦中的意思。

"夜长争得薄情知?春初早被相思染",是梦中听到情人的娇嗔埋怨:漫漫长夜的孤寂,你这薄情郎怎么体会得到呢?一到春天我就沉湎在相思中,你这薄情郎又怎么会知道呢?狗东西!"怨偶"是大家都熟悉的词语,其实情到深时怨自多,男孩有多爱怜,女孩就有多娇怨,这就是俗话说的打情骂俏。情要"打"而俏须"骂",这是爱意的另类表达,骂他"薄情"正是说他多情,表明他们之间过去非常缠绵亲昵。

下片写醒后的"感梦"。

"别后书辞,别时针线"两句,是说别后的情书还带在身边,别时的衣服还穿在身上。"离魂暗逐郎行远"的"离魂",是指情人别后依然入梦,古人以为梦中见到某人,不是因为自己日有所思,而是因此人有所思而入我梦,所见某人便是此人的游魂或离魂。前两句写自己对情人的念念不忘,后一句写情人对自己的恋恋不舍。

"淮南皓月冷千山,冥冥归去无人管"为王国维所激赏:

"白石之词,余所最爱者,亦仅二语,曰'淮南皓月冷千山,冥冥归去无人管'。"(《人间词话》)"淮南"就是今天的合肥市,姜夔早年在那儿与一位姑娘相恋,这次梦中见到的也是这位女神。"离魂"痴情追来,自然也必须归去,如杜甫《梦李白》"魂来枫林青,魂返关塞黑",姜夔这两句可能受到杜甫的影响。银白的月光洒遍万水千山,淮南到处一片孤寂清冷,她一人踽踽独归以后,又有谁来怜惜关心她呢?看着她归去的背影,顿生怜香惜玉之情。

此词情感层层转深:因思而梦,因梦而见,因见而怜。另外,和上首晏几道的词一样,它也是以俊语写深情,如"燕燕轻盈,莺莺娇软"和"别后书辞,别时针线",无不对偶精工而音韵流美。

3. "言情神品"

我们再看一首周邦彦的名作《少年游·并刀如水》,清人陈廷焯赞它"妙绝古今"(《云韶集》),王又华更惊叹"意思幽微,篇章奇妙,真神品也"(《古今词论》)。

在讲周邦彦词之前,先了解一下周邦彦其人。大家都知道柳永生前是词坛大V，"凡有井水饮处，皆能歌柳词"，到处都是柳永的粉丝。其实，周邦彦比柳永更牛，宋代陈郁《藏一话腴》称："二百年来，以乐府独步，贵人、学士、市侩、伎女，皆知其词为可爱。"柳永还只是在大众中受追捧，精英如晏殊、苏轼、李清照等人都认为柳词太俗，可周邦彦贵贱通吃，雅俗共赏，甚至被尊称为"词中老杜"，词人推他为词坛巨擘（陈廷焯《白雨斋词话》），在词史上"前无古人，后无来者"（陈匪石《宋词举》）。

周邦彦是钱塘人，就是今天的杭州人，他多才多艺，是著名的词人、文学家，也是著名的音乐家。

他后来提举大晟府，大晟府是朝廷最高的音乐机构。他主要负责谱制词曲以供奉朝廷。

据《宋史》载，年轻时的周邦彦"疏隽少检"，直说就是生活很放荡，乡亲都觉得他是个浪荡子。不过，这小子还真有放荡的本钱，他不只是脸蛋好看，而且脑瓜好使，更加之刻苦好学，从小"博涉百家之书"，用今天的话来说，周邦彦有才有学还有型，外加有官又有钱。像他这种要什么有什么的男人，在宋朝那种对文人宽松的环境中，要真的不"犯男女错误"，那不是圣人就是病人。

八卦说他和李师师相好,李可是北宋后期京城的名妓。又有八卦说宋徽宗也喜欢李师师,周邦彦后来遭贬与这段情缘有关。张端义、周密等人更说得有鼻子有眼,称这首词因宋徽宗与李师师而作。不过,这些全是道听途说的稗官小说,人家姑妄言之,我们姑妄听之。

闲言少叙,来看原作:

并刀如水,吴盐胜雪,纤手破新橙。锦幄初温,兽烟不断,相对坐调笙。

低声问:向谁行宿?城上已三更。马滑霜浓,不如休去,直是少人行。

"并刀如水,吴盐胜雪,纤手破新橙。""并"是指山西并州,今天山西省太原市一带。并州刀在宋代是非常有名的。"如水"就是形容刀银光闪闪,好似波光粼粼的水面闪光。并州刀又锋利又不生锈,看上去闪闪发亮。这里的"并刀"指非常精美的水果刀。"吴盐"就是今天苏州一带的海盐。"胜雪"是说吴地的盐洁白如雪。李白《梁园吟》有"吴盐如花皎白雪"句。"纤手破新橙","纤手"就指女孩子的纤纤玉指,通常形容手精巧美丽。"破"就是切开、剖开。"新橙"就是刚刚上市的橙子。宋朝的橙子上市的时间，一般比我们今天略微晚一点，大约在初冬时节。

字面意思现在大家都明白了吧？接下来我要问大家，这三句写的什么名堂呢？

周邦彦来到这个姑娘的香闺，姑娘是真心喜欢周邦彦，但是她并没有说看到周邦彦如何如何激动，全都用一连串的动作细节来表现。

且看他如何着笔：她拿出最好的刀、最好的盐、最新鲜的橙子。

可能有人又要问：剖橙子要刀可以理解，吃橙子为什么要盐呢？这就涉及宋朝人对橙子的吃法。他们把橙子切开以后，在上面撒一点薄盐，等盐渗进去了再吃。古人说："若要甜，撒点盐。"不像我们今天吃橙子，把橙子切开拿着就吃，像猪拱白菜似的一点也不雅观。宋代精英的生活非常精致。

大家注意"纤手破新橙"这一句，那姑娘拿出最好的刀、最好的盐、最新鲜的橙子，已算是够殷勤够隆重了，更要命的是，她还不叫丫鬟来切橙子，而是"纤纤玉指"亲手为周邦彦"破"橙。亲自为心爱的情郎切橙子，亲切之中更显亲昵，你们听懂了没有？我还想告诉大家，男人是一种奇怪的动物，哪怕同一个橙子，用不同的手破开，味道就大不相同。

刚刚吃完橙子，马上就"锦幄初温"，房间里烧上炭火，顿时房里温暖如春。立即又在房里点上檀香——"兽烟不断"。什么是"兽烟"呢？古人把点香的香炉做成各种野兽的形状，看上去像美观的装饰品，所以把缭绕的香烟叫"兽烟"。古代富贵人家都时兴点檀香，这种天然的香能通鼻气，闻起来又清香四溢。

大家想想，吃完纤手"破"的新橙，房间现在温暖清香，姑娘又是软玉温香，这个房间里一边是俊男，一边是美女，不出事才怪呢，所以才有了后面一句，"相对坐调笙"，他们相互在这里亲密地"调笙"。

上阕以细节写女孩的温馨，下阕以语言写女孩的缠绵。

这么甜蜜的时刻自然过得很快，一转眼就到了夜晚，大概是周邦彦准备离开，这样女孩才"低声问：向谁行宿？"。情郎晚上在哪儿过夜，细心的姑娘对这类事情格外敏感，"低声问"是很轻柔地问，也就是嗲声嗲气地问："向谁行宿？"是说你晚上在哪里过夜？

从"向谁行宿"这句问话，我们很快就能断定他们是一夜情。大家能说说我判定的依据吗？这依据不是理论而是阅历，试想一下，你的爸爸晚上回家后，妈妈会问他今晚"向谁行宿"吗？

没有等周邦彦回答，那姑娘马上就补了一句，"城上已三更"，说现在已经半夜了。

又没有等周邦彦回答，她再加一句"马滑霜浓"，她说外面的路上已经打了霜，街上不是霜就是冰，你现在一上路马会打滑，要是摔倒了怎么办呢？"城上已三更"是说天色很晚，"马滑霜浓"是说上路会摔倒。

也可能真的还在犹豫，也可能是故意吊她的胃口，周邦彦一直没有吭声，那姑娘看周邦彦还没表态，她干脆就直来直去了：今晚"不如休去"。

周邦彦这"狗东西"真的很鬼，到底走还是不走，仍不露一个字，于是姑娘就又补一句："直是少人行。"这是告诉他"休去"的原因，现在街上连人影都没有，你要出去真的很危险。

词写到这儿戛然而止，再说一句就属多余。谁都知道，周邦彦今天夜晚要"犯错误"。

这首词真不愧言情"神品"，没有一丝装点，没有半句套话，就像一幅朴素简洁的写生。上阕"并刀""吴盐""破橙""调笙"宛然如画，又绝非画所能到；下阕"曰'向谁行宿'，曰'城上三更'，曰'马滑霜浓'，曰'不如休去'，曰'少人行'"（陈廷焯《词则·闲情集》），娓娓絮语如闻其声。

上阕细节写得细腻从容，姑娘拿刀、破橙、调笙，无一不温柔细心，丝丝入扣；下阕叙述语言虽然有点情急，但仍然婉转曲折，"低声"软语款款情深。不管是行还是言，都能想见姑娘的缠绵偎倚之情，都能让一个异性心旌摇荡。写的虽是艳情，但不涉半点艳俗。

第 2 讲

柳词:"不减唐人高处"

1. 他当年有多火?

柳永是当年词坛、歌坛上的大神,"凡有井水饮处,皆能歌柳词",你们能想象柳永生前有多红吧?后来连苏东坡也暗自和柳永较劲,总忍不住拿柳永与自己比较:"我词比柳词何如?"(南宋俞文豹《吹剑续录》)

常言道,要等大潮退了,才能发现谁在裸泳。如今世俗红尘已经散了,发现柳永生前并非浪得虚名。

柳永不仅是词人,也是音乐家,他整理了很多曲谱,也亲自谱写了很多乐曲。柳永在词史上、文学史上的地位,主要是他的艺术成就奠定的。他在词体和表现手法上,对词都有重大的开拓和创新。

词发展到柳永才算是"声色大开",从所抒写的情感意绪,到用来抒写的语言、结构和体裁,无不令人耳目一新。自此而后,精致玲珑的小令就不能独领风骚了,春云舒卷的慢词开始与它平分秋色;语言不再一味含蓄典雅,也可以通俗浅显明白如话;结构不再是半藏半露的浓缩蕴藉,而是如瓶泻水似的铺叙描摹。

艺术上柳永贡献最大的是长调,也叫慢词,就是在90字以上的词。通常情况下,长调分为上片、下片,或者叫上阕、下阕,有些长调分三阕,最长的还有四阕。

要是没有柳永,长调的发展可能要推迟很多年。

首先,柳永之前,词人填词多用小令和中调,最早更是小令一枝独秀。自柳永登上词坛以后,他就使长调与小令、中调平分秋色,甚至后来长调成了主旋律,重大的题材、重要的情感、重要的场合,词人往往选择长调。

其次,柳永也发展了长调的结构艺术,他摸索出了一套成熟的长调抒情方法。

最后,柳永对词的语言也有很大贡献,可以说他丰富了词的语言。在他的《乐章集》中,有书面语,有口头语,有雅词,也有俗调。他不只丰富了词的语汇,也拓展了词的语言表现力。

在我看来，柳永对慢词艺术的创新最为突出，这一讲我们主要谈谈柳词的这一方面。刘熙载在《艺概·词曲概》中说，柳词最大的特点是"细密而妥溜，明白而家常，善于叙事，有过前人"。

"细密而妥溜"，是就其结构而言的，"细密"是指阕（片）与阕（片）之间，句与句之间，在章法上衔接得特别紧凑。"妥溜"就是上下句和上下片之间的衔接天衣无缝，没有任何人工的痕迹。

"明白而家常"，是就其语言而言的，主要是指柳词的语言特别平易亲切，像是在和大家拉家常。

2. "领字"的妙用

我们来看看他的两首长调代表作，先讲《八声甘州·对潇潇暮雨洒江天》：

对潇潇暮雨洒江天，一番洗清秋。渐霜风凄紧，关河冷落，残照当楼。是处红衰翠减，苒苒物华休。惟有长江水，无语东流。

不忍登高临远，望故乡渺邈，归思难收。叹年来踪迹，何事苦淹留？想佳人、妆楼颙望，误几回、天际识归舟。争知我，倚栏杆处，正恁凝愁！

讲前提醒大家，学这首词重点关注柳永长调中领字的使用，明白他为何用领字，如何用领字，还要体会词中领字的作用，以及柳永对领字的妙用。领字是指句子前面一字或二字，用领字是为了领起下文，有时领起一整句，有时领起几句，有时甚至领起一整段。

领字在长调中的具体作用要从上下文来体悟，或是提起，或是警醒，或是融贯，或是黏合，或是兼而有之。

结合这首词来谈领字，大家可能更容易领会。

上阕头两句用"对"字领起，"对潇潇暮雨洒江天，一番洗清秋"。这两句勾画出词人登楼所见，词人所面"对"的，时节是暮秋，时间是傍晚，眼前是暮雨。"对"就是个领字，它领起了两句，一直领到"一番洗清秋"。用"潇潇"来形容雨的大小，用"洒"来形容雨落下的样子，可见这是飘飘洒洒寒气阵阵的雨点。"潇潇"是形容稀疏的小雨。万不可忽视这个"洒"字,"洒"是指雨飘下来,不是垂直下的,是斜着下来的。"洒江天"是洒在长江上空。秋天当然不能"洗",词人偏偏说"清秋",是暮雨"洗"出来的,"洗"字用得十分别致生动,"一番洗清秋",傍晚下了一场雨,把整个天空洗得明净,一尘不染,而且时间是清秋,这两句把雨后秋空清朗明净的景象勾勒得十分形象。由"洒江天"逗出"洗清秋"。柳词中常用"洗"字,如"晚晴初,淡烟笼月,风透蟾光如洗"(《十二时·秋夜》);"骤雨新霁。荡原野,清如洗"(《玉山枕·骤雨新霁》)。

接着用"渐"字领起下三句,"渐霜风凄紧,关河冷落,残照当楼",进一步描写眼前的景物变化。"渐霜风凄紧"这五个字,在这前后中间起到了承上启下的作用。为什么这样说?先说承上,"霜风"紧承前面的"清秋"——已入秋天才会有"霜风",同时又回应前面的"洒江天"——是因为正在刮风,雨才会斜着"洒"下来,无风时只会直着落下来。再说启下,"凄紧"就是风刮得越来越急,正因为"霜风凄紧",所以才"关河冷落",才有了"残照当楼"。由于秋风刮得越来越"紧",关河到处都萧瑟凄冷。也由于秋风刮得越来越"紧",所以吹散了天上的乌云,使傍晚的夕阳露出脸来,楼头这才出现了"残照"。秋风越刮越急，越来越寒，山河处处都萧索冷落，楼头残阳也像被冻得发抖，身之所感，目之所见，无不凄凉。

苏轼虽然批评弟子秦观"学柳七作词"（黄昇《花庵词选》），但并不认同柳词俗气之讥，特别对"渐霜风凄紧"三句评价很高，赵令畤《侯鲭录》载："东坡云，世言柳耆卿词俗，非也。如《八声甘州》云：'渐霜风凄紧，关河冷落，残照当楼。'此语于诗句不减唐人高处。"苏轼觉得这三句"不减唐人高处"，大概是指它们的气象境界，可与壮美的唐诗相媲美。唐诗，尤其是盛唐诗，南宋诗人严羽认为其优点之一就在"气象浑厚"，往往呈现出一种高远阔大的气象，这种气象是他们恢宏胸襟的展现，是他们昂扬意气的自然流露，所以能很快打动人心。柳词这几句的景物描写极为开阔高远，"江天""关河"意象都阔大，再以"暮雨""霜风""残照"来写自然景象的动态变化，又用"潇潇""清秋""冷落"等双声叠韵，给读者造成一种强烈的音响效果，而且开头"对"字领起的十三字句一气呵成，接着，"渐"字领起的又一个十三字句一气呵成，前后两个十三字句字数虽同，音节却异，前者为一、七、五，后者则为一、四、四、四，错综流动，一气贯注，所以一下子就能抓住人心。在音节的矫健、气象的恢宏、境界的阔大等方面，它们与唐诗的确十分相近。当然，整首词所传达的情调与盛唐诗大异其趣，它不是盛唐的昂扬进取，而是萧瑟退缩，它是用阔大境界写其浩茫心事，触处生愁，盛唐诗则多是用阔大之境写意气的豪放。

"是处"两个字是领字，一直领到"苒苒物华休"。"红"指红花，"翠"指绿叶，"红衰翠减"是说红花凋零，绿叶枯黄。"苒苒"在这儿是逐渐的意思，"物华"泛指美好的景物。这两句沿着"霜风"一路写下来，装点关河的花木都已凋残，美好景物都已凋枯，处处使人"触目愁肠断"。

"惟有长江水，无语东流。""惟有"又是两个领字，一直领到"无语东流"。从结构上说，"惟有"紧承"物华休"，前面说处处"物华休"，什么美好的东西都没了，眼前"惟有长江水，无语东流"。连长江水对这一切也很伤心，默默无语地向东流去。

大家说这是什么修辞手法？肯定很多人说是拟人，因为说了"无语"。对，这的确是拟人手法，那么为什么是拟人呢？唐圭璋先生解释这两句说："长江本不能语，用'无语'也即'无情'之意。"沈祖棻也认为："江本不能语，而词人却认为它无语即是无情,这也是无理而有情之一例。"这两位先生的解释都还没有讲通透。

在逻辑学中,任何一个否定的判断都预设了一个肯定的前提。比方说,我叫戴建业,说"戴建业此时无语",这是个否定的判断。但它隐含了一个肯定的前提,就是戴建业会说话,但他现在没有说话。我们能不能说"这头猪此时无语"?猪本来就不能说话,那它就不是否定判断,而是无效判断了。诗人、词人常用这个道理运用拟人手法。"惟有长江水,无语东流"二句,现在大家懂得为什么是拟人了吧?他是说,长江本来会说话,面对着"红衰翠减,苒苒物华休",它痛苦得一句话也说不出来。江水本来不能说话而"无语",说长江"无语"如果在论文中,就是一句符合事实的废话,但在诗句中却很有情韵,因为它仿佛表示长江原先本来能语、会说,而此刻才痛苦地沉默"无语"。无情的长江也十分伤心,词人的伤心就在不言之中了。长江"无语东流"正是预先设定了长江能语的前提,"无语"是说长江因痛苦而沉默不语,面对"红衰翠减"的景象它无限感伤。假如认为长江本不能语而又说它"无语",那不是说了一堆废话吗?诗人们常把无情写得多情:如写山,"暮雨自归山悄悄"(李商隐《楚宫二首》其二),"万壑有声含晚籁，数峰无语立斜阳"（王禹偁《村行》）；如写日，"凭阑久，疏烟淡日，寂寞下芜城"（秦观《满庭芳·晓色云开》），"怅望倚层楼，寒日无言西下"（张昪《离亭燕·一带江山如画》）。

上阕"对潇潇暮雨洒江天"，一直到"无语东流"，全部是他"对潇潇暮雨洒江天"看到的景象。

下阕换头处由景入情。上阕秋江暮雨、关河冷落、残照当楼，全是词人登高之所见，而下阕换头处却说"不忍登高临远"，"不忍"句在章法上是承上启下，在感情上则转折腾挪，委婉曲折。为什么这样说呢？大家听懂了没有？读到"登高临远"，马上就会想到上阕的起句"对潇潇暮雨洒江天"，原来是"登高临远"之所见，下阕便写"登高临远"之所思所感。

他为什么要"登高临远"呢？为的是"眺望故乡"，然而"故乡渺邈"，"渺邈"是指遥远的样子，不仅望不到故乡的影子，映入眼帘的是萧疏的秋景，这反而更引起急切的思乡之情。"归思难收"是说"登高"本想眺望故乡，可是再高也望不到故乡，这弄得自己更是思家。望故乡带来更多痛苦，自然使他觉得望而又"不忍"，不望故乡又思念故乡，所以要他不望而又不能，写出词人内心辗转反侧的纠结，"不忍"二字感情上转折腾挪，现在大家明白了吗？另外，还得提醒大家，"不忍"是领字，提领后面的三句。

既然如此依恋故乡，那干吗要轻率地离开故乡呢？这便引出了词人的自问自叹："叹年来踪迹，何事苦淹留？"又用一个领字"叹"，一直领到"淹留"。这两句是写自己的内心活动，检点近年来落拓江湖的行踪，免不了要自问这究竟是为什么，自然就会"叹年来踪迹"。这句紧承前面的一句"归思难收"，他特别想家，望家又没望到，痛苦得要死，这就难免生出感叹，他说，柳永你这几年在外面干啥，你想家为什么不回去呢？"淹留"就是长久滞留。你干吗长期在外面滞留不归呢？"何事"就是为了什么事，连他自己也搞不清楚为什么要在外面滞留。人生有很多无奈，真是回去有回去的痛苦，留下有留下的难处。在"归思"和"淹留"的矛盾之间，词人有多少归也未能归，住也不知如何住的难言之隐？

由自己的思乡心切，联想到妻子盼望自己归来，词人便从"叹"过渡到了"想"："想佳人、妆楼颙望，误几回、天际识归舟。争知我，倚栏杆处，正恁凝愁！""想佳人"的"想"，是一个领字，一领到底，一直领到尾句"正恁凝愁"。"想"就是料想、猜想、预想。"颙望"就是眼睛盯着远处眺望。"佳人"指他的太太或情人，我假定是他太太。"想佳人、妆楼颙望，误几回、天际识归舟"几句，大意是说，我估摸，太太肯定经常在绣楼上眺望，一次次看到远处的归船，高兴地说我家柳永回来了，可惜一次次都叫她非常失望。

"天际识归舟"借用谢朓的名句，出自谢诗《之宣城郡出新林浦向板桥》："天际识归舟，云中辨江树。"谢朓是实写江景，柳词借用其语，是虚写想象中的妻子思夫形象，她经常在妆楼上呆呆地望着远处的归帆出神，三番五次地误以为船上有归来的丈夫。

"想佳人、妆楼颙望"几句，又化用了温庭筠《望江南·梳洗罢》的词境："梳洗罢，独倚望江楼。过尽千帆皆不是，斜晖脉脉水悠悠。肠断白蘋洲。""想佳人"几句所写的感情与温词相同，但柳词加上"误几回"三字，便比温词更显得灵动有味。"佳人"多少次被希望和失望捉弄，一定要埋怨自己长期在外面不回。"误几回"是说几次去接都没接到。你们要是到飞机场、码头、汽车站、火车站去接过人就知道，如果飞机晚点、火车晚点了，一接没看到人，两接没看到人，就会很烦。前面感叹"何事苦淹留"，连词人自己对自己何苦要在外面漂泊也感到茫然，在"妆楼颙望"的佳人就更难理解了。

几次看到船来，偏偏丈夫没有回来，接了几次都扑空，放在谁身上肯定都要发火，更何况柳永拈花惹草的名声在外，他的太太无疑会大骂：狗东西，又在外面胡来，等你回来了看我怎样收拾你！这就引出结尾几句："争知我，倚栏杆处，正恁凝愁！""争"（zhēng）就是今天的"怎""怎么"，"争知我"就是怎么知道我。"倚栏杆处"的"处"，在这里既指地点也指时间，"倚栏杆处"就是凭靠在栏杆的此时此地。"恁"（nèn）的意思是这样、如此。"凝愁"指凝重深沉的痛苦忧愁。柳永说我真被冤枉死了，她哪里知道，我不仅没有在外面胡来，在倚栏杆的此时此地，反而正在凝重的忧愁中思念她、思念家呢？她哪里知道我眼下倚栏思乡的苦衷呢？

以"倚栏杆处，正恁凝愁"结尾真妙不可言，"倚栏杆处"远应上阕起句，知"对潇潇暮雨"以下一切景物，都是"倚栏杆处"之所见；"正恁凝愁"又应下阕起句，知"不忍登高临远"以下，一切思归之情皆"凝愁"中之所想。结构章法之细密妥溜令人折服。

从对方着笔的写法值得学习。"想佳人、妆楼颙望，误几回、天际识归舟。"是不是真有这回事？完全是出于词人的想象。他根本不知道他太太是不是在"天际识归舟"，怀念自己本纯属想象，却用"妆楼颙望，误几回、天际识归舟"这样的具体细节来展开，将想象中的形象写得活灵活现，这种写法是为"化虚为实"。

"倚栏杆处，正恁凝愁"，大家说是不是实有其事？柳永此时此刻是不是在"倚栏杆处，正恁凝愁"？那正是他自己此时此刻的处境。倚栏凝愁本是实情，却用"争知我"三字从对方设想，意思是说她怎么知道我"正恁凝愁"呢？写法上这又是"化实为虚"。

现在我要问大家，为什么要化虚为实呢？把想象的东西写得有鼻子有眼，它达到的艺术效果就是逼真。为什么又要化实为虚呢？倚栏凝愁本是实情，却用"争知我"三字从对方设想，它达到的艺术效果就是空灵。

我再归纳一下这首词的艺术特点：

第一，它大量地使用领字，你看"对""渐""是处""惟有""不忍""叹""想"全是领字。该词结构的细密得力于善用提领之笔，开端用一个"对"字，领起一个七字句和五字句，接着又用一个"渐"字领起三个四言偶句，使劲顶住上面两个单句，而三个四字句中，又以最末一句紧束上面两个对偶句，就格外显得章法错综多变而又和谐灵动。跟着递用六、五、五、四的句式，由"是处"二字领起，整个句法婉转相生。下阕用"不忍"带出一个"登高临远"的偶句,接着用"望"顶住上句,领起两个四言偶句,由"叹"字收束上文,两个五字句使文意转深一层。再由一个"想"字贯穿到底,使结尾一气呵成,写出他感情上的感伤动荡,"倚栏杆"远承起句,"正恁凝愁"又总结本片。

第二,它在结构上环环相扣,非常紧凑。上阕中的"暮雨""洒""清秋",每一个字都为后文埋下伏笔,下面是"霜风凄紧"承上启下。下阕起句"不忍登高临远"承上也启下。最后结尾的时候,"倚栏杆处"结束上阕,你才知道上面是"倚栏杆"之所见;"正恁凝愁"结束下阕,下阕是"凝愁"中所想。该词章法上的承接到了近乎天衣无缝的地步。

3. 环环相扣

我们再讲他的另一首代表作《雨霖铃·寒蝉凄切》。这是一首跟《八声甘州·对潇潇暮雨洒江天》一样,非常有名的长调,不仅是柳词中的名篇,也是文学史上的杰作:

寒蝉凄切,对长亭晚,骤雨初歇。都门帐饮无绪,留恋处，兰舟催发。执手相看泪眼，竟无语凝噎。念去去，千里烟波，暮霭沉沉楚天阔。

多情自古伤离别，更那堪，冷落清秋节！今宵酒醒何处？杨柳岸，晓风残月。此去经年，应是良辰好景虚设。便纵有千种风情，更与何人说？

"寒蝉凄切"这四个字十分重要，它为全词的情感设定了基调。"寒蝉"以当前景物点明节令，直贯下阕的"清秋节"，不但写了所闻、所见，兼写出词人的所感。蝉是"寒蝉"，你就知道这时候不是夏天，而是已经进入了秋天。"凄切"指蝉声凄凉而又悲切，这当然不可能是蝉声，而是听蝉人的移情。

"对长亭晚，骤雨初歇"，大家注意，"对"是个领字，既对"长亭晚"，又对"骤雨初歇"。"长亭"指明送别之地，"晚"进一步点明送别之时，为下文的"催发"张本。他是在长亭，而且是晚上，临时歇脚休息一会儿。他为什么临时歇脚呢？是因为"骤雨初歇"，由于刚才下了一阵急雨，所以不得不在长亭里躲雨。大家注意，"骤雨"就说刚才的一阵急雨，"初歇"是说阵雨刚刚停了。因"骤雨"恋人才得以"留恋"，因"初歇"船工才"催发"。到了开船的时间却来一阵"骤雨"，恋人才可能借此多"留恋"一会儿,等天已晚、雨已停就该启程赶路了。

"都门帐饮无绪","帐饮"就是分别的时候给对方设帐钱行。"都门帐"就是在首都的城门外边设帐,为分别的人送行。"无绪"就是情绪很低。两个人喝苦涩的闷酒。由"都门"便知词人与情人别于汴京,"帐饮"而"无绪"则写出了他们之间分别的痛苦,杜牧《赠别二首》其二诗中说:"多情却似总无情,唯觉樽前笑不成。蜡烛有心还惜别,替人垂泪到天明。"柳永的"帐饮无绪",就是杜牧的"樽前笑不成"。

柳词章法上最亮眼的是什么呢?就是刘熙载在《艺概·词曲概》中说的"细密而妥溜",也就是结构上环环相扣。譬如"留恋处,兰舟催发",既回应上文,又照应下文。大家还记得刚才讲到的"骤雨初歇"吧?"留恋处"是由于"骤雨","兰舟催发"是因为"初歇"。刚刚下了一阵阵雨,所以他们得以"留恋";现在阵雨停止了,所以船工急忙"催发"。"留恋处"的"处"指时间,并不是指处所,这句意思是说,这对情侣正在长亭上留恋缠绵的时候。"兰舟"就是船的美称,也就是用兰木做的船,这儿代指船工。"催发"就是船工催乘客出发。一方正在"留恋"缠绵,一方又在使劲"催发",那个船工看到雨停了,就开始在亭子下面喊:"你们楼上的那一对,下不下来?不下来,我就要开船了!"

"留恋"则不忍别,"催发"又不得不别。缠绵的想继续缠绵,"催发"的像催命鬼似的催发,这样就搞得这对情侣急了,水到渠成地逼出了下两句,情侣一急就顾不得那么多了,于是"执手相看泪眼,竟无语凝噎",将情侣的心理写得入情入理,把分别的场面写得活灵活现。

在古代谈恋爱,即使胆子再大,当着很多人的面也不敢"执手"——手拉着手。但这个时候催得很急,船工说你们难道还不下来,再磨磨蹭蹭我就要走了。这样他们就被逼得心慌意乱,双方情不自禁地"执手"了,他们把对方的手抓得死紧,好像怕对方跑了似的。"相看泪眼",相互看到对方哭得一塌糊涂。"竟无语凝噎",大家都想说话,又都说不出来,哭得太厉害了。"凝噎"是说喉间哽塞,抽泣时那种欲语无声的样子。

苏轼的《江城子·乙卯正月二十日夜记梦》有"相顾无言,惟有泪千行"之句,与柳永的"执手相看泪眼,竟无语凝噎",一个是写生离,一个是记死别,都是"无言"或"无语",它们在艺术上异曲同工。

"念去去,千里烟波,暮霭沉沉楚天阔。"为什么是"念"而不是"说"呢?"念"紧承上面的"竟无语凝噎"而来,这一对情侣说话了没有?安慰对方了没有?没有,他们只是在心里"念"和想。"去去"是说不断远去。"暮霭"指傍晚的云雾或烟雾。"沉沉"形容云雾很厚的样子。从"烟波"和"楚天"看,别者是走水路去楚地,回应上阕的"兰舟"。

"念去去"结尾两句,章法上是宕开一笔,内容上是以天地之阔写情人离别之孤。"烟波"以"千里"来形容,"暮霭"以"沉沉"来叙写,而"楚天"则以"阔"字来描摹,难怪这对恋人分别时要"凝咽"了。

为什么写"暮霭沉沉楚天阔"?因为他把要分别的地方写得越辽阔空旷,别者就越发显得孤单。难怪他的情人心里要"念"了:我的柳永好可怜哦。

以辽阔之景来反衬孤单之人,这种手法在古诗中常用,比方杜甫有一首《旅夜书怀》说:"细草微风岸,危樯独夜舟……飘飘何所似,天地一沙鸥。""飘飘何所似,天地一沙鸥",他说,我像个什么样子呢?就像天地中间一只小沙鸥一样。"天地"何其大,"沙鸥"又何其小,他自己感受到的孤单渺小可想而知。

上阕写分别的情景，至今仍如见其人，如听其声。

下阕换头处"多情自古伤离别"，一方面交代上阕的内容是"伤离别"，另一方面又从眼前的分别宕开一笔，泛说自古天下多情人的分别，同样都非常痛苦感伤。江淹《别赋》一开头就说："黯然销魂者，唯别而已矣！"我们这对情侣分别痛苦，天下有情人分别谁不痛苦呢？"更那堪，冷落清秋节"马上又转进一层，说我俩的分别正当恼人的秋天，这就使分别加倍痛苦了。古人有悲秋的传统，说秋天分别更加可悲，是暗用宋玉《九辩》"悲哉，秋之为气也……憭栗兮若在远行，登山临水兮送将归"之意。原来"多情自古伤离别"的宽慰豁达之语，是后面加倍痛苦的陪衬，退一步是为了进一层。

大家注意，这里的"冷落清秋节"，照应前面的"寒蝉凄切"。到此你才明白，哦，怪不得一开头就说"寒蝉凄切"了，原来正值"冷落清秋节"。从这些地方我们细心体会什么是"细密妥溜"。

"今宵酒醒何处？杨柳岸，晓风残月。"时间上的"今宵"远承前面的"对长亭晚"，"酒醒"远承"都门帐饮无绪"。他们喝闷酒喝得昏昏欲睡，这才有了"今宵酒醒何处"。酒醒了以后，船会走到哪个地方呢？"杨柳岸，晓风残月"。"今宵"

两句为千古丽句，是从现在预想将来，虚景实写。"今宵"从时间上遥接上阕"对长亭晚"的"晚"字，"酒醒"又遥接上阕的"帐饮"。他把"醒"后所见到的一切写得特别美，"杨柳岸"上，吹拂的是"晓风"，斜照的是"残月"，一切都是那么美妙。我的个天！太美了。不过，我要提醒大家，你们不要以为他只是在写美景。

看看他接下来怎样说："此去经年，应是良辰好景虚设。""经年"承上文的"今宵"，"良辰好景"是对上面"杨柳岸，晓风残月"的归纳，"虚设"是说这一切对我都毫无用处。当"晓风残月"的良辰，对晓风拂柳的好景，身边偏偏没有百态千娇的佳人，恰好在谈情说爱的时候，恰恰没有谈情说爱的恋人，要这些"良辰好景"有什么用呢？景象越美，心情越苦。这是典型的以美景写哀情。

从"今宵"的"良辰好景"虚设，说到"此去经年"的"良辰好景"虚设，在抒情上层层推进。为什么"良辰好景"全是"虚设"呢？"便纵有千种风情"，即使我有千种柔情，万般蜜意，"更与何人说"，我向谁去倾诉呢？古代又没有微信，又没有手机，他如何跟他的情人缠绵絮语？结尾两句不转弯抹角，不用比喻形容，而是直接和盘托出自己的心事，这种结尾显得特别厚重，只有北宋词人才敢这样写，也只有北宋词人才会这样写。

在这首词中，柳永使用"对"和"念"等领字，在结构上也是环环相扣，上阕与下阕的衔接十分紧凑。

柳词另一大特点，就是按照时空的顺序一层层地叙写，所以读起来既针脚绵密又一气贯注，真是畅快无比。同时，他在写作上是层层转深，譬如这首词的时间，从"长亭晚"到"今宵"，又从"今宵"到"经年"。随着时间的流逝，空间向前延伸。

小令通常都紧凑凝缩，抒情写意都点到为止。柳永的长调则像赋一样穷形尽相地描摹。要淋漓尽致地展开描写，就要有相应的结构艺术。他的结构技巧，第一个就是用领字，第二个就是"细密妥溜"，在结构上丝丝入扣，前后回环照应。

柳永长调的结构艺术促进了长调的成熟，推动了长调的繁荣，像贺铸、秦观和周邦彦都受惠于它。

第3讲

周邦彦:"词中老杜"

1."乐府独步",贵贱通吃

人们都知道,柳永生前是个"网红词人","凡有井水饮处,皆能歌柳词"。却不知道周邦彦生前同样红得发烫。前文提到过南宋辛派词人陈郁在《藏一话腴》中说:"美成自号清真,二百年来,以乐府独步,贵人、学士、市侩、伎女皆知其词为可爱。"

更要命的是,柳永词更多的是受市井小民的欢迎,而清真词则是雅俗共赏,上到"贵人、学士",下到"市侩、伎女",都觉得它非常"可爱",官民男女一概通吃。宋元之际的词人张炎还说,妓女们都以能歌清真词自抬身价,他身边的名伎沈梅娇、车秀卿等,在清真过世百年以后,仍以能歌清真词为荣。

　　李清照鄙薄柳词"词语尘下",柳词的语言太低俗。宋人几乎都觉得柳永"词格不高",可古今文人都盛赞清真词"典雅丽密"。妓女爱它"玉艳珠鲜",雅士爱它"曲尽其妙"。人们常说"众口难调",而周邦彦硬是让众人叫好。

　　今天,和大家一起看看清真词到底好在什么地方。这一讲我们主要聊聊清真词的章法,现代叫作"结构"。前人说清真词结构曲折繁复,我们来看看,它是怎样曲折及曲折的妙处,还要看看,它是如何繁复,又为何繁复。

2. "集大成者"

　　现在一提到词人,大多数人马上就会想到苏东坡,想到辛弃疾,或者想到李清照,很少人会想到周邦彦。即使不是中文专业,也基本上没有人不知道苏东坡和李清照的,哪怕学的是中文专业,可能很多人也背不出几句清真词,甚至可能一句清真词也背不出。不过,不说元、明、清三代,就是民国初年,周邦彦在词坛上还是稳坐第一把交椅。朱祖谋选编的《宋词三百首》中,清真词是东坡词的两倍,是稼轩词的两倍多,由此可以看到当年他在人们心目中的地位。

南宋以后,周邦彦就被誉为词的"集大成者",人们把用来恭维杜甫的话,又一字不改地套在周邦彦身上,称他是诗中的杜甫,是书中的颜真卿。大家可明白这一评价的分量?杜诗、颜字、韩文,向来被誉为"三绝"。

周济在《介存斋论词杂著》中说:"美成思力,独绝千古,如颜平原书,虽未臻两晋,而唐初之法,至此大备,后有作者,莫能出其范围矣。"

陈廷焯《白雨斋词话》:"词至美成,乃有大宗,前收苏、秦之终,后开姜、史之始,自有词人以来,不得不推为巨擘。"

现代词人陈匪石,在《宋词举》中说得更绝:"周邦彦集词学之大成,前无古人,后无来者。"词坛上的周邦彦,简直就是空前绝后。

不过,称周"集词学之大成",拟周为"词中老杜",只是就其艺术技巧上综合前人之长而言,并不是说他词中内容像杜诗那样深厚博大,更不是说他的情感像杜甫那样凝重深沉。与其精工的艺术技巧相比,清真词的意境要显得贫乏单调得多。这里没有柳永的直率热情,没有苏轼的豪迈旷达,更没有辛弃疾的英雄浩气,他沉溺其中的多是男欢女爱,抒写的也多是"悲欢离合、羁旅行役之感"（王国维《清真先生遗事》），虽然其中不乏文人的细腻优雅，但既无悲壮崇高之境，又无超旷飘逸之情，在词情和词境上完全没有超出前人的地方，所以王国维颇有微词地说："美成深远之致不及欧、秦。唯言情体物，穷极工巧，故不失为第一流之作者。但恨创调之才多，创意之才少耳。"（《人间词话》）宋元之际的著名词人张炎也认为："美成词只当看他浑成处，于软媚中有气魄，采唐诗融化如自己者，乃其所长；惜乎意趣却不高远。"（《词源》）他的确缺乏柳永、苏轼、秦观、辛弃疾等词人那种迷人的个性，只是一个风流、博学而又细腻的文人，人们之所以给他戴上"集大成"的桂冠，全是因为其词技巧上的博大精深、包罗万汇。陈匪石在《宋词举》中说："两宋之千门万户，清真一集，几擅其全。"清真词的确算得上是唐至北宋填词艺术经验的总结。

周词的创作方法也是北宋、南宋之间的转折点。周以前的词人不论是豪放如苏轼还是婉约如柳永，词的体裁不论是长调还是小令，都以直接的情感抒发和表现为主，词人敞开心扉让情感的激流或小溪尽情流淌，情感的洪流淹没了文字，读者也只陶醉于词的情感而忽略了词的语言，如"问君能有几多愁？

恰似一江春水向东流"（李煜《虞美人·春花秋月何时了》），"大江东去，浪淘尽、千古风流人物"（苏轼《念奴娇·赤壁怀古》），"柔情似水，佳期如梦，忍顾鹊桥归路！两情若是久长时，又岂在朝朝暮暮"（秦观《鹊桥仙·纤云弄巧》），"人有悲欢离合，月有阴晴圆缺，此事古难全。但愿人长久，千里共婵娟"（苏轼《水调歌头·明月几时有》），"执手相看泪眼，竟无语凝咽"（柳永《雨霖铃·寒蝉凄切》），"早知恁么，悔当初，不把雕鞍锁。向鸡窗，只与蛮笺象管，拘束教吟课。镇相随，莫抛躲，针线闲拈伴伊坐。和我，免使年少，光阴虚过"（柳永《定风波·自春来》）。它们都有一个共同特点：以情感迅速直接地打动人心，甚至使读者完全忘记了它的语言——尽管它们的语言也很美。但是，在周邦彦那里，直接的情感抒发让位于精心的思考，不是让自己在具体情境中的惆怅、愁怨、相思、希冀等情感自然倾泻，而是全力在传达技巧上精磨细琢，专心于语言的典雅浑成、结构的曲折繁复、音韵的和谐悦耳。知识学问和文化修养，在词的创作中起着重要的作用。虽然功力的深厚、学识的渊博，使他的词达到了浑成的境界，但仍然可以看到它们所留下的人工打磨的印记。清真词最引人注意的，是语言的精工、结构的巧妙，以及音调的掩映低回，令人不是为词中情感而激动颤抖，而是对词中技巧击节赞美，对其"顿挫之妙，理法之精"倾心折服，对其"模写物态，曲尽其妙"叹为观止，对其"清浊抑扬，辘轳交往"的音律之美更是一唱三叹，但人们不仅不能为他词中的情感如醉如痴，甚至还对这些情感有隔膜。

这一方面是他的情感本来就不浓烈，另一方面是词中的情感已不是自然的流露，它们经过了人工的修饰和安排，因而减弱了新鲜情感的强度。王国维在《人间词话》中说："美成词多作态，故不是大家气象。若同叔、永叔虽不作态，而一笑百媚生矣。此天才与人力之别也。"周邦彦的词不是随兴挥洒的天才产物，而是勤学苦练得来的人工产品，是"美成思力"才让它"独绝千古"。

周邦彦广泛地继承前人之所长，又以凝思苦索的安排取胜，所以读者也必须用心思索才能明白词中的情意，如果只凭情感或直觉，读清真词会感到有隔膜，俞平伯也认为："周邦彦的词，在两宋人中技巧性很强，自有一些不大容易了解的地方。"（《论诗词曲杂著》）

那么，他的技巧表现在什么地方呢？首先是结构的曲折繁复，其次是语言的浑成典雅，最后是对景物的描写曲尽其妙。

这三个特色中，又以结构的曲折繁复最难把握，也以结构的曲折繁复最为重要，下面我们就集中讲这一点。

3."顿挫之妙，理法之精"

王国维说清真"创调之才多"，他的创调之才"多"在什么地方呢？

周邦彦是著名的词人、文学家，也是著名的音乐家。宋徽宗时期他提举大晟府，也就是朝廷的音乐机关，当时直接服务于宫廷，官衔可能比今天的中央音乐学院院长要高，今天的中央音乐学院是个纯教学科研机构，而它属于朝廷的行政部门。周邦彦对宋词新曲的谱写，对旧词调的整理和完善，功劳或许无人可及。

苏东坡虽是文艺全才，但他曾遗憾地说，自己一生有三不如人：不会下棋，不会喝酒，不会唱曲。在唱曲上，苏之所短，恰是周之所长。周邦彦的音乐才华，在当时肯定一流，会写、会弹、会谱、会唱，他要是放在今天同样大红大紫，也许更为大红大紫。

当然，周邦彦的词是紧承柳永而来的，柳永在长调上探索了一套铺叙的手法，一套结构上的艺术，与感情自然的倾诉相一致。

柳词在叙述上总是按照时间和空间的顺序一层一层展开，以平铺直叙的"实说"为特点，抒情方式往往是直抒胸臆，所以项安世认为，柳词的抒情方式"只是实说"(《平斋杂说》)。

周邦彦继承了柳永善于叙述铺排的艺术，但在结构上和柳永的词大异其趣，他有意识地打乱时间和空间的顺序，变柳永的直笔为曲笔，就是柳永是直的，周邦彦是曲的，他常常使用繁复交错、错综曲折的手法。

如果以路为喻，柳永的路笔直向前，周邦彦的路则曲径通幽。

如果说柳永的词是平面的，按照时间和空间的顺序层层展开；那么周邦彦的词就是立体的，他常以时间的变化来形成空间的重叠。读周邦彦的词，一定要体会他的"顿挫之妙，理法之精"。

我们来看看他的一首代表作《拜星月慢·夜色催更》，这首词也收录在朱祖谋选编的《宋词三百首》中。"拜星月慢"是词牌，它标明这首词是哪一乐谱。

夜色催更，清尘收露，小曲幽坊月暗。竹槛灯窗，识秋娘庭院。笑相遇，似觉琼枝玉树相倚，暖日明霞光烂。水盼兰情，总平生稀见。

画图中、旧识春风面。谁知道、自到瑶台畔。眷恋雨润云温，苦惊风吹散。念荒寒、寄宿无人馆。重门闭、败壁秋虫叹。怎奈向、一缕相思，隔溪山不断。

上片先交代与情人首次相遇的时间和环境。

"夜色催更，清尘收露，小曲幽坊月暗。"大家注意，他的词的语言写得特别漂亮，一起笔就是对偶。"夜色催更"是说天色向晚，"清尘收露"是说天已降露，到处都非常清净，更重要的是一点灰尘都没有，空气清新可人。

"小曲"指这个姑娘住的地方很优雅、很僻静，去那儿要经过"小曲"；她的住所是"幽坊"，去的时间已是"月暗"，好一个曲径通幽，静谧朦胧。

"竹槛灯窗"，它的结构也非常漂亮，非常紧凑，环环相扣，因为是"夜色催更"，所以有"月暗"，所以有了"灯窗"。

"竹槛灯窗"，大家注意，屋前面有竹子。古人把梅兰竹菊称为"四君子"。竹子外形挺拔修长，亭亭玉立，同时又显得纯净淡雅。古代的"良家女子"不可能单独接待异性，更不用说那些大家闺秀了。这个姑娘虽为风尘女子，住的地方却幽雅僻静，可见跟我们想象的那种"红灯区"大不一样。在"竹槛灯窗""识秋娘庭院"。前面这几句只是环境的铺垫，未见其人，先看其境，后面就越写越妙。

"笑相遇，似觉琼枝玉树相倚，暖日明霞光烂。""笑相遇"，姑娘特别热情，周邦彦感觉美好。"似觉"就是突然地感觉到。"琼枝玉树相倚"，她像琼枝依玉树，美得简直无法形容，晚上一见到她，像是见到春天的太阳，处处霞光灿烂，明媚动人。要是只用一个成语"明媚照人"来描绘，这种套语不会给我们留下印象。

"似觉"是两个领字，领起下面"琼枝玉树相倚"和"暖日明霞光烂"两句。"琼枝玉树相倚"，是说这个姑娘玉洁冰清，格调十分高雅。"暖日明霞光烂"，是说这个姑娘高雅但不高冷。她不仅长得非常甜美，而且笑起来非常温暖。"明霞光烂"，形容她美得让人晃眼。我相信，大多数男性喜欢这类姑娘，当然也有少数男性喜欢冷面美人。这个姑娘又甜又暖，光彩照人，更要命的是，美得叫人睁不开眼。

这是第一次相遇，突然一下子把他震住了，像是见到仙女一样，姑娘流光溢彩，明艳照人。

接下来就写对她的细腻的感受："水盼兰情"，这四个字写得太好了。"盼"一作"眄"，顾盼的意思，"水盼"就是她的眼睛非常明亮，美丽的眼睛像一汪秋水。"兰情"的感觉更是特别，她的情怀不仅像兰花一样美，还像兰花一样香。我琢磨了好久，仍没弄明白"兰情"是种什么样的情，反正是又美又香。美女往往有体香，但没人说过"情香"，亏他写得出来。

"水盼兰情"，为什么"水盼"呢？就是移开那个姑娘的视线，好像她还在看着自己，还能感受到她那种明亮的眼睛。为什么是"兰情"呢？是说能感受到她的柔情蜜意。

最后用五个字作总结："总平生稀见。"这个姑娘这么美丽、这么柔情、这么温暖、这么明媚动人，我之前从来没有见过，那是平生第一次见到。

这是上片，写他第一眼见到姑娘的惊艳，第一印象感觉好极了。

下片"画图中、旧识春风面"，内容上是上片的延伸，时间上追溯到了"笑相遇"以前。先睹美人的画像，再认识美人的真容，用我们今天的话来讲，我在看到她人之前，早就看过她的照片。足见他对"秋娘"心仪已久，也足见"秋娘"迷倒众生。

"谁知道、自到瑶台畔。眷恋雨润云温,苦惊风吹散。"读到了这句"谁知道",我们才恍然大悟,前面的"夜色催更,清尘收露",一直到"总平生稀见",他并不是写当前的现在时,而是写从前的过去时。大家注意,"画图中、旧识春风面"是追叙,又是过去时的过去时,他的时间完全是交错的。

"自到瑶台畔"就是又来到了"竹槛灯窗,识秋娘庭院"的庭院,不同的时间,来到同一个空间。

他为什么来"到瑶台畔"呢?"眷恋雨润云温",原来是那个姑娘太美,第一次印象太深,他又想来重温美梦。古代把男女之情都叫作"云雨"。要是单单写成"云雨",那就显得俗套轻薄,"眷恋雨润云温",虽然也是说还想跟这个姑娘温存,但给人的感觉很雅很美。"雨润云温"承前面的"水盼兰情"。"雨润"让人想起前面的"水盼","云温"照应了前面的"暖日明霞"。

"苦惊风吹散",到这个时候我们才知道,前面那些情节,他原来写的是倒叙,是追叙。"画图中、旧识春风面",是追叙的追叙。

这个姑娘不只温情,而且温暖,可这一切"苦惊风吹散",

眼前是"念荒寒、寄宿无人馆。重门闭、败壁秋虫叹"。见到的是"重门闭",寄宿的是"无人馆",听到的是"败壁秋虫叹",感觉到的则是一片"荒寒"——这才是现在时。

"念荒寒、寄宿无人馆。""寄"在一个无人的破庙,很僻静,很冷寂,而且又是秋天。"重门闭、败壁秋虫叹。"处处都凄凉、荒寒、冷漠、萧条。

"怎奈向、一缕相思,隔溪山不断。"他说,怎么办呢?在这种情况下再见不到那个姑娘。就是无穷无尽的思念。

他写跟那个姑娘的第一次相见,写得特别动情。为什么?那姑娘太美,又柔情又温暖,写得太好了。

我们要学习这首词的哪个地方呢?它完全打破了时间的顺序,打乱了时空结构。

"竹槛灯窗,识秋娘庭院……总平生稀见。"它是过去时,先以追忆回溯过去,再以"画图中、旧识春风面",追溯到过去的过去,最后以"谁知道、自到瑶台畔"反跌到眼前,完全打乱了时空顺序。周济在《宋四家词选》中说:"全是追思,却纯用实写。但读前片,几疑是赋也。换头再为加倍跌宕之。他人万万无此力量。"大家应该认真从此词体会周邦彦词曲折跌宕的特色。

大家一定要细读,并把这首词与柳永的《雨霖铃·寒蝉凄切》进行比较。它们是两种不同的结构:一个是平面地展开,按时间和空间的顺序一层层地向前推进;另一个有意识地打乱时间和空间的结构,所以你读起来要转几个弯,动几次脑筋,在结构上"加倍跌宕",我们要从这儿细心体味清真词所谓"顿挫之妙,理法之精"。

4. 感受"曲折繁复"

下面我们再通过他的另外一首长调《夜飞鹊·别情》,来感受一下清真词的"曲折繁复"。

"夜飞鹊"是词牌,标明是哪个乐谱。"别情"才是标题,标明写的什么内容。有词牌、有标题,是苏东坡以后才大量出现的,因为苏东坡把词作为诗来写。此前,词牌和词的内容是统一的,不须别加一个标题。这首词的主题是写"别情",我们看看他是怎样写的——

河桥送人处,良夜何其?斜月远堕余辉,铜盘烛泪已流尽,霏霏凉露沾衣。相将散离会,探风前津鼓,树杪参旗。花骢会意,纵扬鞭,亦自行迟。

辽递路回清野,人语渐无闻,空带愁归。何意重经前地,遗钿不见,斜径都迷。兔葵燕麦,向斜阳,影与人齐。但徘徊班草,欷歔酹酒,极望天西。

起笔从送人处写入,"送人"是事,为全词感慨之由,"河桥"是地,为后片"前地"伏笔。"良夜"也作"凉夜",是时,为"别情"发生的时间,以疑问语点明送人之时。作者从"事"与"地",说到"时"与"景"。

"河桥送人处,良夜何其?""良夜何其",明用《诗经·小雅·庭燎》中"夜如何其?夜未央"的诗句,"其"读"基",孔颖达《毛诗正义》:"其,语词(语尾助词),言夜如何乎?"同时暗用苏轼《后赤壁赋》中"月白风清,如此良夜何?"。如此美好的夜晚不是用来欢会,却是在此时送别分离,这该多么让人惆怅难堪。同时这句也是在暗问夜晚已是什么时分。"其"字不读 qí,读 jī,是个语气助词,没有实际意思。"良夜何其",就是说现在到了哪一更呢?

第三句是对"良夜何其"问话的回答:"斜月远堕余辉。"斜、远二字都是写月亮已偏西隐去时的光景。将坠的斜月只剩余光,已残的盘烛空堆红泪:足见离筵之久,絮语之多。"斜月"是夜景,"烛泪"指离会。不说"铜盘蜡烛已燃尽",而说"铜盘烛泪已流尽",是借物来渲染衬托人的感情,它巧妙地化用杜牧《赠别二首》中"蜡烛有心还惜别,替人垂泪到天明"这句诗。

"霏霏"写出夜中露气迷蒙晦暗,把人的衣服沾湿,也说明野外话别的眷恋,两人徘徊很久。斜月、烛泪、凉露,都是一些带凄凉情调的景物,暗示了离别之人感伤抑郁的心情,这就是人们常说的情景交融,这三个意象都是一个感伤的人眼中的景象。

酒阑、烛尽、夜深,其势已不可再留,其情又不忍遽别,双方希望能多留一会儿就多留一会儿,"相将"三句就是这一情景的写真。"相将"是当时的口语,即现在所说的"即将"或"行将","离会"即离别的宴会。离宴快散了还是恋恋不舍,不时暗暗用耳朵探听渡头报时的更鼓,用眼睛去探望树梢上星辰移动的位置,参旗是星辰名。"探"字领起下面"风前津鼓,树杪参旗"两句,写出了双方依依不舍的情绪,"探"字有关心之意,关心津鼓的声音与星辰的位置,表明他们对别前短暂时光的珍惜。"参旗"位于参星西,是一组星星的名字,"参旗"

什么时候才出现呢？大概是天快要亮的时候。

"花骢会意，纵扬鞭，亦自行迟。""花骢"就是骏马。连马儿也知道，这对情人分别得很痛苦。"花骢会意"就是马儿也懂人的心思，怎么样赶它都走得很慢，"纵扬鞭"，即使用鞭子使劲地打，"亦自行迟"，是说它仍然走得很慢。这三句是以物来写人，马犹如此，人何以堪？马且行迟，人意可想，通过移情的手法以物之有情映衬出人之深情。

既然是探听水边渡头的更鼓，别者自然是走水路了。要是让柳永来写，必定会续写上船与开船，可周词却突然转到骑马的送者："花骢会意，纵扬鞭，亦自行迟。"这种承接使读者觉得十分突兀，陈廷焯《白雨斋词话》说："美成词有前后若不相蒙者。"这种前后好像没有任何联系的情况正是结构中的"断"——曲折、顿挫，即将正在叙述的东西突然中断，掉转笔头去写另一件事，这种跳脱的笔法与柳永直叙的笔法是不相同的。

上片把离别写得特别缠绵，但他不说人缠绵，偏写"花骢会意"，连马儿也很缠绵。

再来看下片。过片的首句"迢递路回清野"，直承上片尾句"纵扬鞭，亦自行迟"来，古人把这叫换片不换意，就是换了一段，但意思还接着上一段说的。这句写送者独自骑马归家，走在清晨的旷野，觉得眼前的归路是这样漫长，是这样难走。其实归路正是来路，送时怕别者一下子就离开，觉得路特别短，归时一个人心情抑郁孤独，走起来路也就显得特别长。

"人语渐无闻，空带愁归"，别者越走越远，声音慢慢地听不到了。"空"写送者回家时心里空荡荡的寂寥，而心里空荡荡的时候反而觉得特别沉重。送别时是两人一起走，回来时是一个人独归。"空带愁归"，他心里空荡荡的，带回来的只有忧愁，只有感伤，只有别情，只有痛苦。

他写得这么逼真，写得这么活灵活现，我们一般读者以为是写现在的事情。我要告诉大家，你们都被骗了。

从开头的"河桥送人处"，到这里的"空带愁归"，整个送人的过程已完成了，还有什么可写的呢？想不到突然又以"何意重经前地"一句蓦地挺起，又从不同时间，跳到送别的同一地点，以时间的变换来使空间重叠，词人善意地捉弄了我们。原来从"河桥送人处"到"空带愁归"，并不是眼前发生的事情，而是回忆中发生的别情，这一句使前面所写的一切尽化云烟。

接下来用两个对偶句"遗钿不见，斜径都迷"，写自己对别者的思念之深。不仅遗钿无处可寻，连送别时的道路也迷离不清，这说明他们分别很久了，而分别很久还来寻找别者的遗物，辨认当时送别的路径，又说明送者对别者感情的真挚深厚。同时又通过"遗钿"这一物品，来暗示别者是一位姑娘，"遗钿"是姑娘遗留的首饰，词人总是不断和我们卖关子。回头再看看，才明白前面何以写得那么缠绵了。

"兔葵燕麦，向斜阳，影与人齐。"为什么看不见呢？因为都长了野草，那些路都没有了。"兔葵燕麦"泛指各种各样的野草。"向斜阳，影与人齐"，草长得很高很高，而且在夕阳中影子拉得很长，像人一样长。他感到非常痛苦，他写得很沉痛。

"兔葵"两句暗用刘禹锡《再游玄都观》诗序"惟兔葵燕麦，动摇于春风耳"之意，表明景物人事的变迁，并补充"斜径都迷"的原因：草木长高了，完全覆盖了送行的道路。

上片的"凉露"透露了送别的季节是秋天，此时"兔葵燕麦"影与人齐，时令已是春夏之交了，野草在荒烟夕照中瑟瑟抖动，长长的影子在地上不断摇晃，昔日送别时缠绵的絮语、多情的眼泪、美丽的容颜，都像是记忆中的幻境。可以想见词人情感的苦涩凄凉。梁启超在《艺蘅馆词选》中说:"'兔葵燕麦'二语,与柳屯田之'晓风残月'可称别词中双绝。"

"但徘徊班草"三句,非常有力地抒写了送者痛苦、失望、深挚而又无可奈何的心情。地点相同,美人不见,他两头"徘徊",在他们当年分别的地方走来走去。"班草"就是把很高很高的野草打倒弄平,垫在下面以便或躺或坐。"欷歔酹酒","欷歔"就是不断地叹气,不断地感叹。"酹酒"就是不断地喝酒,也把酒洒下来。"极望天西",看到很远很远的地方,感到非常悲凉,也非常孤独。在以前铺草饮酒话别的地方徘徊叹息,又在这个地方苦闷地铺草饮酒,朝着情人西去的方向,以酒浇地来寄托相思,并向情人献上自己衷心的祝福,这一结尾凄婉深沉。

大家注意,此词结构繁复和曲折,通过时间的变换来换取空间的重叠,在不同的时间回到同一个空间。他的前辈柳永的词,没有这种结构,也没有这种章法。

从柳永到周邦彦,词在艺术上越来越成熟了,写得越来越漂亮。在语言上,周邦彦的词的语言是越来越典雅,越来越华丽,而音调也越来越和谐。

结构上的这种错综曲折、断续无痕,初读容易让我们犯迷糊，不知道词人到底在倾诉什么，但是我们认清了曲径的路线，读它时就会有"山重水复疑无路，柳暗花明又一村"的乐趣。它不是以情感的强度来迅速俘虏人心，而是通过苦心的结构安排来使读者获得"曲径通幽"的快感。

第 4 讲

中秋词中的绝唱

中秋是中华民族的传统节日，月亮是诗人常用的意象。每到中秋，文人总免不了要作诗填词，有的可能是因为动情，有的可能只是应景。古今的中秋诗词真得"车载斗量"，而且我敢打赌，车肯定超载，斗更是难量。

除非有孙悟空一筋斗十万八千里的本事，否则别想在中秋诗词中写出新意。在宋代词坛上，苏轼比天国的孙猴子更牛，他不仅带领其他词人"举首高歌"，在中秋词上同样因难见巧。在密州贬所，他一不小心就写出了《水调歌头·明月几时有》，被大家叹为"此便是神仙"，让代代读者无不拍案叫绝。胡仔在《苕溪渔隐丛话》后集卷十三中说："中秋词，自东坡《水调歌头》一出，余词尽废。"

也许像今天一样，为了赚得更多"流量"，为了吸引更多粉丝，文人往往喜欢说过头话，以便耸动视听。其实，东坡《水调歌头》之后，"余词"非但没有"尽废"，反而很快就出现了众口传诵的名篇。没想到胡仔的话音刚落，张孝祥马上就写出了《念奴娇·过洞庭》。晚清王闿运甚至认为它远在苏词之上："飘飘有凌云之气，觉东坡《水调》犹有尘心。"

胡、王二人都犯了好丹非素的毛病。苏轼《水调歌头·明月几时有》与张孝祥《念奴娇·过洞庭》，谁也无法论斤称两似的掂出它们的轻重，在二者之间评出孰优孰劣，给一个发一等奖，给另一个发二等奖。

1. "逸怀浩气"

中秋本应是万家灯火，天上月圆，人间团圆。可天往往不能遂人愿，中秋之夜不是天上无月，就是人世间骨肉分离，前者有辛弃疾的《一剪梅·中秋无月》：

> 忆对中秋丹桂丛，花在杯中，月在杯中。今宵楼上一尊同，云湿纱窗，雨湿纱窗。

浑欲乘风问化工，路也难通，信也难通。满堂唯有烛花红，杯且从容，歌且从容。

后者有苏东坡的《水调歌头·明月几时有》：

明月几时有？把酒问青天。不知天上宫阙，今夕是何年。我欲乘风归去，又恐琼楼玉宇，高处不胜寒。起舞弄清影，何似在人间。

转朱阁，低绮户，照无眠。不应有恨，何事长向别时圆？人有悲欢离合，月有阴晴圆缺，此事古难全。但愿人长久，千里共婵娟。

辛弃疾表面上强作豁达，即使中秋夜"云湿纱窗，雨湿纱窗"，也照样"杯且从容，歌且从容"，但从"路也难通，信也难通"不难感受他的失望和感伤。苏东坡倒是真洒脱旷达，在结尾许下了美好的祝愿："但愿人长久，千里共婵娟。"

这两首中秋词都很著名，苏轼这首《水调歌头·明月几时有》更被誉为中秋词的绝唱，这一讲单讲苏轼这首中秋词。

词前有一小序，交代此词何时所作，以及为何而作："丙辰中秋，欢饮达旦，大醉。作此篇，兼怀子由。"丙辰就是神宗熙宁九年（1076年）。此时正是王安石如火如荼施行"熙宁变法"的时期，王安石政治上的很多反对派，其实都是他早年的师友。变法之始，师长欧阳修便辞职回家赋闲，老友司马光也退居洛阳著书。苏轼同样反对变法，眼见师友先后离开了京城，便自求外放去做地方官，这样可以眼不见心不烦。前两年在杭州任通判期满，因弟弟苏辙在济南任职，为了与弟弟团聚，于是请求调往山东，熙宁七年（1074年）如愿做了密州太守，密州在今天山东诸城市。

用今天的眼光，诸城与济南相隔非常近，乘高铁还不到一个小时的车程，要是自己开车，苏轼完全可以去弟弟家用午餐，再回到自己家吃晚饭。可在只能坐马车或步行的宋代，他们弟兄要想团聚一次，来回也要十来天。

来密州快两年了，苏轼还没见着弟弟的影儿。

补充一下，快七年了，苏轼都没和弟弟照面。

苏轼与苏辙，创作上相互激励，政治上一同进退，生活上彼此扶持，他们既是同胞兄弟，也是人生知己。

"兄弟阋墙"的成语家喻户晓，兄弟不一定是知己，知己更无须是兄弟，"管鲍之交"大家耳熟能详。

人们常说天才总是孤独的，可二苏生前并不孤独，他们都可以套用管仲的话说：生我者父母，知我者兄弟。哥哥东坡乐观开朗，机智幽默，一张嘴就喜欢开玩笑，弟弟子由老成持重，冷静理性。从性格上看，弟弟倒像个稳重的哥哥，而哥哥反像个调皮的弟弟。二苏才智相当又性格互补，才智相当便能彼此理解，性格互补便能相互欣赏，这使得他们兄弟能成为精神知己。苏东坡一辈子爱他的弟弟，他的弟弟也一辈子都敬重这个哥哥，这真是天造地设的好兄弟，两个人真好得没法形容。要想知道他们兄弟情有多深，你去读读乌台诗案下狱后苏轼所作的《狱中寄子由二首》其一：

圣主如天万物春，小臣愚暗自亡身。
百年未满先偿债，十口无归更累人。
是处青山可埋骨，他年夜雨独伤神。
与君世世为兄弟，更结来生未了因。

此诗标题又作《予以事系御史台狱，狱吏稍见侵，自度不能堪，死狱中，不得一别子由，故和二诗授狱卒梁成，以遗子由》。可见这是一首"绝命诗"，苏轼"自度"必死之前，把全家"十口"托付给弟弟照看,并抒写"与君世世为兄弟"的深切愿望。常听说有的恩爱夫妻,死别时发誓下辈子还做夫妻,还没听说过兄弟大限将至,也要发誓来生"世世为兄弟",可见二苏的兄弟之情。

上面只是讲《水调歌头·明月几时有》的"引子",便于我们明白小序"作此篇,兼怀子由"的分量,也便于下面分析这首词。

这首词抒写的是中秋明月夜,因天上月圆而兄弟不能团圆引起的伤感思念。

中秋对月怀人这个主题,在古代诗文中算是老掉了牙,在苏轼笔下却顿成绝唱。苏轼以他那"天仙化人"(先著《词洁》)之笔,既为我们展现月色如银的琼楼玉宇,也坦露了人世的离合悲欢,既抒写了超脱尘寰的向往,也表现了人际关怀的温情,时而把我们引向神话传说的天国仙境,时而又把我们带回酸甜苦乐的现实人间……没有苏轼这样的如椽大笔,没有苏轼这样的奇思异想,没有苏轼这样的博大胸襟,没有苏轼这种豪放不羁的才情,断然创造不出这种浩渺辽阔而又超旷绝尘的境界。

这首咏中秋的杰作,以"明月几时有"发端,以"千里共婵娟"作结，词中种种奇思异想都因中秋明月而起。

上片写望月而生出世之想。

首句破空而来，"明月几时有？把酒问青天"，一起笔就问得突兀奇崛，把要问的"明月几时有"提前，再交代要问的对象——"把酒问青天"，用一种急促的语气给人造成惊奇感。中秋明月大家谁没有见过？"明月几时有"又有谁问过？我们常人对月亮已是司空见惯，对月明、月暗、月圆、月缺早已麻木迟钝，可像苏轼这样的盖世奇才，他像小孩一样事事都感到好奇，任何东西都能引起他奇特的想象：天上像玉盘似的月亮，什么时候才出现的呵？

当然，李白曾有名诗《把酒问月·故人贾淳令予问之》："青天有月来几时，我欲停杯一问之。"但李白的语气语调都很徐缓，而苏轼的则十分急促突兀。李白说"我欲停杯一问之"，"我欲"还只是我想或我打算，苏轼直接就说"把酒问青天"，表现出急于一探究竟的心情。李白写此诗时不一定是中秋，也不一定有与亲人分离的痛苦，所以李白的问月仅仅是好奇，苏轼写这首词的时候，正巧是中秋月圆之夜，不巧又正是与弟弟不能团圆之时，难怪苏轼的语气好奇而又峻急了。

我告诉大家，对于苏东坡、李白这样伟大的诗人而言，他们永远都年轻，永远对这个世界充满惊奇感。

即使我们今天二十岁的小伙子、小姑娘，中秋时节，你会去问这个鬼问题吗？"明月几时有"，管它几时有，关我的鬼事！

我们学习苏东坡什么？

第一，对生活、对世界、对万事万物永远保持一种惊奇感，这是一个人聪明、有创造力的很重要的标志。

第一问还等不及回答，他又像连珠炮似的来了第二问："不知天上宫阙，今夕是何年。"尘世今天是熙宁九年中秋，天上月宫里今晚又是何年何月呢？"明月几时有"和天上"今夕是何年"，都是苏轼的"天问"，答案也都在天上。唐代韦瓘托名牛僧孺的传奇《周秦行纪》载诗说："香风引到大罗天，月地云阶拜洞天。共道人间惆怅事，不知今夕是何年。"传奇中这首诗是说到"大罗天"后，不知人间的"今夕是何年"，相反，苏轼则是身在人间，却"不知天上宫阙，今夕是何年"。"天上宫阙"紧承前面的"明月"，"今夕是何年"紧承前面的"几时有"，章法上针脚细密而又紧凑。

他越想越奇怪，越问越漂亮："不知天上宫阙，今夕是何年。"我的个天！他不知道今年天上的宫阙过的是哪一年了。

只知道地上是熙宁九年，天上又是何年何月呢？他看到天上的明月浮想联翩，下笔自然写得非常奇幻。

这个事情我做了一点实验，我儿子一两岁的时候，他妈妈在外面就告诉他说："这是太阳""这是月亮"。记得有一年的中秋，我太太把他抱到外面去玩。儿子一看到天上的明月，他马上就指着月亮惊叫起来："这！这！这！"我们不知道他在叫什么，只见他面对月亮满脸通红。我太太问他说："这是月亮，对吧？"然后听见小子哼哼哼地叫，活像一只通人性的小狗，这就是小孩子的惊奇感。我们现在没有惊奇感了，因为我们已经老气横秋。

要想知道个究竟，只有上天才能打听，这自然就引出了以下三句："我欲乘风归去，又恐琼楼玉宇，高处不胜寒。""我欲乘风归去"紧承前面两问，因"把酒问青天"而天不应，才有了"乘风归去"的奇思异想。

"乘风"语出《列子》，《庄子》同样说过"御风而行"，也就是后世小说所描写的"腾云驾雾"。

"归去"这里指回到天上去。为什么把上天说成"归去"呢？大家知道李白被称为"谪仙人"，东坡门人黄庭坚称李白与苏轼为"两谪仙"，苏轼也觉得自己的前生是月中人，人们也常把苏轼称为"坡仙",所以苏轼将自己乘风上天说成"乘风归去"——自己本来就是月中人,上到月宫自然就是"归去"。

"乘风归去"写得飘飘欲仙,俨然飞向月宫中的仙子,不由让人想起他的《前赤壁赋》所写的妙境:"浩浩乎如冯虚御风,而不知其所止;飘飘乎如遗世独立,羽化而登仙。"赋是写月下泛舟的"登仙"之感,词是写中秋望月的飞仙之念。

苏轼虽然"奋厉有当世志",希望在现实社会大干一番事业,他早年也以为以自己的才华,成就大业如拾草芥,"有笔头千字,胸中万卷,致君尧舜,此事何难"。可他的气质个性又暗合庄子,年轻时读《庄子》便喟然叹息说:"吾昔有见于中,口未能言,今见《庄子》,得吾心矣。"当他在仕途不断碰壁的时候,自然就会产生摆脱尘世羁绊的冲动。

刚说了要"乘风归去",接下来两句突然一转:"又恐琼楼玉宇,高处不胜寒。""琼楼玉宇"就是美玉砌成的华丽楼宇,也就是他要"乘风归去"的月宫。月宫固然没有尘世的烦恼,琼楼玉宇固然皎洁壮丽,但要真的飞到了那儿,即使不孤寂难耐,也必定高寒难忍。唐郑处诲《明皇杂录》载,方士叶静能请唐玄宗游览月宫,哪知唐玄宗一到月宫,便受不了那里的寒冷。"高处不胜寒"可能暗用这一典故。这两句字面上虚写天上的广寒宫，纸背暗示了中秋明月的皎洁清寒。

"起舞弄清影，何似在人间"再转，这两句承前面"又恐"而来。很明显，苏轼受到了李白《月下独酌四首》其一的启发："我歌月徘徊，我舞影零乱。"既然受不了月宫的孤冷，那还不如留在尘世自在，不管怎样孤独也有点"人气"，再糟糕也有自个儿的影子相伴，总比月宫中"碧海青天夜夜心"强。人间中秋夜好歹有个团圆的盼头，月宫中的嫦娥却永远只能一人独处。

学术界对"起舞弄清影，何似在人间"两句有两种不同的理解，缪钺在《论苏、辛词与〈庄〉〈骚〉》附注中说："我的解释是，在月色澄明中翩翩起舞，顾影自喜，这种境界已是仿佛天上，又哪像在人间呢？清黄蓼园《蓼园词选》中解释这两句时说：'仿佛神魂归去，几不知身在人间也。'"他把"起舞弄清影"说成月宫中应有的景象，何必月宫去，人世即天堂。而近来大部分学者把这两句理解为：与其飞到月宫忍受孤寒，还不如在人间对月起舞哩。这两句是"又恐"两句的延伸，接着"高处不胜寒"说下来，说的是人间比月宫温暖。要是照缪钺先生那样讲，不仅前后两句的语意弄得满拧，词的情感脉络也显得很乱。

前一种是说,在月光下"起舞弄清影",这境界已如同天上,又何必再跑到天上呢?后一种是说,干吗要到天上去,去忍受那份清冷孤独呢?还不如在地上享受人间的温情。

我还要提醒大家,"我欲乘风归去,又恐琼楼玉宇,高处不胜寒"中的转折,古人把这个叫顿宕。他先说本想乘风归去,马上便说"又恐"一转:"又恐琼楼玉宇,高处不胜寒。"为什么不"乘风归去"呢?接下来又一转:"起舞弄清影,何似在人间。"清人说东坡词笔笔转。

这首词上片既表现了苏轼对尘世的超脱,也抒写了他对人间的依恋,这使全词显得高妙而又近情。因为超脱尘世而"欲乘风归去",其人超凡绝俗,其情旷达洒脱,其境高远宏阔;因为人间依恋而留在人间,情感又执着深挚,其词更亲切温暖。写他"把酒问月"的奇思妙想,既向往天上的超脱,又热爱人间的温暖。

年轻的朋友,尤其是年轻的父母一定要记住,我们学习苏词的第二点就是培养自己丰富的想象力。

现在我们学诗学词,当然是为了提高自己的智力。智力的第一个因素就是想象。我们没有原创性,我们没有创造力,一个主要的原因就是没有想象力。

想象很重要,比如说,他从一个中秋想象出这么多名堂来:"明月几时有?把酒问青天。不知天上宫阙,今夕是何年。"你、我、他能想得到吗?反正我想不出来。

下片写望月而起怀人之念,切词序中的"兼怀子由"。

"转朱阁,低绮户,照无眠"三句,既遥承上片首句的"明月",也紧承尾句的"人间","转""低""照"写"明月","朱阁""绮户""无眠"说"人间"——由天上之月而及月下之人。从"转"到"低"是明月西沉的过程,月光转过朱红色的楼阁,低低地透过雕花的窗户,明晃晃地照在一夜无眠的人身上。"朱阁""绮户"是楼房和窗户的美称,不一定指锦衣玉食的富贵人家。"无眠"既特指苏轼,暗示他"怀子由"一夜无眠,也泛指天下盼望团圆不得入睡的人们。这三句就像舞台上的聚光灯,最后聚焦于"无眠"。

"不应有恨,何事长向别时圆?"既是"无眠"之果——由"无眠"生发出的埋怨,又交代"无眠"之因——中秋月圆而人不得团圆。人与月不应该有什么新仇旧恨,月亮干吗存心要和人过不去,偏要在人不团圆的时候它就圆呢?这不明明是在气我,特地让我更加难堪吗?大家明白,月亮哪知道人间的聚散，它的圆缺又哪会顾及人们的感受，显然是苏轼"怀子由"而迁怒于月。这两句对中秋月的埋怨，初看似乎无理，细想又觉得有情。

大家要是碰上这种情况，可能越想越气恼，越埋怨越不解恨，好像全天下只有自己倒霉，而苏轼却会自我宽慰，因而也能自我解脱："人有悲欢离合，月有阴晴圆缺，此事古难全。"这三句情感上是自我解脱，笔法上是宕开一层。常言说"人无千日好，花无百日红"，月亮本有圆缺，天气也有阴晴，亲朋难免聚散，人事固多悲欢，无论是社会还是自然，从来就没有永远完美的事情。人与月，古与今，尘世与天堂，都难得十全十美。"人事天时多错忤"，有时人圆而月不圆，有时月圆却人不圆，一旦明白了这些事实，原先对月亮的抱怨，马上就转为对月亮的同情。先前误以为月亮故意与人作对，现在才深知月与人实"同病相怜"。能对人月古今等量齐观，就能对"人有悲欢离合"超脱达观。

"人有悲欢离合，月有阴晴圆缺，此事古难全。"我的天哪！我每次读这些东西，就感觉好得没办法，我学到了很多东西，就是我们在痛苦中要怎样解脱。

你看，以辛弃疾那"男儿到死心如铁"的执着，他很难从痛苦中超脱出来。他有一首名作《水龙吟·登建康赏心亭》，像是用热泪甚至热血写成，越往后写就越郁结，读那样的结尾让人心里堵得慌："倩何人唤取，红巾翠袖，揾英雄泪。"苏、辛虽然同为豪放词人，但东坡豪迈而旷达，稼轩则雄强而沉郁。

再看，我们说杜甫沉郁顿挫，杜甫的《秋兴八首》其八："彩笔昔曾干气象，白头吟望苦低垂。"他不想也不能超脱。看看他的《登高》："无边落木萧萧下，不尽长江滚滚来。""艰难苦恨繁霜鬓，潦倒新停浊酒杯。"真是一字一血。

他们都没有苏东坡真正的自我超脱旷达，他刚才还说"不应有恨，何事长向别时圆"，马上就解脱了。不是我一个人是这样，全世界的人都是这样。人本来就有悲欢离合，就像月亮有阴晴圆缺一样。

"此事古难全"，这个世界上没有一个尽善尽美的东西。所以接着就写："但愿人长久，千里共婵娟。"他最后彻底解脱了，我和弟弟以及天下人都共一轮明月，只要人长久，我们不管在天涯海角都心心相印。头上的月亮相同，我们的心灵相通，又哪在乎"分别"，又哪有什么痛苦呢？

中秋之夜既然不能团圆，那我们就只得希望："但愿人长久,千里共婵娟。""但愿人长久"突破了时间的局限,"千里共婵娟"打破了空间的阻隔,真个是"凌云健笔意纵横"。当然,"古难全"是不变的事实,"人长久"是美好的愿望。亲人分离虽然不可避免,但只要彼此能如愿健康长寿,此时此刻能共赏中秋明月,大家照样还能心心相印。这两句是苏轼对弟弟的思念,又何曾不是他对天下人的祝愿?婵娟本指女性姿容姣好的样子,此处指代中秋月亮。南北朝的谢庄有《月赋》"美人迈兮音尘阙,隔千里兮共明月",晚唐许浑的《怀江南同志》也说"唯应洞庭月,万里共婵娟"。此前类似的句子大概不少,苏轼也许受到前人的影响,也许是提笔之际无心暗合,但有一点可以肯定,在所有这类诗句、文句中,要数苏轼这两句最为有名,也要数这两句最能打动人心。

就其神思飞越而言,苏轼不愧词坛上的李白;就其逸怀浩气而言,该词实为苏轼豪放词的代表。不管从哪个角度解析,该词都充分展示了苏轼的才情与气度,体现了他的风格与个性,更表现了他的境界与胸襟。

单就词的章法也让人叫绝。首句"明月几时有"陡起,笔力雄奇健举。接下来写眺望中秋明月,时而涌现"乘风归去"的异想,转而又担心那琼楼玉宇的高寒;时而责怪明月偏照无眠的寡情，忽而又生人月命运相同的自慰；寻求解脱而希望飘然远引，终因抛舍不下家园亲友还是留在现实人间，词境既超凡绝尘又亲切温暖，用笔一气贯注而又层层转折，难怪人们惊叹它是"天仙化人"之笔了。

2. "英姿奇气"

南宋张孝祥的《念奴娇·过洞庭》，是一首和苏东坡《水调歌头·明月几时有》齐名的中秋词。这两首词艺术同样旗鼓相当，境界同样超尘脱俗，想象同样丰富新奇，气魄同样宏大壮伟。

这两首长调同为中秋词的双绝，如果说前者表现了苏轼的"逸怀浩气"，那么后者则展现了张孝祥的"英姿奇气"。

我们来看看《念奴娇·过洞庭》：

> 洞庭青草，近中秋、更无一点风色。玉鉴琼田三万顷，着我扁舟一叶。素月分辉，明河共影，表里俱澄澈。悠然心会，妙处难与君说。
>
> 应念岭表经年，孤光自照，肝胆皆冰雪。短发萧骚

襟袖冷，稳泛沧浪空阔。尽挹西江，细斟北斗，万象为宾客。扣舷独啸，不知今夕何夕。

这首词作于宋孝宗乾道二年（1166年）。一年前张孝祥出知静江府，兼广南西路经略安抚使，史书称他在任上"治有政声"，因受政敌谗害而免官。从桂林北归途经洞庭湖时，中秋前夜面对烟波浩渺的洞庭湖，他触景生情写下了这首杰作。

聊这首词作之前，先来聊聊这位词人。

张孝祥，历阳乌江人，乌江即今天安徽和县乌江镇，他于绍兴二年（1132年）出生在明州鄞县桃源乡，今天的宁波市鄞州区横街镇，十三岁后才随家返乡。二十三岁以状元进士及第，同榜中进士的有范成大、杨万里、虞允文等杰出才俊。他在士林一时声誉鹊起，一是他的才华超群，《宋史》本传说他"下笔顷刻千言"，并世名臣王十朋赞不绝口："天上张公子，少年观国光。"二在于他英气勃勃，杨万里称他"当其得意，诗酒淋漓，醉墨纵横，思飘月外"。正如陈应行《于湖先生雅词序》中所说的那样，他不仅有一枝"自在如神之笔"，还有一股"迈往凌云之气"，这使许多同辈人不得不对他仰视。

不过，英气未必带来运气，才高更不能保证位高。他是当朝有名的主战派代表，这自然招致秦桧等投降派的嫉恨打压。我们来听听他在南宋初的咆哮："念腰间箭，匣中剑，空埃蠹，竟何成！时易失，心徒壮，岁将零，渺神京。"（《六州歌头·长淮望断》）"湖海平生豪气，关塞如今风景，剪烛看吴钩。"（《水调歌头·闻采石矶战胜》）我们今天听来仍热血沸腾，当年秦桧等人听来无异于诅咒和挑衅。

虽然当世宰辅认为他可担大任，后世史家肯定他"莅事精确"，可出仕以来他一直跌跌撞撞，在官场上几起几黜，这不只使他萌生退意，还使他深感人生如梦："一梦经年归去好，宦情全薄此情深。"（《去年正月三日雪霁入昭亭访应庵如庵二老今年在临川追怀昔游用寄乩庵韵》）"解饮不妨文字，无心更狎鸥鱼。一声长啸暮烟孤。袖手西湖归去。"（《西江月·十里轻红自笑》）"万事只今如梦，此身到处为家。"（《西江月·冉冉寒生碧树》）为了更好地理解《念奴娇·过洞庭》，我们先看看他的《西江月·题溧阳三塔寺》：

问讯湖边春色，重来又是三年。东风吹我过湖船，杨柳丝丝拂面。

世路如今已惯，此心到处悠然。寒光亭下水如天，飞起沙鸥一片。

如今见惯了"世路"的险恶，饱经了小人的陷害，他早已无复少年的锐气，无复青年时期的豪情。由于无力改变可悲的现状，对任何不公只能泰然处之，在任何逆境都得悠然恬淡，说好听点是精神超脱，说难听点是无可奈何。

了解了张孝祥的处境与心境，我们可能更易于进入《念奴娇·过洞庭》的词境。

此词上片写中秋夜洞庭湖之景。起笔三句"洞庭青草，近中秋、更无一点风色"，"洞庭青草"既是点地也是切题，"近中秋"是点明时令，"更无一点风色"点明气候氛围。

青草湖又名巴丘湖，或说因南岸有青草山而得名，或说因湖中多青草而得名。据说，历史上的青草湖比现在大多了，唐宋时期湖周长约二百六十里，北面有沙洲与洞庭湖相隔，水涨时则与北边洞庭湖相连。既然地理上两湖相连，诗文中自然将两湖并称，如杜甫《寄薛三郎中璩》诗："青草洞庭湖，东浮沧海漘。"青草湖在洞庭湖南边，从桂林北上会由青草湖入洞庭湖。

为什么要特地交代"近中秋"呢？因为月亮虽然"万里

此情同皎洁",但只有中秋月亮"一年今日最分明"(戎昱《中秋夜登楼望月寄人》),没有中秋月亮就没有词后面的绝妙美景,当然更没有这首绝妙好词。为什么特地说"更无一点风色"呢?因为中秋之夜"更无一点风色",才会有"可爱一天风物"(米芾《水调歌头·中秋》)。"风色"是古代诗词中的常用词,大多数时候仅仅指"风",它的意思还包括风势、风向、风光、天气等,如"今朝好风色,延瞰极天庄"(卢照邻《至陈仓晓晴望京邑》),"只道今朝风色好,不知还有暗滩生"(郑獬《江行五绝》),"今朝好风色,不饮君何辞"(刘因《欢饮》)。"更无一点风色",是说洞庭湖连一缕风也没有,浩瀚湖面水波不兴。

既然"更无一点风色",洞庭湖水便不可能"波撼岳阳城",便有了"玉鉴琼田三万顷"。在中秋的皓月之下,"三万顷"洞庭,像一块照人的玉镜,又像一块明澈的玉田。他在同一时期写的《观月记》说,中秋的洞庭湖"水如玉盘,沙如金积",正好印证词中的"玉鉴琼田"。此时此刻在湖中"着我扁舟一叶",那扁舟不像在湖中走,倒有点像在天上行,那词人也不像被罢免的官员,倒更像天上的神仙。另外,"着我扁舟一叶"紧扣题面"过洞庭"。

"素月分辉，明河共影，表里俱澄澈"三句，紧承"玉鉴琼田"两句而来，只有三万顷洞庭像一面玉镜，天上的"素月"才能与它"分辉"，"明河"才能与它"共影"。"素月分辉"是说银白月亮倒映在湖里，银白的月光洒满湖面，"明河共影"是说天上的银河倒映湖中，天上有一条银河，湖中也有一条银河。"表里俱澄澈"结束上两句，描绘了"素月分辉，明河共影"的特征，"澄"和"澈"都是形容水的清亮透明，"表里"是指从湖面到湖里，也指从湖面到天上。中秋之夜的洞庭湖，从天上到湖中，从湖面到湖里，从上上下下，到里里外外，全是一片清澈、透明、皎洁的仙境，这儿没有一丝昏暗，没有半点污浊。

词人跳出黑暗腐朽的官场，融入皎洁空明的仙境，与宇宙天地融为一体。这种与天为一的"妙处"，只能一个人"悠然心会"，无法用语言与"君"分享，用陶渊明的话来说，"此中有真意，欲辨已忘言"。

上片写中秋洞庭之所见，下片抒中秋洞庭之所感。

人不可能永远与天合一，他必须面对无数人生烦恼，必须跨过一个个社会险滩，一肚皮心事想"与君说"："应念岭表经年，孤光自照，肝胆皆冰雪。""岭表"一作"岭海"，即五岭之外，此处指今天广西一带。前一年，词人知静江府，治所在桂林，第二年就因谗落职，所以说"岭表经年"；被诬蔑蒙冤谁都想剖白，所以有了过片的"应念"。"孤光"限指中秋月亮，苏轼《西江月·世事一场大梦》有"中秋谁与共孤光"句。"孤光自照"的意思是说，只有天上的月亮孤零零地照着我，杜甫《江汉》一诗也说过"永夜月同孤"。中秋之夜在洞庭"孤光自照"，像歌词唱的那样只有"月亮知道我的心"。

从"孤光自照"中，不难想见他如何孤独；在"孤光自照"之下，才明白词人"肝胆皆冰雪"。冰与雪都洁白晶莹，诗人常用它们来形容高洁的人格情操，如江总《入摄山栖霞寺诗》说"净心抱冰雪"，高适《酬马八效古见赠》说"奈何冰雪操"，文天祥《正气歌》称"清操厉冰雪"，我们还想到了王昌龄的"一片冰心在玉壶"。词人对被谗免职问心无愧，他的心迹玉洁冰清，他的为人磊落光明，他对人对己都肝胆相照。上片"表里俱澄澈"写景，下片"肝胆皆冰雪"表心，它们都是词中"金句"，也恰好为上下对句。没有"肝胆皆冰雪"之心，哪能感应"表里俱澄澈"之景？

"短发萧骚襟袖冷，稳泛沧浪空阔"一波三折，前一句压抑低沉，后一句昂然振起。"萧骚"也作"萧疏"，状风吹树叶之声，也指萧瑟清冷之景，此处形容头发稀疏短少。"襟袖冷"上承"冰雪"而来，"冷"虽指中秋之夜的气候，主要还是词人的心理感受，任何人被谗罢官都会觉得凄清冷落。不过，这并不影响他"稳泛沧浪空阔"，"稳"一字双绾——既指泛舟的平稳，也指他心态的镇定。"沧浪空阔"形容洞庭湖辽阔浩渺。任它谗言，任它罢官，何妨啸傲于中秋，何妨泛舟于洞庭？"萧骚"却不潦倒，凄冷绝不颓唐！

中秋月夜泛舟于三万顷洞庭，激起了词人的豪情万丈："尽挹西江，细斟北斗，万象为宾客。"这三句实属神来之笔，想象之奇，气势之壮，无一不让人拍案叫绝。"西江"指洞庭湖以西的中上游长江，"万象"就是天地万物。"尽挹"长江水以为酒，"细斟"北斗以为杯，邀来"万象"以为客，中秋之夜，洞庭之滨，我要和天地万物一醉方休！洞庭中秋的此情此景，激发了词人"湖海平生豪气"。这种奇特想象，这种磊落英风，这种豪情霸气，用苏轼的话来说，真"不减唐人高处"，甚至在盛唐诗中也不多见！

最后两句将激情推向高潮："扣舷独啸，不知今夕何夕。"此处"扣舷"是醉拍船舷，"独啸"是一人引吭啸歌。"扣舷独啸"是纵情，"不知今夕何夕"是忘情，纵情处便是忘情时。

尾句"不知今夕何夕",回应上片起句"近中秋",它在章法上是首尾照应,在情感上属转折腾挪,在词境上则显空灵缥缈。

南宋魏了翁在《跋张于湖〈念奴娇〉词真迹》中说:"张于湖有英姿奇气,著之湖湘间,未为不遇,洞庭所赋,在集中最为杰特。"此词的确表现了词人的奇情壮彩,词中的异想妙语络绎奔涌,英风豪气更是奇峰迭起,读来如在山阴道上行,让人一时应接不暇。

在南宋初期词坛上,张孝祥的豪放词,为苏东坡继轨,实辛弃疾先导。苏轼的《水调歌头·明月几时有》、张孝祥的《念奴娇·过洞庭》,是中秋词中的双璧,中秋佳节使他们写出绝妙好词,他们的绝妙好词又使中秋佳节更为美好。

第 5 讲

词坛女皇李清照

让七尺男儿俯首称臣的天才女性，我国历史上大概要数这两位：唐朝的武则天、宋朝的李清照。

如果武则天是今天某市的市长，如果我研究生刚刚毕业，我玩命也要去考那个城市的公务员，即使自己没有资格报考，我以后也会推荐自己的研究生去为她效命。对她的才智、雄心、意志，甚至对她的狡诈、阴谋、严酷，我都佩服得五体投地，倒不是慑服于她的权势，而是折服于她的气魄和才华。想想看，在一千多年前的初唐，一个女人有本事弄得乾坤颠倒，有本事把李唐的江山改成武周的天下，唐高宗李治服不服我不知道，但我知道武周朝那些大臣都服了，你们听听，他们喊"吾皇万岁"有多肉麻！

宋朝的李清照更不用说，我对她的天才一直高山仰止。她一说话就口吐芬芳，一动笔就金句满纸。她现存的词作虽然不多，但有作必佳，无词不妙。我不仅想把她的每首词都背下来，还想把每首词烧成灰吞下去。散文、金石、书法、绘画、博弈，她都是第一流的高手。对她的"才高学博"，宋元人早就赞叹不已。英国人说，和一个十全美女结婚，等于人生重上一次大学。谁要是娶了李清照这样的太太，我打赌他是报选了一个博士生导师，而且终身都毕不了业。宋代周煇《清波杂志》卷八载，李清照每有新的诗词，"必邀其夫赓和，明诚每苦之也"。娶李清照后，到底是动力大于压力，还是压力大于动力，估计赵明诚也说不清，大概最多就像喝加糖的咖啡，喝起来有苦也有甜。

对武则天的权谋手腕，估计会有人口服心不服，而李清照卓越的天才，那叫你不得不服。

大家都以为自己熟悉李清照，其实，你真的"认识"李清照吗？

一听到我这样问，很多人会嗤之以鼻，谁不"认识"李清照呀，她不就是那个写"绿肥红瘦"的女词人吗？

由于李清照的词名太盛，人们只把她定格在"兴尽晚回舟，误入藕花深处"的天真少女，定格在"此情无计可消除，才下眉头，却上心头"的深情少妇，更定格在"凄凄惨惨戚戚"的凄凉老妪上。可能是觉得没有必要，也可能是没有兴趣，人们不再去了解她的胸襟、她的气度、她的眼界、她的豪情，还有她的学问、她的见识和她的爱好。

假如李清照是一个多面体，我们只模糊地看到了她的一个侧面，其他所有方面都被我们屏蔽了。

李清照（1084年—1151/1155年），号易安居士，出身于山东济南一个书香人家。"清照"这名字特别富于诗意，显然来于王维《山居秋暝》中的名句——"明月松间照，清泉石上流"。她自号"易安居士"，又来于陶渊明《归去来兮辞》："倚南窗以寄傲，审容膝之易安。"古代男性常有名、字、号，名以正体，字以表德，号以明志。李清照本身就充满了诗情画意，她的一生是"诗意地栖居"，像松间的明月，像石上的清泉，叫"清照"真的再贴切不过了。自号"易安"是表明自己安贫恬淡的情怀。

投胎真的是一门技术活儿，李清照可是掌握了这门技术绝活。父亲李格非进士出身，既以经学为世人所称，又以散文见赏于苏轼，是"苏门后四学士"之一，属于元祐文坛的中坚人物。母亲王氏是"相家女",富于良好的文化修养。

这样的出身简直是"开挂"了,她人生的起点,就是别人的天花板。

让人嫉妒的还在后面,让她出身于书香门第也就算了,老天又让她天资聪颖。土壤好,苗子好,气候好,还愁不能长成参天大树吗?

当时大多数人重男轻女,她父母好像没有这种偏见,李清照在一种健康的文化氛围里生长。那时女孩无权也无须考取功名,又不必像今天"鸡娃"一样地高考,轻松的氛围养成了她广泛的兴趣,广泛的兴趣又成就了她多方面的才能。王灼在《碧鸡漫志》中称赞她说:"自少便有诗名,才力华赡,逼近前辈,在士大夫中已不多得。"这里的"诗名"其实主要指词名,古代"诗"也包括词,古人认为词为"诗之余"。

她杰出的诗词成就,就是放在士大夫中"已不多得",可诗词只是她诸多才能中的一种。宋赵彦卫《云麓漫钞》卷十四:"李氏……有才思,文章落纸,人争传之。小词多脍炙人口,已版行于世。"可见,她不只是小词脍炙人口,文章同样在文坛被争相传诵。明人也叹服她"古文、诗歌、小词,并擅胜场"(明陈宏绪《寒夜录》卷下)。就文章而言,散体、骈体无一不佳，辞赋也十分拿手。

散文杰作《金石录后序》，充分表现了她过人的才气、渊博的学问，以及通达的见识。元末明初陶宗仪看到这篇文章后，称李清照"才高学博，近代鲜伦"（《说郛》卷四十六引《瑞桂堂暇录》）。这篇文章意深而情长，让人百读不厌，我读出了她对亡夫的思念，对山河破碎的痛苦，对金石书籍散失的惋惜。

这里还得和大家掉一下书袋，《金石录》是一部什么书呢？李清照在"后序"一开始就做了交代："右《金石录》三十卷者何？赵侯德父所著书也。取上自三代，下迄五季，钟、鼎、甗、鬲、盘、匜、尊、敦之款识，丰碑、大碣、显人、晦士之事迹，凡见于金石刻者二千卷，皆是正讹谬，去取褒贬，上足以合圣人之道，下足以订史氏之失者，皆载之，可谓多矣。"李清照丈夫赵明诚，字德父（一说德甫），她在文章中称其字，而不直呼其名，表示对死去丈夫的尊重和怀念。《金石录》收录不少古今的金石刻词，并补了识读、校勘和按语。"金"可不是金银铜铁的"金"，指古代青铜器一类的东西，"石"指古代的碑碣石鼓。古人常在金石上刻文字，或以歌功颂德，或以告示垂戒，文字学家可据此研究文字演变，历史学家可据此考证史实。

　　撰写《金石录》需要坚实的学术功底，它涉及语言文字学、历史学、考古学。其实，这本书写作过程中，李清照不只作为助手帮忙，实际上一直是与丈夫合著。明田艺蘅在《诗女史》中说："德甫（赵明诚字）著《金石录》，其妻与之同志，乃共相考究而成，由是名重一时。"这本书是他们夫妻"共相考究而成"。她记性比丈夫更好，知识面也可能比丈夫更广："余性偶强记，每饭罢，坐归来堂烹茶，指堆积书史，言某事在某书、某卷、第几叶、第几行，以中否角胜负，为饮茶先后。中即举杯大笑，至茶倾覆怀中，反不得饮而起。甘心老是乡矣。故虽处忧患困穷，而志不屈。收书既成，归来堂起书库，大橱簿甲乙，置书册。"

　　所谓"余性偶强记"，不过是比丈夫更博学的一种谦逊说法。大学念书时，石声淮教授教我秦汉文学，他是钱锺书先生的妹夫。记得上《史记》的时候，我们随便问他哪一名言，哪一个相关的人事，他和李清照一样都能指出在"某卷、第几叶、第几行"，这让同学们个个佩服不已。而李清照不只是一部书，对"堆积书史"都能滚瓜烂熟，那简直叫我们惊为天人了。

前人称"易安居士能书能画，又能词，而尤长于文藻"，明人禁不住高叫"大奇大奇"（张丑《清河书画舫》）！现在李清照的绘画作品全佚，张丑评她的画作说："古来闺秀工丹青者，例乏丰姿，若李易安、管道升（元代女画家）之竹石……无忝于士气也。"（同上）

要是知道她还能玩能赌能喝，那更要叫奇之又奇了。

她比一般男性更爱也更能喝酒，你们看看她的词就知道，到处都是"沉醉""残酒""小酌""金尊绿蚁""酒醒""酒阑""尊前醉""香消酒未消""随意杯盘""三杯两盏淡酒"一类词语。从这类词中，不难想象她的酒兴与酒量，更不难想象她饮酒时的豪气。

另外，她还是位大玩家，是博弈的行家里手。她在《打马图经序》中说："慧则通，通即无所不达；专则精，精即无所不妙。"人只要聪慧，学任何东西都能豁然贯通，一豁然贯通就无所不懂；只要用心专一，就会有精深的造诣，造诣精深自然就能曲尽其妙。她十分不屑地说，今天的人不光学不好圣人之道，连棋艺游戏也仅得一点皮毛。她承认自己喜欢博彩游戏，几乎凡赌都爱，而且屡赌都赢，差不多打遍天下无敌手。她在序文中罗列了一二十种博弈游戏，或"近世无传"，或

"鄙俚不经见",或过于"质鲁"简单,无须智力而只凭运气,或过于烦琐会玩者太少,很难遇到劲敌。只有"打马简要","特为闺房雅戏",可惜又"苦无文采"。

打马棋是一种争先的棋艺,"马"或"马钱",其实就是外圆内方的棋子,一面是马的名字,一面是马的形状。它以掷骰子来决定棋子的行动,规则和玩法接近飞行棋。打马棋有四种不同的玩法:关西马、依经马、宣和马、易安马。易安马又叫"命辞打马",是李清照在依经马基础上改进的,并写了《打马图经命词》十三则,详细阐述了易安打马的玩法和规则,所以她十分自豪地说,这种打马棋"始自易安居士也"。

玩打马游戏,创打马游戏,写打马序文,制打马命词,作《打马赋》,明清那些古板的文人,既没有这兴趣,也没有这聪明。元末明初陶宗仪由衷赞叹说:"韵事奇人,两垂不朽。""韵事"指打马棋,"奇人"则属李清照。

第 6 讲

女儿身，男儿心

幸好她的名作《渔家傲·天接云涛连晓雾》没有佚失，否则还真不知道李清照是个什么样子，大家还以为她只会细腻婉约。读读这首《渔家傲·天接云涛连晓雾》就知道，她要是真的豪放起来，就没有苏东坡、辛弃疾什么事了。还是先看原作——

天接云涛连晓雾，星河欲转千帆舞。仿佛梦魂归帝所。闻天语，殷勤问我归何处。

我报路长嗟日暮，学诗谩有惊人句。九万里风鹏正举。风休住，蓬舟吹取三山去！

梁启超认为此词"绝似苏辛派，不类《漱玉集》中语"（梁令娴《艺蘅馆词选》乙卷引）。其实，它不只是易安词中的"另类"，甚至是整个宋词中的"另类"。

此词的写作时间有两说：夏承焘、于中航等人将它系于屏居山东莱州期间，属于早期的作品；大部分学者将它系于建炎四年（1130年），因有人诬告赵明诚"馈璧北朝"，说他暗送宝物古玩给金人，用今天的话来说就是里通外国。为了表明对国家的忠诚，李清照追随宋高宗避难行踪，从海道到温州、越州（绍兴），历尽大海风涛颠簸之苦。把它系于建炎四年的理由是：没有这次海上逃难的经历，词中就不会出现大海、乘舟、帝所等意象。这个理由牵强可笑，难道庄子不到大海就不会写"北冥有鱼"？不能展翅"九万里"笔下就不会有鲲鹏？这种说法把文学创作等同于新闻报道。

我倒是倾向于夏承焘等人的意见，它是李清照早期的作品，不过，说它一定写于莱州未免胶柱鼓瑟，它可能写于莱州，也可能写于"帝所"汴京，或写于南渡前山东某个地方。如果写于国破家亡之后，行将就木之年，气势不可能如此豪迈，词境不可能如此宏大，想象不可能如此奇幻，一个寡居老妇不会有这样勃发的生命激情。

头两句"天接云涛连晓雾,星河欲转千帆舞",一上来就把我们带进一个辽远无垠的苍茫境界,苍天、云涛、晓雾、银河、千帆等阔大意象,织成一幅令人惊异的壮美景象。茫茫的苍天"接"翻卷的云涛,翻卷的云涛又"连"迷蒙的晨雾,它们构成一种莽苍宏伟的奇观。狂风大作中的银河波涛汹涌,银河中的千帆颠簸起伏,像是千万条银蛇凶猛地翻转舞动。每个意象本来就极其庞大,又连续用"接""连""转""舞"四个有力的动词,把这些意象组成一个既宏大辽阔又猛烈强劲的境界。这种宏阔,这种气象,这种力度,套用杜甫的诗句来说,此景只应天上有,人间哪得几回闻!不仅在唐宋一般词人那儿完全绝迹,即使最豪放的苏辛词也难与媲美。"大江东去,浪淘尽、千古风流人物"也好,"楚天千里清秋,水随天去秋无际"也好,不只境界有大小之分,气度也有凡仙之别。

由于有前两句仙境景象的铺垫,"仿佛梦魂归帝所"才入情入理。眼前的"天接云涛""星河欲转",使词人产生一种错觉,自己的梦魂仿佛来到了天上玉皇的宫殿,更神奇的是,还仿佛听到了天帝慈爱的诏问:"殷勤问我归何处。""归何处"包含两层意思:明面上是你打算到哪里去,纸背的意思是你人生的归宿在哪里。

下片换片不换意，上片结尾是天帝的问话，下片开头就是词人的回答："我报路长嗟日暮，学诗谩有惊人句。"先用第一人称"我"，回应上片的"问我"，再用回报的"报"字，好像"我"在直接与天帝对话，一问一答显得特别逼真。"路长嗟日暮"出自《史记·伍子胥列传》"日暮途远"，或用庾信《哀江南赋序》"日暮途远"典。这一句是禀告人生的志向、追求的艰辛，它使人想起《离骚》"路漫漫其修远兮，吾将上下而求索"。联系下句"学诗谩有惊人句"，"路长嗟日暮"的语意，可能更近于王安石"强学文章力已穷"（《奉酬永叔见赠》），写自己在创作上竭尽全力，像杜甫那样"语不惊人死不休"（《江上值水如海势聊短述》）。李清照晚年在《分得知字韵》中说："学诗三十年，缄口不求知。谁遣好奇士，相逢说项斯。"项斯是唐朝诗人，未成名时以诗谒前辈杨敬之，杨敬之欣赏他的才华，表扬项斯说"几度见诗诗总好"，并承诺以后"到处逢人说项斯"。李清照同样自负才华，也希望有人为她逢人说项。

禀报了自己的志向与归宿，再回禀天帝自己打算"归何处"："九万里风鹏正举。风休住，蓬舟吹取三山去！""九万里风鹏正举"好像在两者之间横插一杠，实际上它上承"天接云涛"，下启"风休住"。大鹏正迎风展翅，搏击九万里长空。

这句暗用《庄子·逍遥游》中的典故："鹏之徙于南冥也，水击三千里，抟扶摇而上者九万里，去以六月息者也。"明眼人一看就知道，词中的大鹏是词人的化身，"学诗谩有惊人句"实写其自信，"九万里风鹏正举"虚写其雄心。在九万里长空中，大鹏穿过云涛晓雾，掠过星河千帆，谁见过这么壮阔的境界？

结尾处，突然以命令的语气大喝一声："风休住，蓬舟吹取三山去！"之所以喝令"风休住"，不只是因为大鹏驭风才能搏击云天，还因为词人要风把蓬舟送到蓬莱仙境。"蓬舟"指像飘蓬一样疾驰的船。"三山"指传说中的蓬莱、方丈、瀛洲三座仙山。上片天帝不是"问我归何处"吗？我想归去的地方就是蓬莱仙境！

这首词境界之雄阔，气势之恢宏，激情之奔放，力度之强劲，想象之奇特，不仅唐宋词中绝无仅有，而且唐宋诗中也十分罕见。现在我们应纠正一下梁启超的评语，就词风的豪放而言，此词不是"绝似苏辛派"，而是"冠绝"苏辛派。

李清照的激情、胸襟、气度、雄心、志向、才华、想象和生命力，在这首词中得到了充分的展示。她虽为女儿身，但有颗男儿心，不对，她比我们男儿更有雄心。

可惜，为她那"词别是一家"的理论所限，她的激情气势，她的胸襟豪气，在她的词中只是偶尔露峥嵘，《漱玉集》中仍然表现大家闺秀的细腻、婉约、优雅、灵气，一直被许为"婉约正宗"。

第 7 讲

绰约见天真

李清照曾以"绰约俱见天真"形容花容,我们不妨用它来形容她年轻时的风采,也不妨用它来形容她早期的词品。

她不只是生长于书香门第,从小受到良好的文化熏陶,而且生长于宽松温馨的家庭氛围,度过了一个充实快乐的童年。年轻的李清照出落得亭亭玉立,既绰约多情,又天真可爱,更充满生命的活力。

可惜那时没有照片和视频,不然肯定要迷倒众生。

1. 青春的倩影

幸好还能看到她早期的词作,让我们能走进这位少女的细腻的心灵，能一睹这位少女的倩影——

常记溪亭日暮，沉醉不知归路。兴尽晚回舟，误入藕花深处。争渡，争渡，惊起一滩鸥鹭。(《如梦令·常记溪亭日暮》)

李清照现存两首《如梦令》，另一首因有新奇的"绿肥红瘦"金句，为更多人所称道。这一首虽然没有"词眼"，但它仍然让人回味无穷。这就像身边的许多美人，她们的五官分开来看好像并不打眼，可她们身上"细看诸般好"，"增之一分则长，减之一分则短"，看上去无处不楚楚动人。

此词追忆少女时的一次游赏活动，她游赏的时候没有写，写的时候并没有游。词中的"溪亭"，如果只是泛指，就是指溪边的亭阁。如果它是特指，李清照能游赏到的"溪亭"有三个：1. 她原籍章丘明水一带的某个溪亭；2. 济南七十二名泉之一；3. 济南有一个地方叫溪亭。其中2、3的溪亭，或指泉水名，或指地方名。

之所以不厌其烦地和大家交代词中"溪亭"，是因为溪亭的何所指，关系到词人何时游。假如溪亭或一般的泛指，或指家乡的某个地方，青少年阶段随便哪个时间，李清照都可能去溪亭玩。假如溪亭指济南的泉名或地名，那么只有崇宁元年（1102年），李清照有可能到济南，因为此时她父亲离开京城暂居济南。不过，李清照此时随夫屏居青州，父亲李格非居济南的时间较短，虽然两地相隔不是很远，但不敢断定李清照会匆匆来看望父亲，一是那时交通不像现在这么方便，二是那时回娘家不像现在这么随便。词中的溪亭多半泛指家乡某个溪边的亭子，词写的是小时溪边的一次游玩，具体时间难以确指。

首句"常记溪亭日暮"，"常记"是两个领字，以"常记"二字领起全篇，后面全是"常记"的内容。有人说"'常'字显然为'尝'字之误"，我倒认为，这种说法显然不对。"常记"的意思是"常常想起""一直都忘不了"，"尝记"的意思是"曾经记得"。如果是"曾经记得"，那它的潜台词就是"现在记不得了"；如果是"现在记不得了"，那又怎么能把这次游玩写得活灵活现呢？

开头两句"看似寻常最奇崛"，词人好像和她的闺密说悄悄话，甜蜜回忆自己一次快乐的游玩：我常常想起……"溪亭"交代地点，"日暮"交代时间，"沉醉不知归路"交代事情。和伙伴们一起围坐溪亭，饮着美酒，看着美景，大家饮呀，疯呀,闹呀,一直玩到了天已经黢黑,玩到了辨不清东南西北,找不到回家的"归路"。"沉醉"表明她玩得多么开心,"不知归路"正说明她乐而忘返。

"兴尽晚回舟"承首句的"溪亭日暮",溪亭是说游在水边,往来都得乘船走水路,这就有了后面的"回舟","晚"更明显是照应前面的"日暮"。"误入藕花深处"承次句"沉醉不知归路",由于疯得"沉醉",由于"不知归路",这才有走错归路的"误入"。幸好词人"误入",词境才别有洞天:少女、荷叶、莲花、扁舟,好像"误入"陶渊明的桃花源,又好像走进了《聊斋志异》的仙境,人世还有比这更有诗意、更让人着迷的意境吗?

"争渡,争渡"两句的意思是,拼命地划呀,拼命地划呀,把当时急着回家的情景写得十分逼真。今天不少注本说"争"是"怎"的假借字,把"争渡"解为"怎渡"。首先,"争渡"在古代诗词中常用,如孟浩然名诗《夜归鹿门歌》"山寺钟鸣昼已昏,渔梁渡头争渡喧",又如岑参《巴南舟中夜市》"渡口欲黄昏,归人争渡喧",有谁见过"怎渡"呢?其次,只有"争渡,争渡",才会"惊起一滩鸥鹭",要是"怎渡,怎渡",一直在问自己"怎么渡呀,怎么渡呀",那还能"惊起一滩鸥鹭"吗？急匆匆地划船，急急忙忙地叫喊，惊起了晚归休眠的鸥鹭。结尾一句实在是点睛之笔，绿荷叶、红莲花、白鸥鹭，色彩搭配和艺术构图也极其美丽，鸥鹭惊飞更使画面充满了生机。

这首小令完全是用日常语，聊小时候的一次游玩，词人说得眉飞色舞，我们听得津津有味。它像电影中的蒙太奇一样，几个连续的画面印在脑海中，少女、溪亭、晚霞、轻舟、荷叶、莲花、鸥鹭，每个镜头都叫人心醉，每个画面都美不胜收。词人"常记"那次愉快的游玩，我们也常背这首迷人的小词。

这首词的意脉十分流畅，"沉醉"所以"不知归路"，"不知归路"才"误入藕花深处"，"误入"歧路便急着"争渡"，而"争渡"又"惊起一滩鸥鹭"，同时结构又十分紧凑，句句相互承接照应，我们可以从中体会什么叫"针脚绵密"。

词的语言明快，情调又欢快，意境美丽，画面又有生气，可以看出词人青少年时期美丽聪慧的心灵、天真活泼的个性，以及青春勃发的生命激情。

2. 什么叫天才？

她的另一首《如梦令·昨夜雨疏风骤》，写作时间与上词相先后，都是她早期的作品：

> 昨夜雨疏风骤，浓睡不消残酒。试问卷帘人，却道海棠依旧。知否？知否？应是绿肥红瘦。

我曾说过"抖音就是视频中的绝句"，小令又是词中的"绝句"，而这首小令则酷似一个生动的抖音，读这首小令像看一个短视频，时而山重水复，时而柳暗花明，那声情并茂叫你忍俊不禁。

"昨夜雨疏风骤，浓睡不消残酒"，起笔只是淡淡地交代时间——"昨夜"，背景——"雨疏风骤"，起因——"浓睡不消残酒"。起句初看似乎很平，就像演员刚一出场貌不惊人，其实，它在内容上为后文埋下伏笔，在艺术上是欲扬先抑。

"雨疏"是说雨点稀疏，"风骤"是说风势很急，"浓睡"是说睡得很深，"残酒"是说仍有醉意。为什么昨夜要喝那么多酒呢？正值芳春时节，园中的海棠花好香浓，本是游园赏花的良辰乐事，不承想晚来狂风疏雨，娇嫩鲜艳的海棠花哪经得起这样的摧残？一是因为惜花，一是因为郁闷，不知不觉喝得上头。借着酒意进入了沉沉的梦乡，第二天醒来仍醉眼蒙眬，还残存几分酒意。

怎么知道李清照因惜海棠花而饮酒呢？词中第四句交代了原委。李清照对海棠花为什么如此珍惜呢？苏轼那首著名的《海棠》诗为我们做了回答：

东风袅袅泛崇光，香雾空蒙月转廊。
只恐夜深花睡去，故烧高烛照红妆。

苏东坡实在太爱海棠花了，他想整夜把海棠花看个够，但担心海棠花夜深睡去，特意点上蜡烛陪护美人一样的名花。原先只知道苏轼俏皮幽默，但不知道他和李清照一样，原来也是一位海棠花的花痴。正当海棠花盛开之时，偏逢"雨疏风骤"之夜，现在大家能理解，李清照为何懊恼，为何酗饮了吧？

头天晚上心心念念的都是海棠，第二天一早醒来牵肠挂肚的还是海棠："试问卷帘人，却道海棠依旧。"古代讲究人家的卧室，每道门都有门帘。"卷帘人"大概是她的贴身侍女，开门卷帘是她们早起的日常"功课"。侍女一卷起门帘，她就急急忙忙地问：我的海棠花怎么样了呀？侍女早晨有很多杂务要做，再说她对海棠花既没多大兴趣，也没有那么敏感，用人哪有赏花的雅兴？见小姐问得这么急切，她只好随口应付说：海棠还像昨天一样呗。

上句"试问卷帘人"，她问了什么呢？问话的内容蒙后省略，从下句答语"却道海棠依旧"，我们自然明白上句的问话内容。这一问一答，告诉我们什么叫简洁凝练。唐代贾岛《寻隐者不遇》同样也用了这种手法："松下问童子，言师采药去。只在此山中，云深不知处。"

问者极为有心，答者却十分随意。"却道"的意思是"竟然说"，侍女的随便应付可把小姐惹火了："知否？知否？应是绿肥红瘦。"你知道吗？你知道吗？一夜狂风疏雨的吹打，海棠花的绿叶更茂盛，它的红花更凋零。不会"海棠依旧"，"应是绿肥红瘦"！

"知否？知否？"原本是小令词格的要求，明朝人说它"口气宛然"，把关心海棠花的急切心情，把对侍女随口应付的不满，还把少女爱物被损后心急的个性表现得极为逼真自然。完全看不出它是词格的要求，像是脱口而出的对话。

"绿肥红瘦"千百年来更为人激赏。对雨后海棠花的感受极其新奇，形容这种感受的语言又极为别致——谁会想到用"肥"来形容"绿"？谁又会想到用"瘦"来形容"红"？"绿肥"也好，"红瘦"也罢，初读似乎毫无道理，"绿"怎么能"肥"？"红"又怎么会"瘦"？细想又无不入情入理。别小看"绿肥红瘦"这四个字，它更新了我们对绿叶红花的体验。西方马克思主义者马尔库塞，把这叫作培养"新感性"。对人，对事，对生活，"新感性"会赋予我们全新的感受。只要有了新感性，我们每天都能看到全新的太阳，能感受生活的新意义，我们的科研也能有新发现。

这首词通过对花事的关心，表现了李清照青少年时期对春天的痴情，对美的执着，对生活的热爱。

李清照这首词诠释了什么叫天才诗人：既有对事物新颖奇特的感受，又有表现这种感受的新奇语言。

3. "说不尽、无穷好"

我们再看看李清照的一首秋游词《双调忆王孙·赏荷》：

湖上风来波浩渺，秋已暮、红稀香少。水光山色与人亲，说不尽、无穷好。

莲子已成荷叶老，清露洗、蘋花汀草。眠沙鸥鹭不回头，似也恨、人归早。

此词记李清照早年在家乡的秋游。从语气上看，它可能是秋游的纪实，不像是事后的追忆。少数学者认为它是李清照十六岁时的处女作，不过这只是一种猜测，它的具体写作时间难以确考。

"湖上风来波浩渺"，春天的湖上往往水汽迷蒙，入秋后天高气爽，秋风徐来荡起粼粼波光，湖面更显得空旷辽阔。一起笔就出手不凡，意境开阔而又爽朗。"秋已暮、红稀香少"，紧接上句，点明时令已入晚秋，荷花已经凋零，香气已经淡薄。古代文人有悲愁的传统，可"红稀香少"的秋景，非但没有引起词人的感伤，她反而觉得湖上秋景别有风味："水光山色与人亲，说不尽、无穷好。""水光"承接前面的"湖上"，指湖水荡起的波光。"山色"可能指她老家章丘东北面的长白山景色，当然，也可能泛指山上的秋色。"与人亲"是一种拟人手法，形容"水光山色"和人亲近，让人温暖。《世说新语·言语》载:"简文入华林园,顾谓左右曰:'会心处不必在远,翳然林水,便自有濠、濮间想也,觉鸟兽禽鱼自来亲人。'"正因为"水光山色与人亲",词人才由衷赞叹"说不尽、无穷好"。"无穷好"引人回味无穷。

下阕续写湖上的秋色,但写法上由远及近,拍下了湖中的"特写镜头":"莲子已成荷叶老,清露洗、蘋花汀草。"湖中荷花虽凋,荷叶虽老,但莲子浑圆饱满,湖边汀草入秋,蘋花滴露。"接天莲叶无穷碧,映日荷花别样红",杨万里笔下的大红大绿固然富艳,李清照笔下清瘦淡雅的秋色同样醉人。

"眠沙鸥鹭不回头,似也恨、人归早",结尾这三句是神来之笔。湖边那些懒洋洋闲眠的鸥鹭,对早早归去的人们连头也不回,好像是表示它们的不满,埋怨人们不与自己做伴,又好像表示它们的不屑,面对金秋美景还不动心,羞与这些麻木的家伙为伍。上片结尾是"水光山色与人亲",下片结尾是"眠沙鸥鹭"对人"恨",虽然"亲""恨"之情相反,但二者的拟人手法相同。"亲"人者"水光山色","恨"人者"眠沙鸥鹭",前者让人感到异常温暖,后者同样让人觉得调皮可爱,这一"亲"一"恨",既相映成趣,又相反相成。

从这首词清朗优美的意境、活泼欢快的情调,我们不难感受到青年李清照开朗乐观的个性。

她对秋游看到的湖景赞叹道:"说不尽、无穷好"!我们读她这首词也有同样的感受:"说不尽、无穷好"!

第 8 讲

"自是花中第一流"

作为一个女词人,李清照特别喜欢花,也写了不少咏花词。初步统计咏梅词七首,咏桂花词二首,咏白菊词一首,咏芭蕉词一首,差不多占了她现存词的四分之一。

在《摊破浣溪沙·揉破黄金万点轻》中,她形容丹桂"风度精神如彦辅,太鲜明",可以把这句话移来评价她的咏花词,她笔下十几首咏花词,无一不是她"风度精神"的展现:或借此以表现其自信,如咏桂花说"自是花中第一流";或借此以表现其个性独特,如咏梅花说"此花不与群花比";或借此以表现自己的感伤,如"挼尽梅花无好意,赢得满衣清泪"。她笔下的桂花、菊花、梅花,都是她个性、人格和形象的化身,借用一位思想家的话来说,全都是她"本质力量的确证"。

这里和大家分别聊聊她笔下的桂花、菊花和梅花。先看看她的《鹧鸪天·桂花》：

　　暗淡轻黄体性柔，情疏迹远只香留。何须浅碧深红色，自是花中第一流。
　　梅定妒，菊应羞，画阑开处冠中秋。骚人可煞无情思，何事当年不见收。

这首词的具体写作时间不可考，从词中的情调与议论来看，估计是青年时期的作品，有人将它系于屏居青州期间（1107年—1121年），有人将它系于初嫁不久（1101年—1103年），每种系年说起来有理，但考起来无据。

"暗淡轻黄体性柔，情疏迹远只香留"，首句写桂花的色与性，次句写桂花的情与香。桂花的颜色分白、黄、红三种，白色的叫银桂，黄色的叫金桂，红色的叫丹桂。"暗淡轻黄"前三字形容三种黄色——暗黄、淡黄、轻黄。这三种黄色都偏于幽淡，黄色桂花虽然叫金桂，但它不是金黄色的那样金光闪闪。桂花的花容花性柔婉娴静，配上它那幽淡素雅的色调，酷似一位恬静淡雅的少女。桂花多长于深山幽谷，很少混迹于滚滚红尘,"情疏"是形容它超然世俗,"迹远"形容它远离闹市红尘,如宋之问《送姚侍御出使江东》说,"为问东山桂,无人何自芳"。虽说桂花其色淡,其性柔,其情疏,其迹远,但仍然清香四溢。"只香留"而不求报,是写桂花的高尚品格。

"何须浅碧深红色,自是花中第一流",第三句承第一句,第四句承第二句。恰如天然美女不用化妆,依然美丽动人一样,淡雅的桂花用不着浅碧深红来妆饰,它天生就是"花中第一流"!

下阕"梅定妒,菊应羞,画阑开处冠中秋"三句,是用梅、菊来反衬桂花。面对"花中第一流"的桂花,连傲雪高贵的梅花也要妒忌,连清香耐寒的菊花也会羞愧。金秋时节的百花丛中,要数桂花独占鳌头,这才使得百花又"妒"又"羞"。

接下来,词人就为桂花打抱不平了:"骚人可煞无情思,何事当年不见收。"屈原在《离骚》中倒是遍咏菌桂、秋菊、芙蓉、芰荷、辟芷等花,偏偏就冷落了桂花,怎么会这样冷漠无情呢?陈与义在《清平乐·木犀》中也说:"楚人未识孤妍,《离骚》遗恨千年。"其实,《离骚》中倒是两次写到菌桂:"杂申椒与菌桂兮,岂惟纫夫蕙茝!""矫菌桂以纫蕙兮,索胡绳之纚纚。"晋嵇含《南方草木状》称,菌桂属于岩桂中的一种。现代学者徐均培也认为菌桂与桂花同科（徐均培《李清照集笺注》第6页）。不过，不少学者认为菌桂即肉桂，不同于李清照词中咏的桂花。如果在古人眼中菌桂确实与桂花同科，那就是李清照和陈与义偶尔误会或误记。为了突出桂花，既可拉梅、菊来垫背，为桂花被冷落鸣不平，又何妨找屈原背黑锅呢？要怪只能怪李清照太喜欢桂花了。

这首词写法十分特别。苏轼还只是"以诗为词"，李清照比他走得更远，干脆以议论为词。除开头两句正面咏桂花外，后面六七句全都出之以议论。第一层议论是为桂花争地位："自是花中第一流。"第二层议论为桂花在金秋花丛中，争第一把交椅："画阑开处冠中秋。"第三层议论就是埋怨桂花待遇不公，她愤愤地质问屈原："何事当年不见收。"

词中议论的峻急犀利、痛快淋漓，让人想到了词中的李清照。从"自是花中第一流""画阑开处冠中秋"中，可以看到她是何其自信，从"骚人可煞无情思，何事当年不见收"中，可以想见她是多么伤心。年轻的李清照自负天才，特别希望得到社会的承认，希望有一个公平友好的创作环境，她的五言绝句《分得知字韵》可以和这首词相互印证：

学诗三十年,缄口不求知。

谁遣好奇士,相逢说项斯。

她有一首长调《多丽·咏白菊》,在咏菊诗词中别具一格:

小楼寒,夜长帘幕低垂。恨萧萧、无情风雨,夜来揉损琼肌。也不似、贵妃醉脸,也不似、孙寿愁眉。韩令偷香,徐娘傅粉,莫将比拟未新奇。细看取、屈平陶令,风韵正相宜。微风起,清芬酝藉,不减酴醾。

渐秋阑、雪清玉瘦,向人无限依依。似愁凝、汉皋解佩,似泪洒、纨扇题诗。朗月清风,浓烟暗雨,天教憔悴度芳姿。纵爱惜、不知从此,留得几多时。人情好,何须更忆,泽畔东篱。

梅、兰、竹、菊在古代被誉为花中四君子,一直当作品格、节操、意志和境界的象征,它们分别对应傲、幽、坚、淡四种品性。陶渊明以后,菊就成了"花之隐逸者"。

古代专门咏菊的诗词汗牛充栋,李清照这首《多丽·咏白菊》能独起众类,全在于词境上耳目一新,写法上独辟蹊径。

一般都认为,此词写于李清照屏居青州时,属于她前期的作品。

菊花的颜色真是五彩缤纷,仅单色就有黄、白、紫、红、粉、绿、墨、泥金、雪青等。这首专咏白菊。

一上来就把我们带进寒气逼人的氛围:"小楼寒,夜长帘幕低垂。恨萧萧、无情风雨,夜来揉损琼肌。"季节值深秋,时间是夜晚,地点在小楼。菊花虽傲然凌霜,但突然来一场"萧萧、无情风雨",将白玉似的花瓣搓揉得遍体鳞伤,所以爱菊的词人用了一个很重的"恨"字。正因爱白菊之深,才会"恨"风雨之切。

接着用大量的历史典故来反衬白菊,先来一个排比句:"也不似、贵妃醉脸,也不似、孙寿愁眉。"它不像杨贵妃醉酒那样丰腴红艳,不像孙寿那样化妆成愁眉样惺惺作态。杨贵妃大家都知道是谁,孙寿还须说道说道。她是东汉外戚大臣梁冀的妻子,史书上说她"色美而善为妖态",也就是说不只生得漂亮,还特别会做各种媚态勾引人,一下化成愁眉、啼妆、堕马髻,一下又做"龋齿笑"——一种像牙齿疼时的笑容,一下又做"折腰步"——估计有点像T台走秀的猫步,走路时腰肢摆动,让异性见了丧魂失魄。

连用两个"也不似",以峻急的语气断然否定。词人好像还没有过瘾,又连珠炮似的来两个典故:"韩令偷香,徐娘傅粉,莫将比拟未新奇。"韩令指西晋韩寿,权臣贾充的宝贝女儿贾午看上了他,韩寿逾墙和贾午私通,贾午偷偷把皇上赐给她父亲的西域奇香送给韩寿。闻到韩寿身上的异香后,贾充就让这对有情人终成眷属。"徐娘傅粉"是说像徐娘那样涂脂抹粉。徐娘指梁元帝萧绎的正妻徐昭佩。他们夫妻的关系很糟,梁元帝嫌她不够漂亮,她嫌梁元帝只有一只眼睛。被打入冷宫的徐妃,常"为半面妆"以挖苦梁元帝。这三句是说,白菊的香味清幽,白菊的白色素淡,拿"韩令偷香""徐娘傅粉"来比拟白菊的香色,那又老套又俗气,不仅其形不伦不类,而且其义有辱斯文。

如果真要比拟的话,那就拿屈原与陶潜来比吧:"细看取、屈平陶令,风韵正相宜。"平是屈原的名,原是他的字。陶渊明曾任彭泽令。屈原《离骚》有"朝饮木兰之坠露兮,夕餐秋菊之落英",陶渊明《饮酒二十首》其五有"采菊东篱下,悠然见南山"。就其品格风韵而言,只有屈原才配得上它的高洁,只有陶潜才配得上它的超然。结尾三句写白菊的风韵:"微风起,清芬酝藉,不减酴醿。"微风送来白菊的芬芳,香味比酴醴更清新，也比醲醴更醇厚。

　　下阕开头"渐秋阑、雪清玉瘦，向人无限依依"，换片不换意，时间上承上阕首句"小楼寒"，词意上承上阕尾句"微风起"。阑是残、尽、晚的意思，渐渐进入晚秋，白菊像雪一样洁白，像玉一样清瘦，像是正向人们告别，说不尽的依依不舍。

　　和上阕一样，又用两个典故形容白菊"向人无限依依"的风貌："似愁凝、汉皋解佩，似泪洒、纨扇题诗。"汉皋解佩典出《列仙传》，说的是郑交甫将往楚地，途经汉皋台下，遇上戴着玉佩的两位美女，交甫上去和她们搭讪说："很喜欢你们的玉佩。"二女立马解佩相赠。交甫没走多远回头一看，二女不见踪影，手上的玉佩也不见了。纨扇题诗指班婕妤的《团扇歌》。相传汉成帝即位之初，选入宫中的班氏大受宠爱，很快就升为婕妤，后来赵飞燕宠爱日盛，班婕妤逐渐失宠，于是她作《团扇歌》抒发悲伤，说自己像秋天的扇子一样，被皇上抛在一旁。用细绢制成的扇子叫纨扇。这两句的"愁凝""泪洒"，是形容白菊告别人们时的缠绵多情。上阕连用两个"也不似"，下阕连用两个"似"，前者用历史人物反衬，后者用历史神仙人物烘托。

"朗月清风，浓烟暗雨，天教憔悴度芳姿。"时而朗月清风，时而浓雾暗雨，这不是故意让它玉容憔悴吗？老天为什么这样不近人情呢？以埋怨老天表现对白菊凋枯的惋惜，为后文做了铺垫："纵爱惜、不知从此，留得几多时。"纵然无比爱惜，纵然十分不舍，谁都不知道它还能逗留几天。这六句情感非常低沉，结尾三句宕开一笔，陡然振起："人情好，何须更忆，泽畔东篱。"我们且带着好心情，来欣赏白菊的芳姿，珍惜眼前的美景娇花，哪管屈原行吟泽畔，哪管陶潜采菊东篱。活在当下的生活态度，使李清照走出了历史的伤感，摆脱了未来的焦虑。

通过对白菊高标逸韵的咏叹，抒写词人对高洁的向往，对鄙俗的憎恶。这首词表现了李清照的胸襟气度，伤感而能释然，深情而又超脱，大不同于容易钻牛角尖的弱女子，沉溺于感伤不能自拔。

这首词的艺术特点有二。一是大量用典故中的历史人物，来形容白菊的风神气韵，前人只是偶尔一用，她则像连珠炮似的不停道来。典故是一种特殊的意象，她一个接一个地用典故来比喻，事实上就构成了一种博喻。她的老乡辛弃疾把这种写法发扬光大，如他的《沁园春·灵山齐庵赋》，用大量的历史人物形容灵山美景："似谢家子弟，衣冠磊落；相如庭户，车骑雍容。我觉其间，雄深雅健，如对文章太史公。"二是用赋铺陈排比的手法填词，理论上她反对以诗为词，创作中她却无意识地以赋为词。

和大家聊了李清照咏桂花、白菊，再不讲一下她的咏梅词，估计她也不会轻易放过我。她六七首咏梅词，无论是词意还是词艺，首首都不重复，且看她这首《渔家傲·雪里已知春信至》：

雪里已知春信至，寒梅点缀琼枝腻。香脸半开娇旖旎。当庭际，玉人浴出新妆洗。

造化可能偏有意，故教明月玲珑地。共赏金尊沉绿蚁。莫辞醉，此花不与群花比。

从词中自信的口吻，对梅花新奇的感受，大致可以推测此词是她青年时的手笔，甚至有人认为是少年时的作品，但一个少女应该不至于"共赏金尊沉绿蚁"。

"雪里已知春信至"，飞雪的翅膀捎来了"春信"，我们的古人说"瑞雪迎春"，英国雪莱也说"冬天来了，春天还会远吗"。虽然说时令正当"雪里",但给人的感受却是暖意。这句交代时令和环境,好迎接下面的寒梅出场:"寒梅点缀琼枝腻。香脸半开娇旖旎。"何逊《咏早梅》说"兔园标物序,惊时最是梅"。一场冬雪过后,大地银装素裹,满眼玉树琼枝,枝上点缀着初绽的寒梅,看上去是那样晶莹光润,梅花半开恰如美人香脸半遮,更显得娇羞俏丽、妩媚动人。更动人的还在后头:"当庭际,玉人浴出新妆洗。"寒梅像刚刚出浴的丽人,新妆梳洗后亭亭玉立于庭中,我的个天!香脸半开,琼枝点缀,你还能保持距离冷静欣赏,"当庭际,玉人浴出新妆洗",这种美可能让你魂不守舍。

梅既是"四君子"之一,也是"岁寒三友"之一,由于它傲雪而开的特性,逐渐积淀为一种特殊的文化品格:贞洁、傲岸、清劲、坚韧。喻寒梅为"香脸",说寒梅极娇媚,称寒梅特酥润,赞寒梅好"旖旎",在古今的咏梅诗词中已经绝无仅有,而把寒梅比喻成玉人出浴,这即使在今天也要算离经叛道。李清照不仅感受新奇,而且百无禁忌。

勇气使她敢说,才气又让她会说。

上阕咏梅,下阕赏梅:"造化可能偏有意,故教明月玲珑地。"老天好像对寒梅格外偏心,特地叫明月给它披一身银装,让它分外皎洁玲珑。"造化"指自然、老天,"玲珑"指清晰透明的样子,如李白《玉阶怨》"却下水晶帘,玲珑望秋月"。月玲珑,梅皎洁,还不快来欣赏这良辰美景:"共赏金尊沉绿蚁。莫辞醉,此花不与群花比。"来,大家一起共举金杯,好月,好花,好酒,今夜我们定要一醉方休,百花哪能和这梅花比呀!"绿蚁"指新酿的酒过滤不清,酒面浮起一层酒渣,色呈微绿,形如细蚁。后来"绿蚁"泛指酒。

这首词写出寒梅的旖旎风韵,写出它如玉人出浴般的惊艳,让我们完全耳目一新,"此花不与群花比"的议论,更让我们领略了词人独一无二的气质个性,还有她那无比强大的自信。

词人先以人喻梅,使寒梅形神兼备,再用寒梅、月光、绿酒、琼枝、玉人等意象,织成一个童话般的世界。语言清丽,意境优美,议论更痛快。

第 9 讲
无 限 风 情

李清照前期词中写得最动人的，是那些少女风情与少妇风韵，婚前爱情的憧憬，婚后爱情的甜蜜，还有那别后两地的相思，独守空闺的幽怨。

"簸弄岁月"即使不是词的专利，也算得上词的专长，为什么李清照写出来就让人念念不忘呢？唐宋词中"男子好作闺音"，女性相思大都出自男性的想象，而易安词则是用新颖的表现手法，写自己的所历所思所感，以真人写真事，以真言抒真情。

1. 花影香腮

《浣溪沙·闺情》就是写少女心事：

绣面芙蓉一笑开，斜飞宝鸭衬香腮。眼波才动被人猜。
一面风情深有韵，半笺娇恨寄幽怀。月移花影约重来。

一开头就写少女甜美可人："绣面芙蓉一笑开，斜飞宝鸭衬香腮。""绣面"是以绣画形容面容姣好。"芙蓉"是荷花的别称，唐宋人喜欢以荷花喻美女，如王昌龄"芙蓉向脸两边开"。有人说"绣面芙蓉"，指古代妇女面额及双颊所贴的纹饰花样。如果指纹饰花样怎么能"一笑开"呢？"宝鸭"可能指鸭形的铜香炉，可能指两颊所贴鸭形纹饰，也可能指鸭形发饰，这里以第三种意思为宜。这两句的意思是说，她那可人的面容粲然一笑，像荷花盛开一样美丽。那宝鸭形的发饰像要飞动，衬托得那香腮人见人爱。光是笑得甜，光是长得美，那还只是可人，只有那会传神的眼睛，才足以勾人："眼波才动被人猜。"她那双水汪汪的大眼睛,像会说话似的精灵转个不停,神仙也猜不透她那无穷的心事。这一句历来人人叫好,很多人还把它与朱淑真的"娇痴不怕人猜"进行对比,清人吴衡照认为:"易安'眼波才动被人猜',矜持得妙;朱淑真'娇痴不怕人猜',放纵得妙,均善于言情。"(《莲子居词话》卷二)朱淑真的词句来于她的《清平乐·夏日游湖》:"娇痴不怕人猜。和衣睡倒人怀(此句一作:随群暂遣愁怀)。"有人觉得朱淑真这句"太纵",我倒觉得朱句错不在放纵太过,而在其语意太露,让人一览无余没有回味的余地,"眼波才动被人猜"叫人浮想联翩。

  下阕"一面风情深有韵,半笺娇恨寄幽怀",这两句一语百媚,是千古俊语,也是千古媚语。它们在章法上承上启下——"一面风情"承上阕"绣面芙蓉","半笺娇恨"启下句"约重来";在情感上层层转深——不只"深有韵",而且"寄幽怀"。"一面"就是一脸或满面,"风情"指男女浪漫的恋情,"韵"在此处指情趣韵味。"半笺"或指只写了半页纸,或指只有半页纸。"娇恨"指花季少女淡淡的伤感、浅浅的娇嗔,或轻轻的幽怨。"幽怀"这里指隐秘的情感,或指青年男女隐秘的相思之情。风情满脸,韵味悠长,轻颦浅笑引人无限遐想,半纸花笺写的半是娇嗔半是埋怨。娇嗔也好，埋怨也罢，她的本意就是"月移花影约重来"。相思不得相见便娇嗔，分离太久便生幽怨。约情郎"重来"，既是解"恨"之药，也是释"怀"之方，只要情郎一来，一切"娇恨"、一切"幽怀"，马上就烟消云散。

"月移花影约重来"，有人引王安石《春夜》"月移花影上栏杆"，暗示李清照的"月移花影"来于王安石，宋代有关月与影的名句很多，李清照填词时未必想到王安石，这四个字不过是偶然巧合。此词尾句很有诗意，容易使人想起张生与崔莺莺的幽会："待月西厢下，迎风户半开。拂墙花影动，疑是玉人来。""月移花影"是幽会的好时间，更是幽会的好环境。

明赵世杰称此词"摹写娇态，曲尽如画"（《古今女史》卷十二）。赵氏只说对了一半，宋词中摹写女孩娇态的数不胜数，要是只写"娇态"，既易于轻浮，又难于出彩。这首词的价值在于由貌而入神——通过摹写其娇态，来曲尽其幽怀。她那"绣面芙蓉"的花颜，那香腮微侧的娇态，是写足她有被爱的本钱；而她那眼波灵动勾人魂魄，"半笺娇恨"惹人怜爱，则写足她对爱的幻想与渴望；直到"月移花影约重来"，才是她对爱的追求与期待。

这首词的写作时间，我认为应该是婚前而非婚后，她对爱情还有许多浪漫美好的想象。对于一个少女来说，她长得越是可爱，她就越期待被爱，爱而不得就会"娇恨"，"月移花影约重来"，才会让她满足和释怀。

李清照是写貌的天才，更是赋情的高手！

这首词一直为后世文人喜爱，清初著名诗人王士禛有一首和词，现抄录给大家参读，《浣溪沙·和漱玉词》：

渐次红潮趁靥开，木瓜香粉印桃腮。为郎瞥见被郎猜。

不逐晨风飘陌路，愿随明月入君怀。半床鸳梦待郎来。

2. 灵气与才气

再看她写婚后离情别苦的代表作《一剪梅·红藕香残玉簟秋》：

红藕香残玉簟秋。轻解罗裳，独上兰舟。云中谁寄锦书来？雁字回时，月满西楼。

花自飘零水自流。一种相思，两处闲愁。此情无计可消除，才下眉头，却上心头。

词当写于婚后的一次别离，署名元代伊世珍的《琅嬛记》引《外传》说："易安结褵未久，明诚即负笈远游。易安殊不忍别，觅锦帕书《一剪梅》词以送之。"已有学者指出《琅嬛记》是一部伪书，上面的说法不足为据。且不说它是一部伪书，即使它不是伪书，这则记载也不真实。它把写《一剪梅》当时的情景，说得有鼻子有眼，好像自己在场亲眼所见。细读全词就会发现，此词并不是写别时的缠绵，而是写别后的思念。

赵明诚夫妇长时间分别，具体为何时，到底因何事，现在很难找到可信的史料，目前所有说法都属猜测。有些是根据只言片语进行推衍，有些更属毫无根据的想当然。

李清照有多首词写离情别苦，《一剪梅·红藕香残玉簟秋》是其代表作之一。

有些演员一登台就让观众惊艳，有些诗词一开头就让人惊叹。李清照一起笔就出手不凡："红藕香残玉簟秋。""红藕"

此处指红色的荷花，"玉簟"就是光润如玉的竹簟。这句的意思是说，塘中藕花已经凋零，花香已经飘散，床上的玉簟已经清凉。由室外的红藕，到室内的玉簟，最后才逗出一个"秋"字。花凋，香残，簟冷，时序的转换勾起她对丈夫的思恋，为后文"云中寄书"埋下伏笔。这七字以清丽之语写清寂之景，前人不是说它"有吞梅嚼雪、不食人间烟火气象"（梁绍壬《两般秋雨庵随笔》），就是称它"精秀特绝"（陈廷焯《白雨斋词话》）。这七字既是交代时令，也是交代秋游的背景。"轻解罗裳，独上兰舟"，兰舟是船的美称，照应开头的"红藕"，可见这次秋游就在水边。兰舟既然是她一个人"独上"，可见丈夫不在身边。这两句像一幅生动的写生，我们依稀能见到李清照轻盈的倩影，"精秀特绝"用在这儿更为贴切。

"独上兰舟"是为了排遣孤独，盼望能收到丈夫的音信，更盼望丈夫早日归来："云中谁寄锦书来？雁字回时，月满西楼。"锦书指前秦秦州刺史窦滔远徙流沙，他妻子苏氏朝思夜想，织锦为回文诗寄给窦滔，顺着读、倒着读无不凄婉动人。后来以锦书代指夫妻之间的情书。雁字指大雁常在天空中成行飞翔，组成"人"字形或"一"字形，所以叫"雁字"或"雁行"。她泛舟湖中仰望天空，望着悠悠白云忽发奇想，谁要从白云中寄来锦书该多好！可是，直到"雁字回时"却锦书空托，西楼月满而人却未圆。白云、大雁、满月、西楼、锦书，这意象织成的美景让人心醉，而景中传来的消息又让人伤心。越对锦书望眼欲穿，"雁字回时"越叫人大失所望。

过片"花自飘零水自流"承上启下，既承上片的"红藕香残"，又容易激起年华易逝的伤感。水儿"逝者如斯"，个人又流年似水，再美的花儿也会飘零，再俏的美人也会迟暮，这更让她害怕时光虚度，更加深了她对丈夫的思念："一种相思，两处闲愁。"即使此刻杳无音信，但他们伉俪情深，丈夫怎么会让她一人单相思呢？相思虽是一种，闲愁却分两处，正像苏轼《蝶恋花·暮春别李公择》说的那样，"我思君处君思我"。

正因为彼此异地牵挂，所以才拿得起但放不下："此情无计可消除，才下眉头，却上心头。"这种异地的深情挚爱，彼此相思得十分痛苦，也相思得十分幸福，与其说是"无计可消除"，还不如说是不愿去消除。这三句是宋词中的金句，清王士禛在《花草蒙拾》中说，李清照这三句脱胎于范仲淹《御街行·秋日怀旧》"都来此事，眉间心上，无计相回避"，明代俞彦《长相思·折花枝》的"轮到相思没处辞，眉间露一丝"，又暗用李清照的名句。不过，李句较范句更为工巧，而俞彦的改写也很高明。李句是否脱胎于范句，王士禛的断案有点轻率。要是搁在今天打版权官司，范仲淹未必能够胜诉。即使李句受到范句影响，也完全可以说青胜于蓝。范句这种直接陈述过于质实，一经说"无计相回避"，那就完全意尽于句中，毫无想象的空间。李清照化散为骈，"才下眉头，却上心头"，对偶极为工整，语意又非常跳脱。她笔下的相思好像一个小精灵，特别喜欢和人们捉迷藏，刚刚跳下了眉头，马上又钻进了心头。

正如李商隐所说的那样，"倾国宜通体，谁来独赏眉"，这首词成为绝唱是妙在通体，而不是仅凭一两个名句。明李廷机在《草堂诗馀评林》中说："此词颇尽离别之情，语意超逸，令人醒目。""语意超逸"是对全词的评价，一个名句无法超逸。譬如"才下眉头，却上心头"，离不开"一种相思，两处闲愁"的烘托，下阕的名句又不能没有上阕"雁字回时，月满西楼"等的铺垫。名句或词眼只能起到画龙点睛的作用。

反复细读和背诵这首词，你就能领略什么是灵气和才气。

由于这首词太出彩了，人人都为它叫好，就像学书者临帖一样，有人把它作为范本来模仿，所以出现了大量的仿作与和作。清初董以宁的《一剪梅·酒兰歌示程村》属于仿作：

与君诗酒两相于。座有红于，尊有青于。湘兰不并草轩于。山鸟刑于。山花友于。
　　夜阑联袂鼓绵于。舞罢神于，吹罢茵于。徐徐卧去觉于于。一石淳于，一梦淳于。

王士禛与彭孙遹两人的《一剪梅·和漱玉词》《一剪梅·和漱玉词同阮亭作》都属于和词：

　　雁语金塘水渐秋。遥听菱歌，不见菱舟。望君何处最销魂，旧日青山，恰对朱楼。
　　九曲长江天际流。似写相思，难寄新愁。梦魂几夜可曾闲，鹤子山头，燕子矶头。

　　万叠青山一抹秋。天半归云，天外归舟。何时玉席手重携，同拂香巾，同上朱楼。
　　南浦寒潮带雨流。只送人行，不管人愁。吴天极目路逶迤，海涌峰头，薛淀湖头。

3. 暗香盈袖

当然，说到李清照的灵气和才气，可不能漏了她的《醉花阴·薄雾浓云愁永昼》：

> 薄雾浓云愁永昼，瑞脑消金兽。佳节又重阳，玉枕纱橱，半夜凉初透。
>
> 东篱把酒黄昏后，有暗香盈袖。莫道不销魂，帘卷西风，人比黄花瘦。

这首词和《一剪梅·红藕香残玉簟秋》一样，主题也是"想老公"。据考证可能写于大观二年（1108年）。那年重阳节前后，丈夫赵明诚与妹夫李擢游天仰山，李清照一个人在青州归来堂，独守空闺又逢重阳，难免"每逢佳节倍思亲"。当然，她与丈夫久别的原因另有说法，这些说法也只是一种猜测。

"薄雾浓云愁永昼"，词一起笔就定下了情感基调。节令虽然进入秋天，但见不到一点秋高气爽，天空整天都笼罩着"浓云"，地上都密布着"薄雾"。这样的鬼天气特别容易使人感到闭塞烦闷，如何挨过这一天叫人发愁。"永昼"通常都是指夏天，夏至那天白昼的时间最长，到了重阳节前后白天会不断变短，这里的"永昼"是词人的心理感受，所谓"欢娱嫌夜短，寂寞恨更长"，要是心情快乐怎么可能嫌"永昼"？又怎么会发"愁"？这七个字同时写出了风景与心境。外面是"薄雾浓云"，那就只好在家里消磨时光，这就有了"瑞脑消金兽"。瑞脑又叫龙脑，是古代常用的一种熏香。金兽指兽形的铜香炉。室外是"薄雾浓云"，室内是香烟缭绕，我们不难感受词人的百无聊赖。

白天光阴十分难挨，晚上的时光也不好过："佳节又重阳，玉枕纱橱，半夜凉初透。""佳节又重阳"，重阳佳节本是喜庆的日子，词人不只没有半点喜庆，反而觉得佳节特别烦人。这一句让人想到李后主的"小楼昨夜又东风"，"又"字表达了内心的厌烦。佳节、东风本属良辰美景，一个"又"字使它们变得讨厌烦心。对于李清照来说，心爱的丈夫不在身边，重阳佳节只加深孤寂苦闷。"玉枕纱橱，半夜凉初透"，"纱橱"就是防蚊子的纱帐，周邦彦《浣溪沙·四之三》说"薄薄纱厨望似空"。佳节心上人不在枕边，字面上说是"玉枕纱橱，半夜凉初透"，纸背的意思是说自己心里拔凉。

上阕把重阳节的环境和心境，写得形象、细腻、逼真：户外"薄雾浓云"给人添堵,室内的孤独又惹人心烦;白天要"愁永昼",晚上又"凉初透"——室内室外都难受,白天夜晚都难熬。

过片写重阳节的应景:"东篱把酒黄昏后,有暗香盈袖。""东篱"典出陶渊明《饮酒二十首》其五:"采菊东篱下,悠然见南山。"在后世成了最常用的咏菊典故,重阳赏菊也成了最常见的风俗,如孟浩然"待到重阳日,还来就菊花"。"暗香"指菊花的幽香。黄昏后在东篱把酒,赏重阳金菊,染两袖清香,本是节日的应景雅兴,也算晚间消愁解闷。可是,如此佳节,如此菊花,如此美酒,她只能独酌独赏,这更引起了对异地丈夫的思念。"有暗香盈袖"化用《古诗十九首·庭中有奇树》中的诗意:"攀条折其荣,将以遗所思。馨香盈怀袖,路远莫致之。""有暗香盈袖"自然让她想起了"路远莫致之",古人或一有好事就思念亲人,或一遇美景就怀念远人,除上面《古诗十九首·庭中有奇树》中的诗句外,又如陶弘景《诏问山中何所有赋诗以答》:"山中何所有,岭上多白云。只可自怡悦,不堪持赠君。"

一边思夫心切,一边"路远莫致",这就引出了"莫道不销魂,帘卷西风,人比黄花瘦"。大家读词常苦于理不清意脉,理不清词人情感发展的线索。我们看看这首词下阕的意脉。因外面让她触目伤心，她便回到闺房以平复一下心情，这样从室外的"东篱把酒"，过渡到室内的"帘卷西风"。"销魂"是指极度的痛苦伤心，也指因兴奋而飘飘欲仙，此处暗用江淹《别赋》"黯然销魂者，唯别而已矣"，意思是离别的愁苦伤痛。怎么能说清秋不让人黯然神伤呢？当西风卷起珠帘，室内的佳人比室外的黄花还要消瘦。在诗歌中，以花容比喻容貌十分常见，李清照本人也用这种比喻，如她的《减字木兰花·卖花担上》下阕："怕郎猜道，奴面不如花面好。云鬓斜簪，徒要教郎比并看。"将人和花比瘦则非常少见，有人将秦观的"人与绿杨俱瘦"（《如梦令·春景》）拿来比较，其实秦观是拿人与杨比。仅南宋程垓才是拿人与梅花比："人瘦也，比梅花，瘦几分。"（《摊破江城子》）不过，程垓把话说得太直，不及李清照委婉工巧。

古往今来，人们对"人比黄花瘦"一片叫好，明代茅暎在《词的》中说："但知传诵结语，不知妙处全在'莫道不销魂'。"唐圭璋《唐宋词简释》也认为："尤妙在'莫道'二字唤起，与方回之'试问闲愁都几许'句，正同妙也。"我觉得，只有在"帘卷西风"的一刹那，"人比黄花瘦"才妙不可言。

大家试想一下,西风突然吹开珠帘,看到"人比黄花瘦"的佳人,还有比这更有诗意的仕女图吗?

语言明白如话而又工巧秀雅,言情委婉细腻而又晓畅清晰,更别说比喻的新颖奇妙,写景的生动传神了。

4. 心事万千

另一首长调杰作《念奴娇·春情》,表现了李清照另一面风情:

> 萧条庭院,又斜风细雨,重门须闭。宠柳娇花寒食近,种种恼人天气。险韵诗成,扶头酒醒,别是闲滋味。征鸿过尽,万千心事难寄。
>
> 楼上几日春寒,帘垂四面,玉阑干慵倚。被冷香消新梦觉,不许愁人不起。清露晨流,新桐初引,多少游春意。日高烟敛,更看今日晴未。

这首词的写作时间通常都系于政和六年(1116年),词人时年三十三岁。于中航《李清照年谱》载,这一年三月四日,赵明诚再游灵岩寺。灵岩寺为唐宋时期的名刹,位于今济南市长清区东南面,距离李清照夫妇住的青州约一百七十里。这个距离在现在有两三个小时车程,在宋代就属于远别。不过,赵明诚曾四游此寺,此词到底是不是写于政和六年,好像还不能把话说得太满。

至于此词所抒写的情感,差不多所有学者都认为是"怀人",可细玩词意就会发现,"怀人"在词中只是灵光一闪,几乎是一带而过,并不是全词的重心。这首词表现了一个细腻敏感的天才女性在春闺独处时的种种寂寥落寞、无聊慵懒、无精打采等情绪,重现了古代贵妇独处时的情景与心境。

一起笔就交代春寒料峭的情景:"萧条庭院,又斜风细雨,重门须闭。"庭院仍旧"萧条",说明春天姗姗来迟,还没到花红柳绿的时候。此时的"又斜风细雨",必将带来冷飕飕的倒春寒。萧条的庭院本来就一无可看,风雨交加的天气也让人无心观看,只好把一层层的大门紧闭。

这一切既然是天气捣鬼,于是她便接着数落天气:"宠柳娇花寒食近,种种恼人天气。"此处"宠""娇"的意思相近,都是指过度的宠爱或溺爱,人们常常把这两个字连用为"娇宠"。娇宠的对象通常是美人,这儿用在柳与花身上,既表明人们对花、柳是如何喜爱，也说明花、柳本身是如何可爱。寒食节在清明前一天，大约公历四月二日至四日。杜甫说成都草堂"寒食江村路，风花高下飞"（《寒食》），唐代韩翃说京城"春城无处不飞花，寒食东风御柳斜"（《寒食／寒食日即事》）。寒食前后，这时候本来处处应是"宠柳娇花"，可眼下却像是身处冬天，寒风剪剪，冷雨凄凄，庭院一片萧条，全怪这"种种恼人天气"！"恼人"而又是"种种"，不只是反复无常，不只是乍暖还寒，也不只是萧瑟沉闷，最近天气恼人的地方举不胜举。

这样坏的天气，这样萧条的环境，当然要想法排遣沉闷和打发光阴，词人常见的排遣方式是写诗饮酒。杜甫说"宽心应是酒，遣兴莫过诗"（《可惜》），李清照遣兴解闷的方式也是一样："险韵诗成，扶头酒醒，别是闲滋味。"险韵就是用十分生僻或不宜作韵脚的字协韵，以这种韵脚押韵的诗就叫险韵诗。扶头酒就是容易上头的酒，也就是浓度高的烈性酒。作险韵诗容易消磨时光，喝扶头酒容易遁入醉乡。可是，险韵诗作成，扶头酒醒后，周边照样冷落萧条，内心还是烦躁苦闷，甚至心里更加悲伤，就像李白说的那样，"抽刀断水水更流，举杯消愁愁更愁"，这大概就是词人说的"别是闲滋味"吧。

第9讲 无限风情　　141

她心里始终没有着落，又无处倾诉，而且眼看"征鸿过尽，万千心事难寄"。不是说鸿雁能够传书吗？现在大雁一群一群地飞走了，自己的万千心事，又能向谁去诉说呢？这两句词人用厚重的直笔，写自己沉重的心事。

过片"楼上几日春寒"承上阕"又斜风细雨"，"又"是说一而再，再而三，这便导致"几日春寒"。现代读者很难明白"帘垂四面"。古代有些房子居室在中间，房子四边都有回廊，廊外四周都有阑干，帘就挂在廊上的阑干上方，这就有了"帘垂四面"。重门深院寂寥萧条，室内主人沉闷无聊，天亮了也不想把四面帘子卷起，更懒得去倚阑干远眺。"玉阑干"是栏杆的美称。为什么"玉阑干慵倚"呢？连"万千心事"都难寄，倚阑干更难望远人。她提不起精神，既不想卷帘，也不想望远，通过环境和细节表现她的慵懒。

接下来继续写慵懒："被冷香消新梦觉，不许愁人不起。"被冷了，香消了，梦醒了，想赖床也得起床。"不许"表明起床是为情势所逼——醒后被窝里太冷了。"被冷"上承前面的"春寒"，下启后面的起床。下阕人是"愁人"，天是寒天，被是冷被，上阕萧条的"庭院"、紧闭的"重门"，构成一种凄清孤寂的意境。

前面一路写来没有一丝生气，哪知沉到谷底的心情突然振起："清露晨流，新桐初引，多少游春意。"大概是放晴之后，春日带来融融暖意，清晨的新露晶莹发亮，新抽的桐叶一片嫩绿，满眼葱翠，春意盎然，这引发了游春的冲动。刚才连阑干也不想倚，现在又有了"游春意"；正说着"多少游春意"，马上又开始犹疑起来："日高烟敛，更看今日晴未。"日头逐渐当空，晨雾逐渐消散，今天会是一个晴天吗？外边的晨雾消散了，她心里的游春意好像消减了。词结尾问今天是不是个晴天，读者最想问的是她到底游春了没有。词给我们留下了悬念，也给我们留下了遐想。

这首词有点像意识流小说，从前面雨天的落寞无聊，到结尾晴天的游春意，词人的情绪随着天气的变化而变化，意脉十分流畅，层次也非常清晰。词虽然写的是少妇独处春闺的平静生活，但她的内心世界却微波荡漾，词的章法也跌宕起伏。

语言上更可圈可点——

首先，和《如梦令·昨夜雨疏风骤》中的"绿肥红瘦"一样，这首词中的"宠柳娇花"引来一片喝彩："前辈尝称易安'绿肥红瘦'为佳句。余亦谓此篇'宠柳娇花'之语，亦甚奇俊，前此未有道之者。"（黄昇《增修笺注草堂诗馀》引花庵词

客语）"'宠柳娇花'，新丽之甚。"（王世贞《弇州山人词评》）

其次，它用前人之语有如己出，沈祥龙在《论词随笔》中说："用成语，贵浑成脱化，如出诸己……李易安'清露晨流，新桐初引'，用《世说新语》，更觉自然。稼轩能合经史子而用之，自有才力绝人处。他人不宜轻效。""清露晨流，新桐初引"两句，一字不改地从《世说新语·赏誉》中借用，前有曹操《短歌行》中的"青青子衿，悠悠我心""呦呦鹿鸣，食野之苹"，直接用《诗经》的现成诗句，后有辛弃疾填词更大量借用，似乎韩信用兵多多益善。如此明目张胆的"拿来主义"，需要极大的霸气和才气——没有霸气不敢用，没有才气不会用。

最后，这首词将平易的口语与清丽的用典有机地融合在一起，十分协调，表现了词人驾驭语言极其高超的能力。有人赞美"宠柳娇花"的生新，有人喜欢词中口语的亲切："李易安'被冷香消新梦觉，不许愁人不起''守着窗儿，独自怎生得黑'，皆用浅俗之语，发清新之思，词意并工，闺情绝调。"（彭孙遹《金粟词话》）

第 10 讲

"怎一个愁字了得"

南渡之后,特别是夫亡之后,无论是词情还是词境,抑或是词艺,易安词都进入了新的境界。词情较之前深沉,词境较之前阔大,词艺较之前圆熟。当然,此前词中那些特点和优点,在后期词中都得到了延续和光大。

李清照的人生及其创作,以靖康之变分为前后两期。此时,她已经步入中年(四十三岁),生活环境彻底改变。南渡一开始他们就失去了大量珍贵的金石,不久李清照又失去心爱的丈夫,她的生活真是"凄凄惨惨",她的心情自然"怎一个愁字了得"。

刚一仓皇南渡,她好像一夜步入老境。整个人由少年的活泼清纯、中年的细腻多情,变为后来的凄怆郁闷,词风也由前期的清新秀雅变为后期的沉郁凄婉。

正是身历国破家亡的惨况，她的词作才具有一定的社会广度和历史深度。

1. 憔悴更凋零

南宋建炎二年（1128年），南渡两年以后的李清照，突然感到自己"憔悴更凋零"——

> 欧阳公作《蝶恋花》，有"深深深几许"之句，予酷爱之。用其语作"庭院深深"数阕，其声即旧《临江仙》也。
>
> 庭院深深深几许？云窗雾阁常扃。柳梢梅萼渐分明。春归秣陵树，人老建康城。
>
> 感月吟风多少事，如今老去无成。谁怜憔悴更凋零。试灯无意思，踏雪没心情。（《临江仙·庭院深深深几许》）

序文中提到的"欧阳公作《蝶恋花》"，此词同时收录在欧阳修的《六一词》和冯延巳的《阳春集》,词牌名分别为"蝶恋花"和"鹊踏枝"。现在很难判定它是谁的作品,我们权以李清照说的为准。欧阳修这首《蝶恋花》的原文是:

庭院深深深几许,杨柳堆烟,帘幕无重数。玉勒雕鞍游冶处,楼高不见章台路。

雨横风狂三月暮,门掩黄昏,无计留春住。泪眼问花花不语,乱红飞过秋千去。

它不仅为李清照"酷爱",也为历代读者所"酷爱",看来"人同此心,心同此理",好东西一定会人见人爱。

不过,除了开头"庭院深深深几许"外,易安词与欧作毫无共同之处——后者是写艳情,前者是抒苦情。

看她如何起笔:"庭院深深深几许?云窗雾阁常扃。"第一句连用三个"深"字,第一个"深"字作动词用,后面两个"深"字只是强化。在欧阳修词中这句是形容庭院的幽深,而在李清照这儿是强调孤寂。随着大地逐渐回春,江南慢慢水汽蒸腾,楼阁成天云缠雾绕。扃的本意是门环或门闩,此处作动词用,指关上门窗。这两句是说,在建康没有亲人,朋友又很少，几乎与世隔绝，整日关窗闭户。"柳梢梅萼渐分明"，柳树梢头长出了嫩芽，梅树上花苞快要绽放，人们已经听到了春天的脚步！于是就有了下句："春归秣陵树，人老建康城。"这里的秣陵与建康，都是今天南京的古称。这一联对偶句形成强烈的反衬，春天来了秣陵树发青，而人却在春天变老。这儿的"老"不是说年龄，主要是指她的心境。国家破了，金石丢了，希望没了，人自然老了。以工整的语言，说沉痛的心事。

下阕换阕不换意，接着上阕说"老"："感月吟风多少事，如今老去无成。"上句"感月吟风多少事"，是追忆往日的欢乐。"感月吟风"也就是常言的"吟风弄月"，泛指过去那些快乐风雅的生活，泛扁舟于湖中，荡秋千于院里，独个儿野外寻诗，与丈夫鉴赏金石，与友人品茶饮酒，赏不完的良辰美景，说不尽的赏心乐事。从前是多么幸福，眼前就是多么痛苦。"如今"从甜蜜的回忆转入悲惨的现实，"老去"似乎是在一夜之间，"无成"写出自己的无助、无力与无奈。这两句同样形成巨大的反差。"谁怜憔悴更凋零"，"憔悴"是形容她的面容，"凋零"是说她的处境，此处"凋零"义同飘零。"憔悴"又加"凋零"，又有谁来同情怜悯呢？"谁怜"反问十分有力，它遥承上阕的"云窗雾阁常扃"，她整天关窗闭户，"憔悴更凋零"又会有"谁怜"?"试灯无意思,踏雪没心情",结尾又是一联对偶,哪怕瑞雪乍飘,哪怕梅萼初放,哪怕元宵将至,要是在从前肯定心花怒放,如今她既没有兴趣试灯,也没有心情踏雪,对一切都失去了希望,对一切也就打不起精神。

从这首词我们能看到,南渡初期她的悲凉沮丧,她的无助无望。其人变得苍老,其情变得苍凉,其境也变得沉郁。

2. 悲催的元宵节

杜甫说自己晚年"亲朋无一字,老病有孤舟"。不管怎么说,杜甫老来身边还有妻儿,李清照连杜甫也比不上,与李清照的晚年相伴的,也只有孤寡、疾病、衰老、贫困。从她的代表作《永遇乐·落日熔金》,我们能看到她晚年元宵节的苦境:

落日熔金,暮云合璧,人在何处?染柳烟浓,吹梅笛怨,春意知几许?元宵佳节,融和天气,次第岂无风雨?来相召,香车宝马,谢他酒朋诗侣。

中州盛日,闺门多暇,记得偏重三五。铺翠冠儿,捻金雪柳,簇带争济楚。如今憔悴,风鬟霜鬓,怕见夜间出去。不如向、帘儿底下，听人笑语。

　　这首词作于李清照晚年，有人说是绍兴九年（1139年），有人说是绍兴十七年（1147年），这个时间段她一直在临安（也就是今天的杭州市），具体作于哪一年很难坐实。
　　上阕写元宵节的情景与心境。
　　"落日熔金，暮云合璧"，以工整的偶句对起，"落日""暮云"是傍晚常见的景象，而"熔金""合璧"却是罕见的奇观。"落日熔金"形容晚霞灿烂，把大地染得一片金黄，"暮云合璧"形容合拢的白云像镶嵌在天空的洁白美玉。把原本平常的自然现象，写得这样光鲜明丽，一是着意渲染节日的喜气，二是间接交代今年元宵节天气晴朗，晚上正好"东风夜放花千树"。正在佳节的兴头上，没想到突然一句"人在何处"，句中的"人"指词人自己，这一句不是问人而是自问。自己尚且不知"人在何处"，他人又从何知道呢？明知故问是写她精神上的迷茫恍惚，表现她在异乡过佳节的孤独痛苦。
　　"人在何处"喝断以后，又跳接写佳节之景："染柳烟浓，吹梅笛怨，春意知几许？"快要回春的时候，柳枝刚刚冒出鹅黄的嫩芽，虽然还没有"垂下绿丝绦"，但远望好像染了一层淡色，"染柳"写得十分形象，源于词人观察得十分细致。此时，江南地面水蒸气上升，空气中湿度变大，人们常说的"烟柳""烟花"就是形容这种现象，如李白的"烟花三月下扬州"，柳永的"烟柳画桥，风帘翠幕"。梅花在冬天傲雪绽开，早梅这时候逐渐凋谢，城中传来《梅花落》哀怨的笛声，让她想起李白《与史郎中钦听黄鹤楼上吹笛》的诗来："一为迁客去长沙，西望长安不见家。黄鹤楼中吹玉笛，江城五月落梅花。"她像李白一样流落他乡，北望汴京思家心切，"吹梅笛怨"是以景而言情，也是因情而生景。"春意知几许？"表面上是说，有谁知道多少春意？实际上是以问句赞许春意。只有她这样的异乡人，才会"偏惊物候新"，对江南的春意格外敏感，从细微之处捕捉春天的来临。

"元宵佳节，融和天气，次第岂无风雨？"这三句承上启下，前两句是上面六句的总结，前面是元宵当天天气暖和时的景象，可是天气就像娃娃的脸说变就变，眼前的"融和天气"，说不定转眼就是狂风骤雨。"次第"就是一转眼、一会儿。刚才还在说好元宵好天气，怎么突然"忧愁风雨"起来了呢？接连夫亡家破，加上贫病交加、多年流离转徙，使她变得忧郁多疑，不管遇到什么好事都有不好的预感。从没有心情欢庆佳节,慢慢变得害怕佳节美景,节日越是喜庆,风景越是美丽,她的心情越是悲凉。

这样,她自然就婉谢朋友相邀:"来相召,香车宝马,谢他酒朋诗侣。"情绪很糟的时候,人们容易拒斥各种交往,甚至容易变得孤僻封闭。南渡后虽然家道中落,但以她的人气和才气,还是有不少贵妇来和她相聚,她集子中多首"春帖子词""端午帖子词",都是代贵妇执笔以进献朝廷的。逢上隆重的元宵佳节,又碰上这么好的"融和天气",却对所有召她一起赏灯的"酒朋诗侣",一一婉谢。

上阕是以佳节美景写哀情。

下阕通过强烈的对比,写今昔的盛衰之感。

上阕结尾说"谢他酒朋诗侣",有点像现代意识流小说,她下意识地想起了往昔元宵的盛况:"中州盛日,闺门多暇,记得偏重三五。""中州"就是中原、中土,此处指北宋的都城汴京,也就是今天的开封市。"三五"指正月十五元宵节。想起自己青少年时代,正逢都城汴京繁盛之日,闲暇的时间很多,赏玩的兴致也很高,女孩都特别重视元宵节。

接着就写她们是如何重视:"铺翠冠儿,捻金雪柳,簇带争济楚。"翠冠或说是用翡翠珠子装饰的帽子,或说是用翠羽装饰的帽子，反正是装饰得很华美的帽子。雪柳是宋朝妇女元宵节戴的装饰物，"捻金雪柳"就是用金线捻丝而成的雪柳，"捻"一作"撚"。"簇带"就是插戴了许多装饰。"济楚"本意是整齐，这里指漂亮时髦。这几句是说，元宵节那天晚上，少女少妇都精心打扮，一个个争奇斗艳，比拼着看谁更美、更甜。汴京元宵节这一风俗，也被带到了南宋的都城临安，周密《武林旧事》载："元夕节物，妇人皆戴珠翠、闹蛾、玉梅、雪柳、菩提叶、灯球、销金合、蝉貂袖……"

往昔元宵的光鲜欢乐，恍如南柯一梦，只衬得眼下元宵节的凄凉："如今憔悴，风鬟霜鬓，怕见夜间出去。"好像大梦方醒一样，思绪一下从"盛日"回到"如今"。如今面容憔悴不堪，头上白发飘蓬散乱，这样子哪还敢出去见人，出去观灯只会惹人伤心。

读者看到这里肯定会以为，今年元宵她将闭门不出，外面的欢歌笑语她将充耳不闻，可是词人却打破了大家的期待。她用和我们唠家常的口语，用细声细气的语调，诉说她那复杂的心事："不如向、帘儿底下，听人笑语。"对元宵的喜庆欢闹，她像小孩一样又怕又爱。她不敢出去看元宵灯火，因老病憔悴不愿见人，也因老病憔悴不愿人见，还怕引起自己痛苦的回忆。同时她又特别想看看元宵热闹的场面，又梦想重见"中州盛日"的繁华，重温当年元宵的欢乐。另外，从这两句可以看到，李清照晚年在临安的居处，再不可能是"庭院深深深几许"的高门大院，只能是在普通市民临街的窄门小户，否则，就不可能在"帘儿底下"，就能"听人笑语"。这两句看起来像是轻言细语，但抒情却真是力透纸背。

　　清人浦起龙曾评杜诗说："一人之性情，而三朝之事会寄焉者也。"（《读杜心解·少陵先生编年诗目谱》附记）他的意思是说，杜甫一个人的情感中，融汇了三个朝代的历史风云。杜甫历经唐玄宗、肃宗、代宗三朝，还在安史之乱中和民族一起受难。李清照不仅和杜甫一样历经几朝，还承受了国破家亡之痛，饱受颠沛流离之苦，所以她的情感中饱含时代的沧桑，她个人的经历就是时代的缩影，抒写个人的情感就能反映时代的精神。这首词中，哪怕"染柳烟浓，吹梅笛怨"的元宵佳节，她照样谢绝"酒朋诗侣"的邀请，因憔悴衰容"怕见夜间出去"，因想重温"中州盛日"的繁华，又向"帘儿底下，听人笑语"。自己花样年华，正逢"中州盛日"，闺密个个"簇带争济楚"，那是多么快乐！"中州盛日"带来她往日的欢愉，国家四分五裂造成她如今的痛苦，所以个人苦乐的背后，是民族国家的兴衰,个人的命运与民族的命运息息相关,现在她正与民族一起受难,因此她一己的悲欢,曲折地表现了民族的心声,难怪南宋的爱国词人刘辰翁每诵此词就"为之涕下"了(《须溪词》)。

此词的语言实在惊艳!上阕前六句"落日熔金,暮云合璧,人在何处?染柳烟浓,吹梅笛怨,春意知几许?"一联对偶之后,就用一个奇句结束,典型的奇偶相生。偶句和单句错落有致,精巧而又不呆板。词中用了大量的口语,如"怕见夜间出去""不如向、帘儿底下,听人笑语",读来亲切而又雅致。

这首词打动了历代读者,也影响了历代的词家,附南宋刘辰翁的一首和作《永遇乐·璧月初晴》并序:

余自乙亥上元,诵李易安《永遇乐》,为之涕下。今三年矣,每闻此词,辄不自堪。遂依其声,又托之易安自喻。虽辞情不及,而悲苦过之。

璧月初晴,黛云远淡,春事谁主?禁苑娇寒,湖堤倦暖,前度遽如许。香尘暗陌,华灯明昼,长是懒携手去。谁知道,断烟禁夜,满城似愁风雨。

宣和旧日,临安南渡,芳景犹自如故。缃帙流离,风鬟三五，能赋词最苦。江南无路，鄜州今夜，此苦又谁知否。空相对，残釭无寐，满村社鼓。

3. 怎样才能挨到天黑？

晚期更有名的代表作是《声声慢·寻寻觅觅》：

寻寻觅觅，冷冷清清，凄凄惨惨戚戚。乍暖还寒时候，最难将息。三杯两盏淡酒，怎敌他、晚来风急？雁过也，正伤心，却是旧时相识。

满地黄花堆积，憔悴损，如今有谁堪摘？守着窗儿，独自怎生得黑？梧桐更兼细雨，到黄昏、点点滴滴。这次第，怎一个愁字了得！

这首词的写作时间，有人系于赵明诚病逝的建炎三年（1129年），认定它为悼亡词；有人将它系于绍兴十七年（1147年），认为它是"晚年游荡无依"时所作。细读全词，它无疑是孤寡老妇的哀叹，但不能肯定写于哪一年。

它也许是李清照最为传诵的名作，明杨慎《词品》说：

"宋人中填词,李易安亦称冠绝。"《声声慢》一词,最为婉妙。"仅开头连用七组叠字,就让历代文人惊叹不已:"寻寻觅觅,冷冷清清,凄凄惨惨戚戚。"她的晚年,不仅要承受国破夫亡之痛,还要饱受颠沛流离之难,又要忍受贫病交加之苦,此时随身的金石荡然无存,贵重古器也丧失殆尽,更无儿无女孑身一人,身边是家徒四壁,内心更空空荡荡,完全像失魂落魄一样,身心都陷入一种虚无状态。"寻寻觅觅"四字,显示一位孤寡老妇像盲人一样,伸出两手四处乱摸,像是在寻找什么东西,又不知到底要找什么东西。她又像一个快要倒地的人一样,急于想抓住点东西支撑自己,支撑自己的身体,也支撑自己的精神;也可能是想寻找一点安慰,寻找一丝温暖。可是,她寻觅到的只有"冷冷清清"。"冷冷清清"是周边环境,也是她个人心境,她像活在一个冰窖中,没有一点人气,没有一丝暖意。"凄凄惨惨戚戚"三组叠字,是形容她的内心感受,也是描述她的存在状态。"凄凄""惨惨"是环境与心境的交叉,可以说是环境的凄凉,也可以说是心情的凄惨;可以说是生活的惨状,也可以说是内心的惨痛。而"戚戚"则纯是心境,如心情悲戚、忧戚、哀戚。从"寻寻觅觅"到"惨惨戚戚",她什么都没有寻到,最后只落得凄惨哀戚。这七组叠字大有讲究，表现了从寻觅行为到心理感受的全过程，也表现她寻求精神支撑，而落得"惨惨戚戚"的绝望。

　　精神很惨戚，身体又衰弱，屋漏偏逢连夜雨，遇上了特别烦人的鬼天气："乍暖还寒时候，最难将息。"将息就是安息、调养、休养。刚刚入秋，时冷时热，她本来就年老体衰，加之精神又特别恶劣，旧病未愈又添新疾。秋天变凉容易体寒，自然想到饮酒驱寒："三杯两盏淡酒，怎敌他、晚来风急？"可明眼人一看就知道，她不只是在以酒驱寒，也是在借酒浇愁，几杯薄酒怎么敌得了"晚来风急"？又怎么浇得灭内心的痛楚和悲哀？四周本来就"冷冷清清"，现在偏又逢上"晚来风急"，她感觉不到任何人间的暖意。只说"乍暖还寒"，只说"晚来风急"，只说天气很坏，而不说心情很坏，但我们不难从坏天气中，体会到她的坏心情。看起来像是淡淡的描述，读起来却字字锥心。精神虽然十分凝重，笔致却非常灵动。

　　正当"冷冷清清"之际，"惨惨戚戚"之中，"乍暖还寒"之时，没想到天空突然"雁过也"。不是说大雁传书吗？老天好像给她送来了温暖，大雁给她带来了希望。哪知希望一次扑空："正伤心，却是旧时相识。"为什么说大雁是自己的"旧时相识"呢？入秋以后，北方的大雁南飞避寒，她自己也是从北方南逃避难的,所以大雁像是自己的娘家人,是自己的老相识。可是,"旧时相识"捎来的不是书信,不是希望,而是更难承受的"伤心"。她早年也常写大雁传书,《念奴娇·春情》说"征鸿过尽,万千心事难寄",《一剪梅·红藕香残玉簟秋》说"云中谁寄锦书来?雁字回时,月满西楼",这些都写与丈夫的离愁,是美满婚姻中的一点小插曲,是不舍离愁中满满的希望,而这次的"伤心"却是一种凄惨,一种空无,一种绝望。当年不过是"为赋新词强说愁",现在却是"欲说还休"。

下阕换片不换意,开头"满地黄花堆积",承上阕结尾的"雁过也",仰望大雁南翔,俯看则"黄花堆积"。说"黄花堆积"到底是指菊花绽放,还是指菊花凋萎,涉及对下句的理解。"堆积"显然是说飘落后残英堆在一起,还从没有谁把菊花盛开说成"堆积"。把"堆积"理解为落花聚集,后面的"憔悴损,如今有谁堪摘"才有着落。当然菊花的品种很多,有的菊花即使已经凋谢,也在枝头枯萎而不零落,宋代郑思肖对此大加赞美:"宁可枝头抱香死,何曾吹落北风中。"(《寒菊》)菊花盛开的时候,自己无心欣赏采摘,现在憔悴残损了,菊花又不值得欣赏采摘。有人把"憔悴损"说成指人,把"堆积"说成指菊花盛开,这在词意上不连贯,另外,可以说人"憔悴",但不能说人"损"。天上的大雁,地上的黄花,无一不让人"伤心",无一不让人绝望,她现在放弃了一切努力——不再"寻寻觅觅",不再望雁看菊,只想一个人"守着窗儿"发呆,这日子真是度日如年,这才叹息"独自怎生得黑?"。常言说"欢娱嫌夜短,寂寞恨更长",苏轼《赠杨耆,并引》一诗也说"逆旅愁人怨夜长",孤寂凄惨的人每分每秒都难熬,她不知道这天要怎样才能熬到黑。要是我,可能更无法熬过这一天。

更要命的是,此时"梧桐更兼细雨,到黄昏、点点滴滴"。白居易的《长恨歌》中有"秋雨梧桐叶落时",温庭筠的《更漏子·玉炉香》中有"梧桐树,三更雨,不道离情正苦。一叶叶,一声声,空阶滴到明"。好不容易从白昼挨到了黄昏,哪知情况变得更糟,"点点滴滴"的"细雨",滴在梧桐叶上,滴在屋檐上,更滴在她的心上,听上去既单调又惊心。细雨淅淅沥沥,点点滴滴,什么时候才是个尽头?白天难熬到天黑,天黑又难熬到天明。

这什么时候才有个完?这是什么样的鬼日子!于是就有了沉痛的结尾:"这次第,怎一个愁字了得!"这里的"次第"是情形、光景的意思。这惨况又怎么是一个愁字能说尽的呢?

没有像李煜那样用巧妙的比喻,"问君能有几多愁?恰似一江春水向东流",也没有像自己从前那样以喻言愁,"只恐双溪舴艋舟,载不动许多愁",这次言愁不用比喻,不用象征,绝不转弯抹角,她那种凝重的情怀,正适合这种厚重的结尾。

首先,此词在艺术上创意出奇,首句连用14个叠字让人惊叹不已,而且全词97字中,用了42个齿声字——寻寻、清清、凄凄、惨惨、戚戚、乍、时、最、将、息、三、盏、酒、怎、正、伤、心、是、时、相识、积、憔悴、损、谁、守、窗、自、怎生、细、这、次、怎、愁、字;15个舌声字——淡、敌、他、地、堆、独、得、桐、到、点点滴滴、第、得。开头的14个叠字中,除"觅觅""冷冷"4字外,其余10字全为齿音。齿音短促、低沉、凄切,读来如泣如诉,听去似嘘似叹。在《李清照词的艺术特色》一文中,夏承焘先生认为舌音和齿音交替使用,有意以咬牙郑重叮咛的口吻,抒发自己心底的创痛沉哀。

其次,大量使用口语和俗语,如"三杯两盏淡酒""守着窗儿,独自怎生得黑""这次第,怎一个愁字了得"等,全都是当时的口语或俗语。李清照似乎身怀绝技,甚至是别有魔法,一经其手俗语便雅,一经点化口语便文。

最后，这首长调使用赋的铺叙手法，明明只见她在娓娓叙事，实际上她句句都在倾心，她把叙事与抒情有机地统一在一起——叙事就是在抒情，抒情也是在叙事。

第 11 讲

辛弃疾：诗才与帅才

1. 盖世奇才

一说到宋词，人们自然就会提到"苏辛"，把他们两人当作宋代豪放词人的代表。谭献在《词辨》中说："东坡是衣冠伟人，稼轩则弓刀游侠。"谭献虽然多次对辛弃疾极尽赞美，但这则评语却小瞧了辛弃疾。同时代的朱熹称赞辛弃疾是一代"帅才"，陆游赞扬辛弃疾可与"管仲萧何"比肩（《送辛幼安殿撰造朝》），刘宰更称道他是时代"命世之大才""中流之砥柱"（《上安抚辛待制》）。勇能于五万敌军中取叛将首级，智能运筹帷幄指挥千军万马，怎么能说辛弃疾只是一"弓刀游侠"呢？

古代文学史上，有为国家"虽九死其犹未悔"的屈原，有动乱中"感时花溅泪"的杜甫，有"天生我材必有用"的李白,有"一蓑烟雨任平生"的苏轼,而兼具军事帅才与文学天才,并发誓要"补天裂"的只有辛弃疾一人。岳飞虽堪称一代将才,但文学成就毕竟有限,填词只是偶一为之;李白虽觉得自己无所不能,夸口"但用东山谢安石,为君谈笑静胡沙"(《永王东巡歌》其二),谈笑之间就可以平定叛乱。他吹一吹,你听一听就好,当真你就犯傻了。再说,李白这次吹牛是"交了税"的,他一下庐山,永王李璘就兵败被杀,李白也被关进了浔阳狱中。

唐朝——尤其是盛唐——尚武的激情爆棚,连那位倒霉的杨炯也叫喊"宁为百夫长,胜作一书生",王维喊得更凶,"孰知不向边庭苦,纵死犹闻侠骨香"。不过,他们也只是喊一喊而已,充其量只能算热情的啦啦队队员,或是一些军事"发烧友",自己并不真的下场参战。边塞诗人虽说赴边参战,譬如岑参三次投笔从戎,"功名只向马上取,真是英雄一丈夫"(《送李副使赴碛西官军》),但他只是充满豪情的诗人,适合于战争动员和宣传,而没有能力指挥战争;高适向往"功名万里外",推崇"男儿本自重横行",他有政治头脑却没有军事才能;王昌龄《出塞》中"城头铁鼓声犹震,匣里金刀血未干"(一说为李白所作),那种勇猛威武是写别人的;至于辛弃疾的好友陆游，一直高呼抗战并亲自参战，"楼船夜雪瓜洲渡，铁马秋风大散关"，老来还"塞上长城空自许"（《书愤五首》其一），可惜参战不一定善战。他自许"塞上长城"，和李白自许谢安一样，陆游把自己的诗才当成了帅才。

于几万叛军中生擒叛将，且不说古代诗人中间，即使在古代将士中间，几人有如此胆量？几人有如此身手？再看看他的《美芹十论》《九议》，几人有如此眼界？几人有如此谋略？辛弃疾在军事上有胆有谋、有勇有识。

诗才与帅才兼备的辛弃疾，是我国历史上的盖世奇才，是我们民族的稀世珍宝。

可悲的是南宋统治者不能识宝，更可悲的是"蛾眉曾有人妒"，他没有机会指挥千军万马，上位者不是剥夺了他的兵权，而是从没有授予他兵权，他南归后一直没有走上战场，最后不得不"却将万字平戎策，换得东家种树书"（《鹧鸪天·有客慨然谈功名因追念少年时事戏作》）。幸好他同样也是一位文学天才，更幸好没人敢剥夺他的"笔权"，他的军事谋略见于《美芹十论》《九议》，他的文学才华充分表现于填词，在词中"检校长身十万松"（《沁园春·灵山齐庵赋》），最终成为辛派领袖和词坛大家。军事上他虽说是帅才，可惜很少在战场施展，他填词反倒能从容挥洒，成为纵横词坛的一代"大帅"。

要是真的在战场上"金戈铁马，气吞万里如虎"（《永遇乐·京口北固亭怀古》），他可能不会哀叹"旌旗未卷头先白"（《满江红·江行简杨济翁、周显先》或《满江红·江行和杨济翁韵》），陆游也不会"但悲不见九州同"，豪放词就会让苏轼一人独唱，宋代词坛将是另一番景象，宋代词史甚至文学史也将重写，读者更将少了一道"文学大餐"。

民族的泪水，国家的悲剧，个人的不幸，酿成了辛词的珍珠，让他成为宋代填词数量最多，甚至填词成就最高的词人，也让读者能够在精神上"大快朵颐"，果真是"国家不幸诗家幸"？

尽管连"布被秋宵梦觉"，也念叨"眼前万里江山"（《清平乐·独宿博山王氏庵》），但他死前山河仍旧破碎。因此他的平生功业，不是在战场上收复中原失地，而是在词坛上"开疆拓土"。

2. "他年要补天西北"

岳飞称自己"三十功名尘与土，八千里路云和月"，心心念念的是"待从头、收拾旧山河，朝天阙"。辛弃疾的人生志向和岳飞一样——"了却君王天下事，赢得生前身后名"（《破阵子·为陈同甫赋壮词以寄之》），"好都取、山河献君王，看父子貂蝉，玉京迎驾"（《洞仙歌·为叶丞相作》），"看试手，补天裂"（《贺新郎·同父见和再用韵答之》），"袖里珍奇光五色，他年要补天西北"（《满江红·建康史帅致道席上赋》）。为了能"补天裂"，他所结交的都是以身许国的志士，如陈亮、韩元吉和老年的陆游；所赞美的都是一些驰骋沙场的虎将，如李广、廉颇、马援；所羡慕的都是一些抗击敌人维护统一的豪杰，如谢安、裴度；所鄙视的则是苟安江左的王导之辈。南宋上层统治者只要自己能醉生梦死，不惜把大片河山拱手送给敌人，他在词中对投降派给予了尖锐的贬斥和辛辣的嘲讽，有时直接愤慨地唾骂："世上儿曹都蓄缩，冻芋旁堆秋毵"（《念奴娇·晋臣十月望生日，自赋词，属余和韵》），有时则指桑骂槐："若教王谢诸郎在，未抵柴桑陌上尘"（《鹧鸪天·晚岁躬耕不怨贫》），"李蔡为人在下中，却是封侯者"（《卜算子·漫兴》），他甚至挖苦南宋小朝廷是"剩水残山无态度"（《贺新郎·把酒长亭说》）。

"补天裂""补天西北"，是他的志向，是他的梦想，更是他的执念，是他亡命南归的初衷，是他生命激奋的动力，也是他终身痛苦的根源。他因此而欢笑，因此而流泪，绝不会因此而超然。

"补天裂""补天西北"，是他终生矢志不渝的奋斗目标，也是稼轩词的中心主题，因而也是理解稼轩与稼轩词的钥匙。

3. 江南江北

他的词充满了对故都、故土、故人的眷恋，他守滁州时一次登楼远眺，触景生情地说："今年太平万里，罢长淮、千骑临秋。凭栏望，有东南佳气，西北神州。"（《声声慢·滁州旅次登楼作和李清宇韵》）他每到一处总要眺望"西北神州"，"长安父老""神州沉陆""西北是长安""西北有神州""起望衣冠神州路"这样的词句在《稼轩词》中随处可见。

一次在西湖灵隐寺游玩，看到飞来峰、冷泉亭等名胜，"谁信天峰飞堕地，傍湖千丈开青壁"，他从西湖风光想到故乡大明湖景色，孔孟之乡竟然成了异国他乡，突然不禁悲从中来："恨此中、风物本吾家，今为客。"（《满江红·题冷泉亭》）西湖这景色不就是我家大明湖的景色吗？它已经成为人家的名胜，而它的主人却流落他乡！作为一名立志"补天裂"的将军,这种情景不只让他感到痛苦,也让他感到难堪,更让他感到羞愧。

不管是上朝、平乱,还是赏景、送别,抑或饮酒、闲聊,他无时无刻不想起恢复中原,连梦中也是"江南江北"或"万里江山"。如《满江红·江行简杨济翁、周显先》:

> 过眼溪山,怪都似、旧时曾识。还记得、梦中行遍,江南江北。佳处径须携杖去,能消几两平生屐。笑尘劳、三十九年非,长为客。
>
> 吴楚地,东南坼。英雄事,曹刘敌。被西风吹尽,了无尘迹。楼观才成人已去,旌旗未卷头先白。叹人间、哀乐转相寻,今犹昔。

这首词写于淳熙五年(1178年),作者离开扬州溯江西上赴湖北漕所作。南归时他是二十出头的小伙,如今成了年登不惑的中年人。十几年人生的大好光阴,都在猜忌、冷落、闲散中消磨掉了。杨济翁是一位诗人,还是杨万里的族弟,与作者时有唱和。周显先生平不详,当是随辛来湖北的同路人。

因南归初年,他曾漫游吴楚大地,故地重游像是与故人重逢，所以首句说"过眼溪山，怪都似、旧时曾识"。他在梦中行遍了"江南江北"，如画山水是那样让人陶醉，得赶快趁壮年饱览山川美景，一生能穿得几双木屐呢？用如今时髦的话来说，我们能穿几双旅游鞋呵？你们看，他对神州山水爱得多么痴情。"能消几两平生屐"，源于《世说新语·雅量》，阮孚曾经感叹说，"未知一生当着几两屐"。《世说新语》意在表现阮孚的旷达，这里是以旷达之语表现沉痛之情。可惜时光在"尘劳"中溜走，更可惜的是他这位"归正人"，统治者一直没把他当作"自家人"。"长为客"不只是说自己长期漂泊，更是说自己长期是南宋的外人。

词题既是"江行"，表明是从扬州到湖北逆江西上，沿途要经过吴楚大地。于是有了过片"吴楚地，东南坼"，大概是词人触景生情，想起杜甫名诗《登岳阳楼》，"吴楚东南坼"名句涌上心头。"坼"是裂开的意思，自然使人联想到江山分裂。他又由"吴楚东南坼"想到三国英雄，天下三分是因为棋逢对手，"英雄事，曹刘敌"，语出《三国志·蜀书·先主传》，曹操曾对刘备说，"今天下英雄，唯使君与操耳"。这里只说到曹、刘二人，是词体字数和押韵限制，在《南乡子·登京口北固亭有怀》，辛弃疾对孙权同样十分推崇："天下英雄谁敌手？曹刘。生子当如孙仲谋。"可悲的是,他们都"被西风吹尽,了无尘迹"。"江行"途中既听不到当年的号角,也见不到战场的遗迹。作品是对英雄的叹惋,更是对英雄的呼唤。处处暮气沉沉的南宋朝廷,容不下曹、刘这般英雄。

这样话头就从历史的辉煌,过渡到当下的屈辱,从对古代英雄的遗忘,过渡到对当今豪杰的摧残,因而语气越来越悲凉,情绪也越来越愤激:"楼观才成人已去,旌旗未卷头先白。"这两句章法上承上启下,语意上由古及今。上句承"了无尘迹"而来,暗用苏轼"楼成君已去,人事固多乖"(《送郑户曹》),英雄大业刚成人便作古,给后人留下无数叹息,而"旌旗未卷"却已白头,留给自己的则是无尽的遗恨与悲凉。楼成人去毕竟实现了理想,"旌旗未卷头先白"却是壮志成空。眼看"吴楚地,东南坼",他没有办法完成统一,还有什么比这更让辛弃疾痛苦的呢?他把这一切都归结为命:"叹人间、哀乐转相寻,今犹昔。"辛弃疾可能有所不知,这只是南宋统治者的腐朽,并不是历史和民族的必然,更不是他这样的仁人志士的宿命。

从一次"江行"看到吴楚山川,陡生"三十九年非"的慨叹,勾起"长为客"的感伤;又从如画江山想起当年的豪杰,他们各自成就了大业，自己只能空等白头，任由"吴楚地，东南坼"，只能在"梦中行遍，江南江北"。抒情一气奔涌又非一泄无余，意脉流畅明晰又层层转深，看似"肆口而成"却又吞吐不尽。

4. 整顿乾坤

他"江行"想到"旌旗未卷头先白"，祝寿也想到"整顿乾坤"，真是三句话不离"本行"，如《水龙吟·甲辰岁寿韩南涧尚书》：

> 渡江天马南来，几人真是经纶手？长安父老，新亭风景，可怜依旧。夷甫诸人，神州沉陆，几曾回首！算平戎万里，功名本是，真儒事，公知否？
> 况有文章山斗，对桐阴、满庭清昼。当年堕地，而今试看，风云奔走。绿野风烟，平泉草木，东山歌酒。待他年，整顿乾坤事了，为先生寿。

诗题中的"甲辰岁"是淳熙十一年（1184年），"韩南涧"

是南宋政治家和诗人韩元吉，和辛弃疾一样志在抗金雪耻。韩元吉晚年退居上饶南涧，因而便以"南涧"为自己的号。韩元吉此时与辛弃疾为邻，曾官至吏部尚书，长辛弃疾二十多岁，算是他的长辈，也算是他的长官，所以韩六十七岁生日时，辛弃疾特地填词为他做寿。

一起笔就以石破天惊的议论，表现出目空天下的眼界："渡江天马南来，几人真是经纶手？"西晋永嘉之乱后，司马睿仓皇南渡在建康建立了东晋王朝。这两句是借骂东晋君臣，来鄙视南宋朝廷上下的酒囊饭袋。还是像当年东晋一样，"长安父老"眼巴巴地盼望官军；也还是像当年东晋一样，面对"神州沉陆"的破碎山河，良心尚存的大臣们只相顾流泪，毫无心肝的大臣们则"几曾回首"，只要能保住乌纱帽，甚至只要能保住脑袋，他们才不会在乎江山社稷，更不会在乎苦难苍生。"长安父老"见《晋书·桓温传》，桓温北征路过长安东面，父老们看到官军后激动得哭泣，"不图今日复见官军"。"新亭风景"典出《世说新语·言语》，说的是东晋渡江之初，"过江诸人，每至美日，辄相邀新亭，藉卉饮宴。周侯中坐而叹曰：'风景不殊，正自有山河之异！'皆相视流泪"。"夷甫诸人"见《晋书》，王夷甫等人清谈误国，死到临头才知道痛悔：

"向若不祖尚浮虚，戮力以匡天下，犹可不至今日。"当北伐来到北方中原大地，桓温斥责"夷甫诸人"，因为浮华导致"神州陆沉"。连用三个典故仍一气奔走，读来不仅没有半点滞碍，而且像连珠炮似的骂得淋漓痛快。

真正的儒者卫国而不误国："算平戎万里，功名本是，真儒事，公知否？"横刀跃马扫平所有入侵者，收复所有丧失的国土，建不世之功，垂万世之名，韩公您一定清楚，这样伟大的事业才是"真儒"的天职！北伐是辛弃疾生命的重心，平定天下是他的人生目标，驰骋疆场踏平贼巢是他的梦想，他一方面给朝廷献计献策，另一方面在地方上秣马厉兵。他与朱熹相互敬重，朱熹逝世后他不顾个人安危亲往吊丧，并断言朱熹像"江河流日夜"一样永垂不朽，但他们的抗金策略大不相同。朱熹反对与金议和，但他认为当务之急是皇帝"正心诚意"，上明仁义之道，下敦忠孝之俗，举国处于天时地利人和，外敌自然不可能肆虐神州。在民族危亡火烧眉毛之际，朱熹的抗金之方让人想到庄子的涸辙之鲋，取遥远的西江之水，来救眼前快要渴死的小鲫鱼，相较辛弃疾的《美芹十论》，朱熹的"正心诚意"显得迂腐可笑，更别说两晋王夷甫等浮华之辈和两宋那些"平时袖手谈心性"的腐儒了。

过片承上转进一层:"况有文章山斗,对桐阴、满庭清昼。""况"的意思是更何况,您的文章如泰山北斗,您的出身又是那么高贵。韩元吉出身两宋豪门灵寿韩氏。北宋有两大韩氏望族,一是以韩琦为代表的相州韩氏,一是以韩亿为代表的灵寿韩氏,因灵寿县属真定府,又称真定韩氏,因门前多种梧桐,又称桐木韩氏。桐木韩氏到韩维这一代弟兄多人为相,北宋有诗句说"棠棣行中为宰相,梧桐名上识韩家"。韩元吉就是韩维的玄孙。"对桐阴、满庭清昼"就是恭维老寿星家世显赫。您一出生就与众不同,要是能风云际会,您定能回天转日。如今您辞官家居,饱览上饶的风烟,留恋南涧的花草,忘情退休的闲情逸趣,但您也像当年的谢安一样,既能超然地高卧东山,又能慨然地东山再起!盼着有朝一日您重出政坛,收复中原的故土,完成"整顿乾坤"的大业,我再来为先生祝寿!绿野堂、平泉庄、东山,分别是唐朝宰相裴度、李德裕退休后的居所,及东晋宰相谢安辞官后隐居之地。"绿野风烟,平泉草木,东山歌酒"排比而下,既切合韩元吉的身份,又写出韩元吉的心境,更提出词人的期望。

连祝寿也要再提"整顿乾坤",也要呐喊"平戎万里"。《水调歌头·寿赵漕介庵》的祝寿词也说,"要挽银河仙浪,西北洗胡沙"。《满江红·建康史帅致道席上赋》一词，更慷慨地告白说："袖里珍奇光五色，他年要补天西北。"在祝寿词中，在朋友席上，都再三呼吁匡复大业，大有霍去病"匈奴未灭，何以家为"的气概。这是他一生的梦，也是他一生的痛。

5. 谁"揾英雄泪"？

当年提着叛徒头颅，怀着一腔热血，带着满怀希望，冒着生命危险，年轻的辛弃疾回归到南宋朝廷。哪知刚一回到南宋，他无形就被划为"归正人"。他自以为已经"回家"了，却又被"家人"当成了外人。

在《朱子语类》中，朱熹解释"归正人"说，他们本来就是中原人，"后陷于蕃而复归中原，盖自邪而归于正也。""自邪而归于正"的说法，本身就充斥着蔑视。朱熹尚且如此充满偏见，更可想见他人对"归正人"的态度了。虽然没有人怀疑辛弃疾的赤诚，没有人不承认他的才干，更没有人不折服他的胆略，但在南宋朝廷君臣中，几乎就没有人打算重用他，南宋统治者偶尔起用他，也只把他当作应急的灭火器，火一灭就把他一扔，在南宋他一直是个边缘人。

对于文恬武嬉的南宋君臣来说,"平戎万里"就是痴人说梦,"补天西北"更是大言欺人。《水龙吟·登建康赏心亭》抒发了他的孤独、痛苦和伤心:

楚天千里清秋,水随天去秋无际。遥岑远目,献愁供恨,玉簪螺髻。落日楼头,断鸿声里,江南游子。把吴钩看了,栏杆拍遍,无人会,登临意。

休说鲈鱼堪脍,尽西风,季鹰归未?求田问舍,怕应羞见,刘郎才气。可惜流年,忧愁风雨,树犹如此!倩何人唤取,红巾翠袖,揾英雄泪!

此词作于孝宗淳熙元年(1174年)秋,这是作者南归的第十二年,也是他投闲置散的第十二年。赏心亭是南京的历史名胜,亭下又是著名的秦淮河,辛弃疾更是名人登名楼填名词。不管是宋词选本,还是辛弃疾选集,此词几乎没有漏选过。有些词漏选或因选家别具只眼,此词要是漏选那就表明选家没有眼光。

不管是所抒的情怀,还是其抒情的方式,此词都堪称辛弃疾的代表作之一。

一起笔就以辽阔的景象，濡染出满天的秋色："楚天千里清秋，水随天去秋无际。"这两句"秋"字两出，写出了登上赏心亭后最深的感受，仰望是千里楚天秋气笼罩，俯瞰则秋气随江水流向天际，天地之中无处不"清秋"，意境虽十分阔大，情调却极为萧瑟。战国时期，长江中下游一带属楚国，所以词中说"楚天千里"。古人向来有悲秋的传统，这为下面的"愁""恨"之情埋下了伏笔。词人把眼光从水移到了山，你们很快就会发现，水既含秋意，山又供愁恨："遥岑远目，献愁供恨，玉簪螺髻。""遥岑远目"是倒装句，遥岑指远处的山峦，远目是说眺望远方。放眼望去，千姿百态的远山，有的山尖高耸入云，像美人斜插的碧玉簪子，有的山形层层叠叠，像美人头上螺形的发髻。以"玉簪螺髻"形容山，可能受到唐代诗人的启发，韩愈《送桂州严大夫同用南字》："江作青罗带，山如碧玉簪（zān）。"皮日休《太湖诗·缥缈峰》："似将青螺髻，撒在明月中。"像"玉簪螺髻"一样的山峰，本当让人喜悦陶醉才对，怎么落得个"献愁供恨"呢？在山河破碎的状态下，风景越美越让人痛苦。远在北方的故乡，已经成了回不去的异国他乡，眼前江南的青山绿水，虽美不胜收却金瓯残缺，正如他在《贺新郎·把酒长亭说》中说的那样，"剩水残山无态度"。

词的标题虽名"登赏心亭",可不仅不能赏心反而闹心。先描写登亭所见之景,再逆笔交代登亭之时和登亭之人:"落日楼头,断鸿声里,江南游子。"时当落日,身在楼头,耳闻孤雁,一位漂泊江南的北方游子,值此时此刻此情此景,难怪望水只见满眼萧瑟的秋气,看山无一不是"献愁供恨"了。平时春花春鸟都讨人喜欢,到了"国破山河在"的危亡之时,杜甫尚且"感时花溅泪,恨别鸟惊心",更别说楼头的落日,孤雁的哀鸣,都易于引起游子的思乡之情,何况词人已经无乡可归呢,更何况辛弃疾这样一心"平戎万里"的志士呢。这三句是三个意象并列,每句都没有用一个动词,词人只提供一种氛围,读者可建构多重意境。

在这样的情景中,且看赏心亭上的"江南游子":"把吴钩看了,栏杆拍遍,无人会,登临意。""吴钩"是吴地产的一种宝刀,词人"把吴钩看了",自然会想到李贺《南园十三首》其五诗中的名句,"男儿何不带吴钩,收取关山五十州"。辛弃疾怀抱利器而不能施展,自己只能虚耗生命,国家被瓜剖豆分。一想起"收取关山五十州",他就情不自禁地"栏杆拍遍"。同学们要注意,这儿的"把"是个领字,也就是"把吴钩看了",把"栏杆拍遍"。"栏杆拍遍"不是拍一根栏杆,而是"拍遍"亭上所有栏杆，这一连串动作表现了他的焦急、无奈、沮丧。"无人会，登临意"更表现了他的孤独和痛苦。整个南宋"暖风熏得游人醉，直把杭州作汴州"，谁还在乎"收取关山五十州"？在常人看来，秋天去登赏心亭，不就是去寻开心吗？谁还去理会词人的"登临意"？

"落日楼头"以下七个短句，从词意上看，由赏心亭上所见之景，逐渐过渡到赏心亭上观景之人。这里我们能真切地感受什么叫"情景相生"——情既因景而起，景又因情而生。从手法上讲，这七句一气贯注又层层转折，沉郁顿挫又豪气逼人。

什么是词人的"登临意"呢？下片通过三个典故，从三个层面回答了这个问题。"休说鲈鱼堪脍，尽西风，季鹰归未"，典出《世说新语·识鉴》："张季鹰辟齐王东曹掾，在洛，见秋风起，因思吴中菰菜、莼羹、鲈鱼脍，曰：'人生贵得适意尔，何能羁宦数千里以要名爵？'遂命驾便归。俄而齐王败，时人皆谓见机。"文中季鹰是张翰的字，今天苏州市人，他的文章在当时非常有名，他的放纵在当时更为有名。在京城洛阳官当得好好的，眼见一场秋风刮来，想起了家乡的菰菜、莼羹、鲈鱼，于是赶起马车就辞官回家，这到底是放纵得可笑，还是洒脱得可爱？辛弃疾没有他这样放纵的性格，也没有他这样放纵的本钱——眼前正是"千里清秋"，像张翰一样想要回家，但他不只是有家归不得，而是根本就无家可归。

更痛苦的还不是自己无家可归，而是自己一直无用武之地："求田问舍，怕应羞见，刘郎才气。""求田问舍"典出《三国志·魏书·陈登传》，许汜与刘备在荆州牧刘表那儿，一起品评天下人物，许汜对大名士陈登深不以为然。有一次他去拜见陈登，白天陈登和他谈话不冷不热，晚上陈登自己睡上床，让许汜一人睡下床，没尽一点主客之礼。事情虽然过去了很久，但许汜说起来还是愤愤然。刘备对许汜说："君有国士之名，今天下大乱，帝主失所，望君忧国忘家，有救世之意，而君求田问舍，言无可采，是元龙（陈登字）所讳也，何缘当与君语？如小人（刘备谦称），欲卧百尺楼上，卧君於地，何但上下床之间邪？"此处"求田问舍"是辛弃疾自指，武不让他驰骋疆场，文不让他治国安邦，他的文韬武略只能用来养家糊口，他觉得没脸面对"刘郎才气"。在《鹧鸪天·有客慨然谈功名因追念少年时事戏作》中，他十分沉痛地说："却将万字平戎策，换得东家种树书。"显然，这里应当感到羞耻的是南宋皇帝，可南宋皇帝又没有羞耻感！

原本"整顿乾坤"的帅才，只能去"求田问舍"，于是就有了下面深沉的喟叹："可惜流年，忧愁风雨，树犹如此！"这几句典出《世说新语·言语》："桓公北征经金城，见前为琅邪时种柳，皆已十围，慨然曰：'木犹如此，人何以堪！'攀枝执条，泫然流泪。"庾信《枯树赋》中也有"树犹如此，人何以堪"的名句。眼见国家日渐飘摇，国土日见逼仄，时光在忧心愁闷中一天天流逝，树木这个样子也会凋枯，人这样下去又怎不衰老？国土不能再这样长期分裂，国家不能这样走向灭亡，生命不能再这样一天天虚耗——这就是此次的"登临意"，这也是他一生永远的痛点。

结尾"倩何人唤取，红巾翠袖，揾英雄泪"，远承上片"无人会，登临意"，孤独痛苦需要慰藉；近接"忧愁风雨，树犹如此"，忧伤愁闷需要温暖。"红巾翠袖"是少女的装扮和服饰，这里用来代指美丽的少女。"揾"的意思是揩眼泪、擦伤口。要是有"红巾翠袖"，来"揾英雄泪"该有多好，受伤的英雄渴望抚慰，孤独的硬汉寻觅知音。志士却壮志成空，帅才却生命空耗，要么是欲哭无泪，要么是泣下沾襟，这倒印证了那句老话："男儿有泪不轻弹，只因未到伤心处。"读到这里，说实话我自己就快流泪了。

境既宏阔，气又雄豪，情更浓烈，这首词典型地代表了辛弃疾的词风。

对"他年要补天西北"的理想，他有着"男儿到死心如铁"的执着，辛弃疾无法旷达超然，慷慨处寓悲壮，豪迈中有深情。

6．"英雄之气"

辛弃疾一直盼望能"补天裂"，还发誓"男儿到死心如铁"；希望自己能成为扭转乾坤的英雄，也以英雄自命。难怪清代词人陈廷焯说"东坡词极名士之雅，稼轩词极英雄之气"了。《南乡子·登京口北固亭有怀》一词，就是这种"英雄之气"的生动展示——

何处望神州？满眼风光北固楼。千古兴亡多少事？悠悠。不尽长江滚滚流。

年少万兜鍪，坐断东南战未休。天下英雄谁敌手？曹刘。生子当如孙仲谋。

此词作于镇江知府任上，不是宋宁宗嘉泰四年（1204年），就是开禧元年（1205年）。京口在今天江苏镇江市，北固亭在镇江北固山上。早年献给皇上的《美芹十论》中，辛弃疾特地强调了京口的重要性："且环淮为郡凡几？为郡之屯又几？退淮而江为重镇，曰鄂渚，曰金陵，曰京口，以至于行都扈跸之兵，其将皆有定营，其营皆有定数，此不可省也。"（《美芹十论·守淮第五》）镇江是宋、金的前哨阵地，当时朝廷正筹划北伐，前两年任命辛弃疾为浙东安抚使，嘉泰四年又任命他为镇江知府。起用闲置已久的老将，让他出守军事上的重镇，看起来好像要他北伐扛鼎，晚年似乎有了用武之地。实际上，对于一直作为主战代表人物的辛弃疾，韩侂胄不过是用他装点门面。韩侂胄有北伐邀功之心，但无运筹帷幄之才，他从心底瞧不起韩侂胄，韩侂胄也打心眼里看不惯他。

这样说吧，北伐本是他一生的心事，而由韩侂胄这样的人主持北伐，却陡然变成了他的心病。

此词就是在这种心态下写的。

一上来就以问句振起："何处望神州？"这里的"神州"指中原大地，他生于斯养于斯，也是他一生魂牵梦绕的地方，现在不仅回不去，还望不见。哪里能望见故乡，哪里能望见神州?这就引出了第二句:"满眼风光北固楼。"从章法上说,这句切到题面"登京口北固亭有怀",词句中的"北固楼",就是题目中的"北固亭"。人们常把"满眼风光",说成是看到了"北固楼的优美风光"。这种理解割裂上下两句的联系,使得上句悬在半空了无回音,下句成了没头没脑的"断头路"。要是按这种讲法,上句毫无着落,下句没有来由。辛弃疾的忘年交陈天麟有一篇《重修北固楼记》,能帮助我们对第二句进行理解:"兹地控楚负吴,襟山带江,登高北望,使人有焚龙庭空漠北之志。神州陆沉殆五十年,岂无忠义之士奋然自拔,为朝廷快宿愤,报不共戴天之仇,而乃甘心恃江为固乎?"辛弃疾在北固楼登高北望,就能望见神州的"满眼风光",陡然激起沉埋胸中"焚龙庭空漠北"的壮志。"满眼风光"绝不是"北固楼的优美风光",而是登上北固楼以后,映入他眼帘的美丽的神州大地。看"北固楼的优美风光",还用得着"登京口北固亭"吗?

看到美丽的神州被异族践踏,谁都会问何使"神州陆沉",于是就有了下面的历史喟叹:"千古兴亡多少事?悠悠。不尽长江滚滚流。"北固亭就是历史的见证,"眼看他起朱楼,眼看他宴宾客,眼看他楼塌了"。在神州大地上,多少枭雄崛起又溃败，多少朝代兴盛又消亡，多少次天下分而合又合而分？词人用"悠悠"二字作答，想来真意味深长，说来又一言难尽。"悠悠"既指空间上的辽阔，又指时间上的漫长。"不尽长江滚滚流"是"悠悠"的引申，更是"悠悠"的形象化。

这一句语出杜甫名作《登高》："无边落木萧萧下，不尽长江滚滚来。"杜甫是写自己登高之所见，辛弃疾化用则写自己登高之所感；在杜甫那儿是境界的阔大，在辛弃疾这儿是感慨的深沉；在杜甫那儿主要属于地理空间，在辛弃疾这儿同时还属于历史时间。稼轩词喜欢用典，也善于用典，"不尽长江滚滚流"，明明是"挪用"杜甫家喻户晓的名句，可辛弃疾像是脱口而出，这七个字与词简直是天造地设。不熟悉古典诗歌的读者，肯定看不出这是挪用别人的诗句，即使是熟悉古典诗歌的读者，也会觉得是杜甫特地为辛弃疾准备的"诗料"。事实上也是如此，"不尽长江滚滚流"，除了改动原句一个字外，基本是全盘"借用"杜甫的名句，可杜甫与辛弃疾各说各话，而且他们都说得各尽其妙，套用周星驰电影中的台词："一个字，绝！"

千古兴亡相续，一如长江东流，所以很容易发生通感：从江水的流逝，想到朝代的兴亡。从苏东坡"大江东去，浪淘尽、千古风流人物",到辛弃疾"千古兴亡多少事?悠悠。不尽长江滚滚流",再到杨慎"滚滚长江东逝水,浪花淘尽英雄",形成了一个漫长的历史感怀系列,而且每次感怀都加进了新的历史内容——或慷慨,或悲凉,或通透……

无论是"浪淘尽、千古风流人物",还是"浪花淘尽英雄",都未免过于悲观,历史的浪花只会"淘尽渣滓",但绝不会"淘尽英雄",否则,苏东坡不会"遥想公瑾当年",辛弃疾也不会激赏孙权:"年少万兜鍪,坐断东南战未休。"兜鍪(móu)原指古代士兵戴的头盔,此处代指士兵。"万兜鍪"指千军万马。孙权十八岁接替兄长孙策继位,成为吴国千军万马的统帅。我的个天,今天很多十八岁的小伙子还在念高中,有些人或许还被同伴霸凌,而孙权却能坐镇东南,驱动百万雄师连年东征西讨。斗智不输曹操与刘备,斗勇不惧魏蜀虎狼之师,赤壁之战打败曹魏,让曹操丢盔弃甲;夷陵之战完胜蜀军,几乎使刘备一命呜呼。

一黄毛小子有如此胆略,如此胸襟,如此气度,千载之下仍能想见其英气雄风。只有孙权这等人物,才能让辛弃疾心生景仰,才能让他惺惺相惜,所以他再次以郑重口吻问道:"天下英雄谁敌手?"孙权青春年少就敢与曹、刘分庭抗礼,实现魏、蜀、吴三国鼎立，使东吴坐拥江南千里沃野。天下英雄谁才算得上孙权的敌手？辛弃疾不假思索地说："曹刘！"这不是明摆着的吗？除了曹操与刘备，谁还有这资格？谁还有这气魄？更重要的是，谁还有这能力？王尔德曾调侃地说，即使找不到一个好朋友，也要挑一个好对手。王尔德这"浑蛋"有所不知，找朋友要德才相称，挑对手也得旗鼓相当，能不能挑一个好对手，不是凭自己的主观愿望，而是全靠自己的实力。譬如，兔子显然只是狮子的美食，绝不可能是狮子的对手。

《三国志·蜀书·先主传》载，曹操曾当面对刘备说："今天下英雄，唯使君（刘备）与操耳。"辛弃疾暗用了这段对话，曹操说天下英雄只有曹、刘，辛弃疾说曹、刘才配做孙权的"敌手"。三国时期，曹、刘、孙都是历史的要角，但他用曹操和刘备衬托孙权，曹、刘反倒成了词中的配角。"天下英雄谁敌手？曹刘"，是辛弃疾个人对孙权的评价，"生子当如孙仲谋"，则是曹操对孙权的叹赏。言下之意是说，我对孙权的推崇并非一己私言，曹操本人也心服口服。

这句话语出《三国志·吴书·吴主传》注引《吴历》。话说建安十八年（213年），曹操出兵江东，攻占了东吴的濡须坞。濡须坞为江东战略要地，孙权决心收复濡须坞，亲率数千劲旅挑战曹营以探虚实。曹操见吴军阵容整肃，人人士气振奋，不禁由衷称赞说："生子当如孙仲谋，刘景升儿子若豚犬耳。"用今天的话来说就是，生儿子就应当像孙权，刘表那儿子活像猪娃狗崽！

孙权比曹操小二十七岁，比刘备小二十一岁，曹、刘都是孙权的父辈。无论资历、经验、国力，在曹、刘面前孙权都不占优势，可在争夺天下的较量中，曹、刘不仅没有占到孙权的便宜，几次大战反而都损兵折将。这不由使曹操对孙权刮目相看，"生子当如孙仲谋"，便是长辈对晚辈的欣赏甚至佩服。

年纪轻轻就敢与强者一争高下，在龙争虎斗中叱咤风云，孙权无疑是辛弃疾的同路人。京口早先为孙权的都城，"登京口北固亭有怀"孙权，并用如椽大笔称颂孙权，这一切都在情理之中。不过，要是以为他仅仅是赞美古代英雄，那你就太不了解辛弃疾了，他可不是那种多愁善感的柔弱文人，动不动就喜欢发思古之幽情。

话还得从这首词的主题说起——

在特殊的历史关头，词人通过对孙权的赞颂，热情地表现了对英雄的呼唤。这有点像李清照的《夏日绝句》："生当作人杰，死亦为鬼雄。至今思项羽，不肯过江东。"只是李清照身在政治旋涡之外，她对统治者贪生怕死的鄙视写在脸上，而辛弃疾毕竟是局中人，所以此词是典型的皮里阳秋，我们必须从字面的意思，去"读"他纸背后的心情。"天下英雄谁敌手？"词人忽地一声断喝，读来心惊肉跳，这不分明在骂朝中无人吗？当朝权贵哪能找到孙权的敌手？特别是结尾一句"生子当如孙仲谋"，由于这是大家耳熟能详的典故，人们自然就会想到下句"刘景升儿子若豚犬耳"。句句是在赞美孙权，同时句句又是在指斥当代，正因为当朝权贵中没有孙权那样的英雄，所以他才盼望孙权这样的英雄。

为什么清人称此词充满"英雄之气"呢？首先，当然是它热情地讴歌英雄，急切地呼唤英雄，大声发问"天下英雄谁敌手"；其次，以"坐断东南战未休"的决战，把"年少"的孙权写得英气逼人；最后，将孙权放在辽远的空间——"何处望神州"，和久远的时间——"千古兴亡多少事"中来表现，在历史的大场面中表现历史的深度。

这首词在艺术上值得称道的真不少，譬如，以"何处望神州"的问句陡起，起笔发唱，惊挺有力，先声夺人。又如，一首小令中接连用三个问句，每个问句都具有提振的艺术效果，三问在词中形成波澜迭起的气势。三问的句式虽然相同，三答的语气却灵活多变：或似答非答，或细腻微妙，或斩钉截铁。再如，词风乍入眼似雄俊明快，细细品又觉得它含蓄曲折，它将雄豪与细腻、明快与含蓄有机地统一在了一起。

可与写于同一时期的《永遇乐·京口北固亭怀古》参读，可于同中见异，于异中辨同，以提高我们的审美感受能力。

第 12 讲

痛苦与解脱

1. 自嘲

当"南共北,正分裂"(《贺新郎·用前韵送杜叔高》)之际,一个立志要"补天裂"(《贺新郎·同父见和再用韵答之》)的军事帅才,竟然因其"归正人"身份,近二十年被"投老空山",更因其志大而才高,招致"蛾眉曾有人妒"。他深信自己"用之可以尊中国",无奈昏庸的朝廷"不念英雄江左老"(《满江红·倦客新丰》)。抚着日渐添多的白发,望着依旧残破的山河,想着已成泡影的理想,他在《满江红·倦客新丰》中像贾谊一样痛哭流涕:"休感慨,浇醽醁。人易老,欢难足。有玉人怜我,为簪黄菊。且置请缨封万户,竟须卖剑酬黄犊。甚当年、寂寞贾长沙,伤时哭。"这段话的大意是说,别牢骚,别感慨，猛灌酒，可消忧。人老起来很容易，要快活起来却很难。有玉人同情我，亲手为我簪上黄菊。放下请缨杀敌立功塞外的雄心，把宝剑卖了买几头黄牛老实种田，放下了就不痛苦了。那位长沙王太傅贾谊就是放不下，因感伤时世而常常恸哭。这里交代一下，贾谊在《治安策》中说，当前的国家形势，"可为痛哭者一，可为流涕者二，可为长太息者六"。"且置请缨封万户，竟须卖剑酬黄犊"明显是牢骚话，他从来都没有真正放下过，忧时伤世比贾谊有过之而无不及。

有时看到"落日胡尘未断，西风塞马空肥"，他面对"山川满目泪沾衣"（《木兰花慢·席上送张仲固帅兴元》）；有时目睹朝廷上下"直把杭州作汴州"，他忍不住愤怒地问道："神州毕竟，几番离合？"金瓯破碎什么时候才算尽头？有时眼看"汗血盐车无人顾"（《贺新郎·同父见和再用韵答之》），真正的人才被摒弃冷落，他毫不留情地嘲讽痛斥，如《卜算子·漫兴》：

千古李将军，夺得胡儿马。李蔡为人在下中，却是封侯者。

芸草去陈根，笕竹添新瓦。万一朝家举力田，舍我其谁也。

上片慨叹人世不公。"李将军"是指西汉神将李广，虽然攻城拔寨功勋卓著，终其一生却与封侯无缘，他的从弟李蔡无才无功，反而一路加官晋爵，封侯拜相。事见《史记·李将军列传》："蔡为人在下中，名声出广下甚远，然广不得爵邑，官不过九卿，而蔡为列侯，位至三公。"

下片撇开历史人物说自己，自夸干起农活来既特别卖力，也特别在行。他锄草连草的老根都刨掉，又剖开竹筒制成引水的新瓦，看上去真像庄稼"好把式"。万一朝廷哪天要举荐"力田"的人，他自信"舍我其谁也"。"力田"的字面意思是努力耕田，是汉代选拔人才的科目。"舍我其谁也"语出《孟子·公孙丑下》："如欲平治天下，当今之世，舍我其谁也？"

一个"壮岁旌旗拥万夫"（《鹧鸪天·有客慨然谈功名因追念少年时事戏作》）的将军，现在老老实实地种田，将来好被举荐"力田"，这好比一位"力拔山兮气盖世"（项羽《垓下歌》）的大力士，希望将来和一位倾城美女比身材苗条，真要多滑稽就有多滑稽。

上片与下片好像互不干涉，实际上二者紧密相连：当年李广遭遇的不公，今天正是词人的遭遇，为李广的不公打抱不平，就是为自己被摒弃讨公道。

上片明明是正话却用委婉的曲笔，下片明明是反话却说得一本正经；正话用曲笔则含蓄有味，反话以正说可增强反讽效果。

此词表面是作者在自嘲，骨子里是对统治者昏庸的嘲讽。

当然，不管是公开谴责，还是反讽自嘲，这两类作品在稼轩词中比例都不大。除抒发抗击金兵、恢复中原的雄心壮志外，灵魂孤独、满怀愁绪、人生体验、力求解脱、田园乐趣和风流旖旎等，也是稼轩词的常见主题，现在我们一一道来。

2. 别有怀抱

辛弃疾"志在寥阔"（《水调歌头·我志在寥阔》）且异常执着。为人刚烈而又情感丰富，异常执着必定苦苦追寻，情感丰富又容易陷于幽独，名作《青玉案·元夕》便是他为人、追求、情感、个性的真实表现——

东风夜放花千树，更吹落、星如雨。宝马雕车香满路。凤箫声动，玉壶光转，一夜鱼龙舞。

蛾儿雪柳黄金缕，笑语盈盈暗香去。众里寻他千百度。蓦然回首，那人却在，灯火阑珊处。

标题中的"元夕"就是元宵。我国写元宵节的诗词车载斗量，但真正为人传诵的词作寥寥可数，如欧阳修的《生查子·元夕》、李清照的《永遇乐·落日熔金》和辛弃疾这首《青玉案·元夕》，其中辛弃疾这首元宵词真正称得上家喻户晓，"众里寻他千百度""蓦然回首"至今仍是人们的常用语，"蓦然回首"还是收入词典的成语。一首词给民族贡献了两个成语，好像只有李白的《长干行》其一可以和它媲美，那首《长干行》给我们留下了"青梅竹马""两小无猜"，它们同为民族的艺术瑰宝。

难以确考此词的具体写作时间，从词中所写元宵放灯的热闹来看，好像只有南宋都城临安才会有这种盛况，所以有人把作年定于乾道七年（1171年），此时作者在临安任司农寺主簿。不过，这是一种想当然的推测，他到临安的机会并不只这一次，即使从来没有到过临安，难道就不能想象元宵灯节之盛？填词又不是写新闻报道，不能有半点想象和夸张。

上片写元宵灯节的狂欢喜气。一起笔就为我们展现了灯的海洋："东风夜放花千树，更吹落、星如雨。"就是普通诗人来写元宵灯节，多半也会写到处张灯结彩，但这种写法不会出差错也不会出彩，我们读过了也就忘掉了。可辛弃疾写来却不落俗套，他说是一夜东风吹开了"花千树"，给人的错觉好像这些火树银花，是春天里百花盛开，它们都不是人工装点而是"东风夜放"，不仅处处洋溢喜气，还处处满是春意。"东风"是两个领字，它既吹开了"花千树"，又"吹落"了"星如雨"。因词人想象十分神奇，所以这两句写得非常新奇，元宵佳节街市灯如昼，地上是灯火，天上是焰火。这两句可以与唐代诗人岑参的"忽如一夜春风来，千树万树梨花开"前后辉映。

此时此刻，正如崔液《上元夜六首》其一中说的那样："谁家见月能闲坐？何处闻灯不看来？"于是，词便从灯火的辉煌转入场面的喜庆："宝马雕车香满路。凤箫声动，玉壶光转，一夜鱼龙舞。"满眼是"宝马雕车""玉壶光转"，充耳是"凤箫声动"，扑鼻是"满路"飘香，到处都"一夜鱼龙舞"，没有长幼之分，没有男女之别，这一夜你看他们玩得有多疯。"宝""雕""香""凤""玉""龙"，词人特地用富丽的文字来渲染元宵欢庆的氛围。

上片虽说想象很新奇，描写很生动，文字很华丽，但要是仅仅到此为止，它和其他人的元宵词并无本质的区别，无非是写元宵佳节热闹火爆而已。

杜牧在《答庄充书》中说："凡为文以意为主，以气为辅，以辞彩章句为之兵卫。"唐人的"文"兼及今天的"诗""文"，要从语境中确定其所指。判定一首诗词的价值，首先要看是否具有新的生命体验，如果只感他人之所感，言他人之所言，像古今大量的应景诗文，它们的"生日"就是"忌日"。

大家想象一下，假如此词和同类作品一样，只是写元宵灯市的辉煌热闹，它还值得我们浪费时间吗？

朋友们肯定会猜到，此词的出众全靠下片，下片又全靠那结尾几句。它们不仅"乃一篇之警策"，而且全篇"必待兹而效绩"（陆机《文赋》）。也就是说，结尾几句不光自身很美，有了它们，全词都焕然一新。那么，下片——尤其是下片的结尾，到底好在哪里呢？

过片换片不换意，接上片尾句连贯而下："蛾儿雪柳黄金缕，笑语盈盈暗香去。""蛾儿""雪柳""黄金缕"，都是当时妇女头上佩戴的首饰，此处是表现元宵节妇女都精心打扮，个个穿上节日的盛装,她们一路留下一串串银铃般的笑声,一缕淡淡的幽香。她们的笑容那样甜美,笑声那样动听,还有幽香那样迷人,任何一个男性都可能被弄得神魂颠倒。

可词人却另有所属:"众里寻他千百度。蓦然回首,那人却在,灯火阑珊处。"古代并没有"他""她"之分,"他"同时也包括"她","他"到底指男性还是女性要根据语境来确定。来到元宵节的灯市,词人不是来看"蛾儿雪柳"的盛装美女,不是来听她们的"盈盈"笑语,更不是来见识"满路""宝马雕车"的盛大排场,而是专为"众里寻他"而来,"千百度"表明词人"寻他"的虔诚与耐心。在"众里""千百度"都没有找到"他"时,可以想见词人多么疲惫沮丧;当词人"蓦然回首",发现"那人"就站在灯火稀疏暗淡的地方,我们好像看到词人眼中的泪花,词人全身的颤抖。

由于古代诗词有香草美人的寄托传统,作者往往言在此而意在彼,所以"那人"的身份众说纷纭:或认为是作者的意中人,或认为是宋孝宗赵昚,或认为是北宋都城汴京,还有的认为是词人自己。本来就"诗无达诂",对"那人"有不同的理解极为正常,甚至不同的代入感也并不少见,但这种理解不能与词境抵牾。对"那人"的这几种理解,我们现在一一辨明其是非得失——

说"那人"就是词人自己，这种说法有点古怪，估计稼轩那时还没有"自我同一"这种哲学观念。

说"那人"是指北宋都城汴京，这与词意完全不合，汴京难道一"回首"就能找到？汴京难道会跑到"灯火阑珊处"？

说"那人"是宋孝宗更是笑话，词人与宋孝宗什么时候有"蓦然回首"的君臣遇合？

最后，只有把"那人"理解为作者的意中人，才与词情词境十分吻合。今天男女能随时随地相见，古代要见一面比牛郎织女还难，元宵灯节是个难得的良机，趁看灯火的机会来见人。欧阳修《生查子·元夕》说，"去年元夜时，花市灯如昼。月上柳梢头，人约黄昏后"。不过，此词中的作者不像欧阳修那样，事先与意中人约好了时间地点，所以只好在众人中"千百度"地苦苦寻觅。

为什么要"千百度"寻"那人"呢？梁启超认为是"自怜幽独，伤心人别有怀抱"（梁令娴《艺蘅馆词选》丙卷）。此词是在抒写孤独，也是在寻求慰藉。在文恬武嬉的南宋，誓死要"补天西北"的辛弃疾是个另类，他是一位孤独甚至孤胆的英雄。英雄也有伤心时和脆弱处，所以渴求"倩何人唤取，红巾翠袖，揾英雄泪"（《水龙吟·登建康赏心亭》）。为何他一定要去寻"那人"？如果说辛弃疾是"伤心人别有怀抱"，"那人"的为人就别有格调，"他"不逐"宝马雕车"之队，不入"蛾儿雪柳"之群，不去"玉壶光转"之地，别人争着去灯火辉煌处露脸时，"他"一个人孤零零地在"灯火阑珊处"，不由让人想起杜甫诗中那位"天寒翠袖薄，日暮倚修竹"（杜甫《佳人》）的"佳人"。"那人"的情怀如此淡雅，这不正是他的知己和同道吗？

读到最后才突然明白，前面的"夜放花千树"的绚丽，"宝马雕车"的豪奢，"一夜鱼龙舞"的热闹，"蛾儿雪柳黄金缕"的光艳，都是衬托"灯火阑珊处""那人"的超尘脱俗。

以华丽的意象写恬淡的情怀，以火热的场面写孤独的心境，辛弃疾手法超绝！

人们一提起辛弃疾就想到"豪放""粗犷"，他完全被一代代学者和读者标签化了，看看这首词的章法你会发现，辛弃疾原来心细如发。如"东风夜放花千树"是灯市的开始，也是词的开头，"灯火阑珊处"是灯市的结束，也是词的结尾，这样，从内容到章法都能前后照应。这种巧妙的开头与结尾，看似随意，实则精心，有了它们，人们"一夜"嬉闹才有着落，词人

"千百度"寻找才十分可信。

每一首诗词佳作都具有无限诠释的可能性，每一个读者都可能对它别有会心。王国维对此词读出了弦外之音："古今之成大事业、大学问者，必经过三种之境界：'昨夜西风凋碧树。独上高楼，望尽天涯路'，此第一境也。'衣带渐宽终不悔，为伊消得人憔悴'，此第二境也。'众里寻他千百度，蓦然回首，那人却在，灯火阑珊处'，此第三境也。此等语皆非大词人不能道。"（《人间词话》）此处古今做成"大事业、大学问"的"三种之境界"，其实准确的表述，应该是做"大事业、大学问"的三个阶段。"独上高楼，望尽天涯路"，是干一番"大事业、大学问"的第一步，要有开阔的眼界与博大的胸襟；第二步是"衣带渐宽终不悔，为伊消得人憔悴"，也就是要有永不言败的韧性，永不存悔的决心，以及持之以恒的毅力；有了第一步的胸襟、眼界，有了第二步的韧性、决心、毅力，才会有第三阶段的"众里寻他千百度，蓦然回首，那人却在，灯火阑珊处"，也就是苦苦追寻后的豁然贯通，修成正果。用古代哲学的话来说，前两个阶段都是功夫，后一个阶段才可说是境界。

王国维三重境界说用到三首词中的名句，分别来自晏殊的《蝶恋花·槛菊愁烟兰泣露》、柳永的《蝶恋花·伫倚危楼风细细》和辛弃疾这首《青玉案·元夕》。为了说明做"大事业、大学问"的三个阶段,他把这些名句从各自原词中抽离出来为己所用。古代经书注家早有"我注六经"与"六经注我"的分别,"我注六经"是我围绕六经转,必须严格地忠实于经文,"六经注我"是经书围绕我转,抽出经书中只言片语表达自己的所思所感。孔子和其弟子是这种用法的老祖宗,如《论语》中提到的"如切如磋,如琢如磨""不忮不求,何用不臧""战战兢兢,如临深渊,如履薄冰"等句,全都来于《诗经》,也全都脱离了《诗经》中的原意。王国维三重境界说的用法看似很新颖,实际上来头却很久远古老。

王国维三重境界说用到了这首《青玉案·元夕》,他的用法与辛的《青玉案·元夕》一词本身没多大关系。但由于这段话的影响很大,我不得不说这么多题外话。

3."一身都是愁"

一身都是才气与胆略,一生又总遭排挤与妒忌,难怪辛词中直接间接言愁的作品特别多。

他登楼看见沙鸥就想到愁:"人言头上发,总向愁中白。

拍手笑沙鸥，一身都是愁。"（《菩萨蛮·金陵赏心亭为叶丞相赋》）此词大约作于淳熙元年（1174年），与《水龙吟·登建康赏心亭》作年相先后，时作者年仅三十四岁。俗话说"愁白了头"，估计辛弃疾头白得很早，不然不会一看到洁白的沙鸥，马上就想到"一身都是愁"。

稼轩集中"丑奴儿"这一词牌有词八首，这八首《丑奴儿》并非写于一时，更非写一事，可说恨言愁的词几乎占了一半。先看看下面这首《丑奴儿·近来愁似天来大》：

近来愁似天来大，谁解相怜。谁解相怜，又把愁来做个天。

都将今古无穷事，放在愁边。放在愁边，却自移家向酒泉。

此词的写作年代难以确考，邓广铭系于宋宁宗庆元二年（1196年），理由是词以"却自移家向酒泉"结尾，与作者之前作的两首《沁园春》，同是写饮酒和戒酒的题材。如此系年的根据有点牵强，当一个人觉得"愁似天来大"时，谁都会想"移家向酒泉"以借酒消愁，这并不局限于哪个人生阶段，甚至并不局限于哪个人。

上片一起笔就把我们弄蒙了,"近来愁似天来大"。我们平时习惯说"愁多"或"多愁",如"问君能有几多愁","多愁善感",没有听人说"愁大""愁小"。词人一上来就说自己"愁似天来大",还把眼不见摸不着的"愁"具象化了,愁大得像笼罩万物的天,他的整个人全部被愁填满了。可惜人们只知道赞美"问君能有几多愁?恰似一江春水向东流",全然没有意识到"近来愁似天来大"的比喻新颖奇特。更奇特的还有后面,天大的愁也就罢了,而且"谁解相怜",无人理解,无人同情,无处倾诉,只好"又把愁来做个天"。"愁"已经"似天来大"了,如何"又把愁来做个天"呢?他听到、看到、想到、梦到的全是愁,走不出,甩不掉,摆不脱,这就是成语"坐困愁城"的意思。

上片还只说"近来",过片进一步说:"都将今古无穷事,放在愁边。"从古至今的"无穷事",一言以蔽之就是一个"愁"字。如何才能摆脱愁呢?唯一的良方是"却自移家向酒泉",这一方法当年曹操也用过——"何以解忧?唯有杜康。"

对愁的比喻极为新奇,对愁的体验也极有深度,是此词最值得称道的地方。

当然，最为人称道的言愁词，是他的另一首《丑奴儿·书博山道中壁》：

少年不识愁滋味，爱上层楼。爱上层楼，为赋新词强说愁。

而今识尽愁滋味，欲说还休。欲说还休，却道天凉好个秋。

从淳熙八年（1181年）至十四年（1187年）间，作者被弹劾去职一直闲居上饶带湖庄园。博山在上饶东永丰县西南（今江西广丰），因山形酷似香炉而得名，汉代有一种香炉叫博山炉。山下有一座博山寺，寺中还专为辛弃疾辟有读书堂。这一时期他常往来"博山道中"，仅《丑奴儿·书博山道中壁》就有两首，还有《丑奴儿近·博山道中效李易安体》，他也常宿博山寺内，有词作《鹧鸪天·博山寺作》《点绛唇·留博山寺，闻光风主人微恙而归，时春涨断桥》等。此词写于这一时期无疑。

在《丑奴儿近·博山道中效李易安体》中，词人说博山风光"万千潇洒"，可这首《丑奴儿》虽说"书博山道中壁"，作者却没有心情欣赏"博山道中"的景致,估计又一个"近来愁似天来大"。

无怪乎一张口便言愁,不过这次言愁是从不识愁说起:"少年不识愁滋味,爱上层楼。爱上层楼,为赋新词强说愁。"少年时期是个人的"黄金时代",穿衣吃饭有父母管着,捅了娄子有父母顶着,天大的事情有父母罩着。慈爱的父母什么好吃的味道都让小孩尝过,唯独没让他们尝过"愁滋味"。正因为"不识愁滋味",少年才"爱上层楼"看稀奇。"爱上层楼"又为了干什么呢?哈哈,单单是"为赋新词强说愁"。没有任何阅历的小孩,偏喜欢故作深沉;没有经过生活吊打的小孩,偏喜欢感叹生活的艰辛。我经常听到青少年叹息:人生真没有什么意思!其实,他们的人生还没有开始,可以说他们根本还不知道人生是怎么回事。辛弃疾小时候"为赋新词强说愁",今天的小孩已经不"赋词"了,他们只是为说愁而说愁。

"丑奴儿"词牌规定,中间两个四字句为叠句,形成音乐那种回旋婉转的效果。这两个"爱上层楼"的叠句,还不纯粹是形式的规定,不是字面上的单调重复,它同时也变成了章法的特色。前一个"爱上层楼"承上:因"不识愁滋味",所以"爱上层楼"。后一个"爱上层楼"启下:"爱上层楼"只为"赋词"。前一个"爱上层楼"是果，后一个"爱上层楼"是因。

下片换片换意，与上片开头形成强烈的对比："而今识尽愁滋味，欲说还休。欲说还休，却道天凉好个秋。"二十几岁抱着一腔热血南归，辛弃疾为的是收复中原失地，哪知等着他的是官场上明的弹劾，同僚们阴的暗算，还有无处不在的嫉妒，他在一首送别词中告诫别者："江头未是风波恶，别有人间行路难！"(《鹧鸪天·送人》)如今总算尝尽了"愁滋味"，然而，家事国事天下事事事忧心，又找去谁说呢？又有谁愿听呢？即使有人可说，也有人愿听，又从何说起呢？如果说"而今识尽愁滋味，欲说还休"是伤心语、辛酸语，那么"欲说还休，却道天凉好个秋"就是无奈语、绝望语。当"少年不识愁滋味"的时候，喜欢喋喋不休地"强说愁"，等到"而今识尽愁滋味"以后，才明白愁无处倾诉，也无法倾诉，只对人说"天凉好个秋"，他尽力捂住内心的伤疤。

和上片的"爱上层楼"一样，下片"欲说还休"两个叠句，分别在词中起到了承上启下的作用，前一句"欲说还休"是上句之果，后一句"欲说还休"是下句之因。

年轻人很难真正读懂这首词，很难体会它纸背后的沉痛，它用最简洁平易的语言，戳中了我们一生的痛处。

这首著名的言愁词，虽然写于"博山道中"，但它并不借景言愁，而是直抒胸臆；虽然它的写法是直抒胸臆，读来却含蓄隽永，只说了一句"而今识尽愁滋味"，并不告诉读者愁的滋味，一切尽在不言中，连我这个解读人也只好"欲说还休"。

此词上下片结构完全相同，作者采用"少年""而今"对比手法，形成强烈的反差效果。又利用上下片中间两句的重叠，造成乐章回旋往复的美感。另外，作者用最简易的语言，说最复杂的心事，实现了繁简的有机统一。

宋末词人蒋捷深受辛弃疾影响，写有《水龙吟·效稼轩体招落梅之魂》。我们现在来看看，他那首招人喜欢的《虞美人·听雨》，是否也有效辛弃疾这首《丑奴儿》的痕迹：

少年听雨歌楼上，红烛昏罗帐。壮年听雨客舟中，江阔云低、断雁叫西风。

而今听雨僧庐下，鬓已星星也。悲欢离合总无情，一任阶前、点滴到天明。

第 13 讲

英雄气与婉约词

现在和大家一起剖析辛弃疾的婉约词。

豪放与婉约本是两种风格类型，前者属于壮美，而后者属于秀美。可在宋词的研究和欣赏中，人们常常以此为标尺划线，词作划为豪放词与婉约词，词人分为豪放派与婉约派。这样，豪放与婉约就从词风变成了标签，一变成标签就容易脸谱化，譬如"豪放"不仅是东坡词与稼轩词的归类，甚至还成了苏东坡与辛弃疾的"人设"。如今只要一提到苏辛，人们下意识就想到了"豪放"。

俞文豹《吹剑续录》中有段名言，在士林与民间广为流传："柳郎中词，只合十七八女郎，执红牙板，歌'杨柳岸，晓风残月'；学士词，须关西大汉，铜琵琶、铁绰板，唱'大江东去'"。这进一步将一人私见，强化为全社会的成见。

其实，他们填词时哪分豪放与婉约，东坡词中婉约词多于豪放词，稼轩词中婉约词同样随处可见。

没有谁永远板着一副面孔。对敌人和对情人肯定会有不同的脸色、不同的腔调、不同的语言，就像一首歌唱的那样，"朋友来了有好酒，若是那豺狼来了，迎接它的有猎枪"。

就辛弃疾而言，"铜琵琶，铁绰板"他玩得很"溜"，"红牙板"他照样打得十分动人。稼轩词既有雄杰之气又具婉约之美，既豪放驰骤又不是一泻无余。辛弃疾之前，豪放词往往流于叫嚣，婉约词又缺乏阔大气象，辛词则兼有豪放雄深与曲折蕴藉之长，就像刘克庄所称道的那样，"大声镗鞳，小声铿鍧"（《辛稼轩集序》）。施议对先生认为稼轩词中，有英雄语、妩媚语、闲适语（施议对《论稼轩体》）。我想补充的是，辛弃疾的"妩媚语"中仍有英雄气，仍不失辛弃疾本色。正如陈匪石说的那样，"燕赵佳人"的"风韵"，大不同于吴姬越女（陈匪石《宋词举》卷上）。

下面几首词都属于"秾丽一派"，它们说的都属"妩媚语"。我借用新批评派文本细读的方法，也借鉴了传统的评点技法，对它们进行精细的阐释，借此呈现辛弃疾情感的丰富性,辛词风格的多样性,并揭示什么是表达方式"千回百转"、抒情"委婉曲折",什么是节奏"悠长徐缓"、音调"悠扬婉转"。

在《人间词话》中,王国维惋惜周邦彦"创调之才多,创意之才少"。周邦彦之所短,恰是辛弃疾之所长。从无中生有,从平处见奇,从陈处出新,是辛弃疾填词的独门绝活。他在创意上无风起浪的本事,你不得不拍案惊奇!

1. 百转千回

宋词有豪放与婉约之分,喜欢豪放者常尚东坡、稼轩,喜欢婉约者推清真、白石。难得的是,因将百炼钢化为绕指柔,下面这首《摸鱼儿》赢得了豪放派与婉约派同时喝彩:

更能消、几番风雨?匆匆春又归去。惜春长怕花开早,何况落红无数。春且住,见说道、天涯芳草无归路。怨春不语。算只有殷勤,画檐蛛网,尽日惹飞絮。
长门事,准拟佳期又误。蛾眉曾有人妒。千金纵买相如赋,脉脉此情谁诉?君莫舞,君不见、玉环飞燕皆尘土!闲愁最苦。休去倚危栏,斜阳正在,烟柳断肠处。

词的前面有一则小序,交代了写这首词的时间和缘由:"淳熙己亥,自湖北漕移湖南,同官王正之置酒小山亭,为赋。"可知此词写于宋孝宗淳熙六年(1179年),词人时年三十九岁,是南归后的第十七个年头。他南归是为了收复失地,哪知被朝廷支来使去地虚耗光阴。湖北转运副使已让他够烦的了,现在又改为湖南转运副使,他内心的苦闷可想而知。接任他现职的王正之,是词人的老相识,特意在小山亭为他饯别。于是,他在别宴上向老友大吐苦水。

我们向哥们倒苦水,不是直来直去地埋怨,就是痛哭流涕地倾诉,再不就拍桌子骂人,苦水倒了事情也就过了,绝不会留下任何痕迹,就像一个近代诗人说的那样,"世间原未有斯人"。

现在来看看辛弃疾是如何倒苦水的:"更能消、几番风雨?"一肚皮抑郁无聊傲兀不平之气,却从"千回万转后倒折出来,真是有力如虎"(陈廷焯《白雨斋词话》)。时令已入暮春,花儿大半凋残,又能再经得起"几番风雨"呢?首句内容上略过数层，表达上又"千回万转"，因而显得凝重沉郁又顿挫有力。"匆匆春又归去"是上句的结果，也是上句的引申。经"几番风雨"的摧残，残红零落殆尽，一旦残红都不剩了，"春"当然也随之无影无踪。"匆匆"而且"又"，爱春惜春之意尽在不言中，这就逗出了下两句："惜春长怕花开早，何况落红无数。""长怕"花开得太早，是因为怕春走得太快。花开得太早尚且担心，"落红无数"就更伤心，"何况"是加一层写法。

"春"无情地匆匆归去，根本不在乎人们惜与不惜，词人忍不住急切地喊道："春且住，见说道、天涯芳草无归路。"春天呵，且停下你匆匆的脚步，难道没有听说，天涯无边无际的芳草阻断了春的归路吗？这几句无理而有情。首先，春天既听不见人的呼唤，也不会听人的呼唤，不是你叫它不走就不走的；其次，春天如果真的要"归去"，谁也阻挡不了它的脚步，更何况原来是春天带来的"天涯芳草"，春回大地才有了芳草青青，春天既可带来芳草，自然也能带走芳草。这几句是惜春的痴情语，也是无奈的沉痛语。

"惜春"以至于痴情，痴情至极以至于"怨春"。"怨春不语"是拟人写法，埋怨春天不理睬人，好像"春"会"语"而故意"不语"。"算只有殷勤，画檐蛛网，尽日惹飞絮"，到处已经不见春的影子，只有"画檐蛛网"还能网住春天的柳絮，还能让人见到春天的信息。"画檐蛛网"能"惹飞絮"，把无情之物写得"殷勤"多情，正反衬出有情人之寡情。

上片写春意阑珊与惜春之意，下片写美人被弃与不平之情："长门事，准拟佳期又误。""长门事"典出司马相如《长门赋序》："孝武皇帝陈皇后，时得幸，颇妒。别在长门宫，愁闷悲思。闻蜀郡成都司马相如天下工为文，奉黄金百斤，为相如、文君取酒，因于解悲愁之辞。而相如为文以悟主上，陈皇后复得亲幸。""长门"是汉代长安宫殿名，汉武帝皇后失宠后幽闭的地方。汉武帝陈皇后名不详，史称陈阿娇，汉武帝刘彻姑妈刘嫖之女，父亲堂邑侯陈午，早年与汉武帝是青梅竹马。武帝曾对姑妈承诺说，要是能娶阿娇为妻，一定要为她盖一座金屋，因而就有了"金屋藏娇"的戏言。陈阿娇自恃母亲有恩于刘彻，骄横宠妒激起刘彻反感，失宠后幽禁于长门宫。陈阿娇为了重获汉武帝的宠爱，曾以重金托司马相如写《长门赋》。看来重被召幸的佳期又要延误，赢回宠幸无疑困难重重。"拟"而说"准"，加重肯定的语气，误而说"又"，暗示皇上召幸一拖再拖，重新获宠几无可能。

汉武帝对曾经宠爱的阿娇为何如此冷漠无情呢？症结在于"蛾眉曾有人妒"。众女天天在皇帝面前谗毁蛾眉，"千金纵买相如赋，脉脉此情谁诉？"相如写的《长门赋》再动人，阿娇望幸的心情再缠绵深切，也抵不过武帝身边众女的毒舌，"脉脉此情"必定无处倾诉。这样，便从上片"怨春"到下片怨人，从风雨摧残红到众女妒蛾眉。

怨到深处便怒不可遏："君莫舞，君不见、玉环飞燕皆尘土！"杨玉环就是杨贵妃，曾让唐玄宗"三千宠爱在一身"，安史之乱后在马嵬坡被赐死。赵飞燕是汉成帝刘骜的皇后，原本出身贫寒，以良家女身份入宫，后以美丽勾魂的容颜、轻盈飘逸的舞姿、风情万种的仪态，让汉成帝一见便魂不守舍，没几年工夫就立为皇后，并将同样漂亮的妹妹赵合德引入宫中。和杨玉环一样，这对姊妹也以悲剧收场。词人直接向那些小人喊话：别贪缘得势而猖狂得意，玉环和飞燕当年的结局，就是你们将来的下场。于己是自宽，于人为唾骂，突破了儒家"怨而不怒"的古训，不仅怨而动怒，而且怒而生咒。

动怒后仍不能消除精神上的郁闷："闲愁最苦。休去倚危栏，斜阳正在，烟柳断肠处。"要想免去"闲愁"，最好是不闻不见，而要做到不闻不见，就得"休去倚危栏"。别幻想以凭栏远眺来消愁，此时此刻，那一抹衔山的夕阳，正逗留在烟雾迷蒙的柳梢，远处的夕阳、烟柳更让人肠断，真个是借景消愁愁更愁。此前词中常常写到这种情景，如柳永"伫倚危楼风细细，望极春愁，黯黯生天际"（《蝶恋花·伫倚危楼风细细》）。不过，同样是以景结情，"斜阳正在，烟柳断肠处"，比"日暮乡关何处是？烟波江上使人愁"，更加含蓄有味。

  这首词在艺术上值得称道的地方很多。首先，它展示了词人才华的多样性，也表明稼轩词风格的丰富性，既有慷慨豪放的气势、壮阔宏伟的境界，也不乏细腻委婉的抒情、一唱三叹的韵味。譬如此词"怨而近怒"（陈匪石《宋词举》卷上），词人将一腔忠愤之情寄寓于美人香草的形象描述之中，语调幽咽缠绵，笔势却健举飞动。对民族前途的忧虑，对小人得势的憎恶，对自己遭嫉妒的怨愤，不是出之以号呼叫嚣，而是"敛雄心，抗高调，变温婉，成悲凉"（周济《宋四家词选目录序论》），也就是前人所谓百炼钢化为绕指柔。此词通常被判为稼轩的婉约词，但开头"更能消、几番风雨"千回百转，"春且住""君莫舞"则厉声断喝，"玉环飞燕皆尘土"更荡气回肠，婉约中时露霸气，沉郁处深藏细腻。词风委婉隽永又笔势飞动，顿挫有力又回味无穷。

其次,结构上似断而实连。上片写景,下片说人,初看好像上下片互不相关,细读才会发现上下片是个有机的整体:上片说风雨摧落红,下片说众女妒蛾眉,内容上以上片兴起下片,章法上则上下片藕断丝连。

2. "仍是秾丽一派"

除了词境雄深的作品外,辛词中的"秾纤绵密者,亦不在小晏、秦郎之下"(刘克庄《辛稼轩集序》)。如他晚年描写晚春的名作《粉蝶儿·和晋臣赋落花》:

> 昨日春如十三女儿学绣,一枝枝不教花瘦。甚无情便下得雨僝风僽,向园林铺作地衣红绉。
> 而今春似轻薄荡子难久,记前时送春归后。把春波都酿作一江醇酎,约清愁杨柳岸边相候。

此词是闲居上饶瓢泉时,作者与友人赵不迁的相唱之作,时赵不迁也寓居上饶,作年约在宋宁宗庆元六年(1200年)。标题中"晋臣"即赵不迁的字。

从屈原"夕餐秋菊之落英",到晏几道"落花人独立,微雨燕双飞","落花"是文人常咏的题材,要不落窠臼比跳出如来佛掌心还难。

但一经辛弃疾之手,"落花"这一老掉牙的题材,便能推陈以出新,因难而见巧,他笔下的"落花"比"鲜花"更为迷人。

上片一开头就出手不凡:"昨日春如十三女儿学绣,一枝枝不教花瘦。"词题"赋落花"本该写花的零落,却偏从花的盛开写起;而写鲜花的盛开,偏又从"昨日春"写起,总之,一上来就处处用逆笔造成波澜。不过,开头最亮眼的还不是逆笔,而是出人意料的新奇比喻。人们喜欢用桃红柳绿、万紫千红等词来形容烂漫的春色,用多了就觉得很老套,哪怕是名家的诗句,用滥后照样也不新鲜,如"桃红复含宿雨,柳绿更带春烟"(春烟一作:朝烟,王维《田园乐七首》其六),"烟红露绿晓风香,燕舞莺啼春日长"(苏轼《锦被亭》,一说为无名氏所作),"等闲识得东风面,万紫千红总是春"(朱熹《春日》),它们都写得很美,但又都似曾相识,总是那几个形容词轮番上阵。异性之间是否喜新厌旧,可能会因人而异,但欣赏诗歌喜新厌旧,估计绝无例外。多亏辛弃疾想得出来,他把明媚鲜艳的春色,说成是"十三女儿学绣,一枝枝不教花瘦",这个比喻真的绝了。刚刚"学绣"的"十三女儿",她们一般喜欢把花绣得亮丽浓艳、繁茂富态,一枝枝都"不教花瘦"。苏轼在《与二郎侄书》中也说过,少小时写文章追求"采色绚烂,渐老渐熟,乃造平淡"。原来春天绚丽的景色,是从少女手中绣出来的!这个比喻可说前无古人,后启来者。比喻的新奇来于想象的新奇,而想象的奇特是天才的标志。

正如一首歌唱的那样,"好花不常开,好景不常在",词人接着笔锋一转:"甚无情便下得雨僝风僽,向园林铺作地衣红绉。"谁知春天那么无情无义,忍心让狂风暴雨把花儿蹂躏得一片狼藉,园林里到处都盖上厚厚一层落英,像铺了一块起皱的红地毯。僝(chán)僽(zhòu)的意思是责骂、折磨,这儿指风雨对落花的摧残。这两句才正面写落花,又把落花写得伤心落泪。怪春天"无情"反衬词人多情,"十三女儿"把花绣得越鲜艳,"雨僝风僽"把花摧残得越悲惨,从反面写出了对春天的喜爱,对春去的感伤。

过片"而今春似轻薄荡子难久"一石三鸟,它是上片开头一句的对比,也是上片最后两句的延伸,同时还是下片内容的导引。上片开头把春比喻成学绣的"十三女儿",下片开头又把春比喻为"轻薄荡子"。"而今春"像"轻薄荡子"一样用情不专,姗姗来迟又匆匆离去,根本不顾及他人的感受,但词人对春一往情深,虽然春对人十分绝情,人对春却无比痴情:"记前时送春归后。把春波都酿作一江醇酎,约清愁杨柳岸边相候。"作者把"春"拟人化,当春冷漠归去的时候,词人还是对春恋恋不舍,特地到江边给春深情地送行,把一江春水酿着一江醇酒,还要约"清愁"一道,到杨柳岸边来给春道别。就着那"一江醇酎","春""清愁"和词人分别时一醉方休。"清愁"就是凄清愁闷的情绪。明明是满怀"清愁"去送春,却说要约"清愁"一起去杨柳岸边相送。不只把春拟人化了,也把"清愁"拟人化了,"清愁"好像是他一约就到的哥们。

落花的生动描写,细腻抒发了词人盼春、送春、惜春、伤春、怨春的复杂情感,深刻表现了他对生活和未来的美好期盼,也展现了他生机勃勃的精神风貌。

写落花容易流于冷清伤感,可这首词反而写得热闹非凡,时而"十三女儿"绣春,时而"雨僝风僽"毁春,时而"轻薄荡子"弃春,时而"约清愁"一起到"杨柳岸边"送春,不只是词人自己忙得不亦乐乎,周边的一切也都忙得不可开交。当然,这些都是词人想象中的幻境,为的是以忙写闲,以动衬静，使花虽落而仍有生气，春虽去但绝不死寂。

把繁花似锦的春色，说成是"十三女儿"绣成；把春天匆匆离去，说成是"轻薄荡子难久"；把地上层层叠叠的落花，说成是铺了一块又红又皱的地毯——比喻的新颖来于想象的新奇，它们把读者带进别样的春天，着实让我们大开眼界。

这首词的语言和节奏也很有特点，语言上它近于今天的口语，如"昨日春如十三女儿学绣""而今春似轻薄荡子难久""记前时送春归后"等，它们和今天的白话没多大的差别。词中每个句子都很长，这使它的节奏变得悠长徐缓，念起来像长笛一样悠扬婉转，恰到好处地表现了伤春的情怀。

夏敬观在《映庵词评》中说："此自是好词，虽去别调不远，却仍是秾丽一派也。""秾丽"本指色彩很艳，如词中"向园林铺作地衣红绉"，"秾丽一派"是指华丽的风格类型。此词内容不外乎落花伤春，词境不出乎杨柳园林，但它秾丽而又自然，细腻而又清劲，精巧而不纤弱，是稼轩集中婉约词的佳作。

3. 妩媚销魂

辛弃疾其"人设"是激扬奋厉的硬汉,其使命是"他年要补天西北",其词风是豪迈雄放。这一旦成了人们的刻板印象,他就只能念叨克复神州,而不得谈情说爱;只能尽显刚硬本性,而不得流露温柔多情;词风只能沉雄慷慨,而不得旖旎婉约。

其实这是天大的误解,套用鲁迅先生的话来说:"无情未必真豪杰,怜子如何不丈夫?"从其婉约词代表作《祝英台近·晚春》看,这位沙场上一往无前的勇士,何尝不是情场上见佛杀佛的高手?他要是真的谈起情、说起爱来,小白脸那些打情骂俏的套路简直就是个笑话。还是先看看他的原文——

宝钗分,桃叶渡,烟柳暗南浦。怕上层楼,十日九风雨。断肠片片飞红,都无人管,更谁劝、啼莺声住!

鬓边觑,试把花卜归期,才簪又重数。罗帐灯昏,哽咽梦中语:是他春带愁来,春归何处,却不解、带将愁去!

一起笔就交代分别的情景:"宝钗分,桃叶渡,烟柳暗南浦。""宝钗分"是说分别互赠纪念品,古人有分钗留别的习俗,因为古代女性首饰钗由两股簪子合成,钗的形状为双股折腰,对折就成为两股,分别时钗可以一人分留一股。白居易《长恨歌》说:"惟将旧物表深情,钿合金钗寄将去。钗留一股合一扇,钗擘黄金合分钿。"唐传奇《虬髯客传》也有诗说:"宝钗分股合无缘,鱼在深渊日在天。""桃叶渡"是南京秦淮河一渡口,因王献之在此送别爱妾桃叶而得名。早在《九歌·河伯》中,就有"送美人兮南浦"的诗句,后来"南浦"泛指水边送别之处,"浦"的本意是水滨。

这三句不过是说,刚才和情人分别了,还互赠了纪念品。可是,要这样说只是一个冷冰冰的交代,不仅没有半点诗意,甚至没有半点感情。

且看辛弃疾如何写这次分别:"宝钗分"点明是情侣分别,而且难舍难分,姑娘把自己心爱的"宝钗"分一股给情郎作为留念,为后文思念情郎埋下伏笔。另外,"宝钗分"有极强的镜头感,镜头的画面特别美,我们好像看到姑娘将"宝钗"一分两股,一股郑重递到情郎手上,自己将另一股藏在怀中。分别之地"桃叶渡"富于诗情画意,一看到这个名字,我就想起

"在那桃花盛开的地方……桃花映红了姑娘的脸庞"。"桃叶渡"三个字,既交代了分别之地,也点明了分别之时,又起到了承上启下的作用。"烟柳暗南浦"写分别时的氛围,也暗示了分别时的心境。它是上句"桃叶渡"的补充和引申,"烟柳"承上句的"桃叶","浦"承上句的"渡"。就内容而言,这句从江淹《别赋》化出,它让我们想起《别赋》中的"送君南浦,伤如之何","暗"又让我们想起《别赋》中的"黯然销魂者,唯别而已矣"。"暗"写春天的烟雨迷蒙,同时也状内心愁云密布。在烟柳南浦,在桃叶渡口,各自珍藏一股宝钗,一对情侣执手相泣,"宝钗""桃叶""烟柳""南浦",这些意象织成美丽而又伤感的词境,以凄美之景写缠绵之情。

"南浦""宝钗分"后,接下来就是双方无穷无尽的思念:"怕上层楼,十日九风雨。"为什么说"怕上层楼"呢?古代没有电话,没有视频,思念起来只好登高望远,"伤高怀远几时穷?无物似情浓"(张先《一丛花·伤高怀远几时穷》)。可是,登高望远望不到思念的远人,反而引发更加痛苦的思念,所以柳永说"不忍登高临远",这与此词中的"怕上层楼"是同一心理,何况正值"十日九风雨"呢?要是一味从"豪放"来读辛词,可能永远是辛词的门外汉。豪放并不是粗豪莽撞,辛词慷慨豪放不假，但同时也心细如发。"十日九风雨"照应了上句——"风雨"使得"南浦"变"暗"，又引出了下句——"风雨"的摧残才出现"片片飞红"。"飞红""都无人管"，"啼莺"更无人劝，而这一切只由登楼的一人承受！登楼后看到的是这般愁云惨象，还有谁不"怕上层楼"？在楼上面对此情此景，还有谁不会"断肠"？

上片从别时的缠绵，写到别后的思念，下片从归期的期盼，写到空闺的幽怨。

"上层楼"为的是望远怀人，望而不见就盼望归来，于是就有了"鬓边觑，试把花卜归期，才簪又重数"这一连串的痴情行为。别后痛苦地思念，思念便想登楼望见，望不见便期盼归来。怎么知道游子何时归来呢？她偷偷看了看两鬓的簪花，试着用鬓边簪花来占卜游子的归期。觑（qù）是偷视或窥视的意思。"鬓边觑"是个倒装句，就是偷看自己两鬓的簪花。自己的簪花为什么还要偷看呢？古代女性本来就羞怯，谁都不敢坦露自己这点小心事，即使今天的女性也会悄悄做这种事情，怕别人知道自己想男人成为大家的笑柄。"鬓边觑"三字把自己想知道游子归期，又怕人知道自己心事的复杂心理，表现得生动传神。"才簪又重数"五字包孕无数层意思，是通过动作写心理的典范。"才簪"是说簪前已经数过,数过、卜过后再簪;"又重数"是说簪过后再重数、重卜。数过再簪,簪过重数,对心上人放心不下,重簪、重数才停不下来。占卜无数次重复,只因有无穷牵挂,她行为有多傻,爱得就有多深。

"才簪又重数"虽写思妇的执念,但也表现了辛弃疾的艺术个性。苏辛词都以豪放见称,但东坡词豪放处见旷达,稼轩词豪放中寓深挚,旷达便易于洒脱,深挚则易致沉郁。深挚者常常非常执着,虽然拿得起但总放不下,"才簪又重数"就是这种不能放下的个性使然。因为是执着的个性使然,同一种行为不断重复的例子十分常见,如"天远难穷休久望,楼高欲下还重倚"(《满江红·风卷庭梧》),明知"天远难穷"久望无益,正准备从楼上下来,可由于牵挂难以放下,又回来再倚栏杆眺望。这种心理和行为与"才簪又重数"一模一样。

上楼不能望见,归期只是念想,所"觑"所"簪"所"数"所"卜"又全无着落,现在剩下的只有梦中的哽咽:"罗帐灯昏,哽咽梦中语:是他春带愁来,春归何处,却不解、带将愁去!"结尾处词人突发奇想,既然无法盼得心上人归来,那就要想法把愁给赶走;既然不知道怎么赶愁走,那就先追溯愁是怎么来的。愁到底是怎么来的呢?从"烟柳""飞红""啼莺"一路寻觅，才发现"愁"是由"春"带来，总算找到了"麻烦制造者"！难怪他在梦中哽咽地数落"春天"："是他春带愁来"，"却不解、带将愁去"。要是知道"春归何处"，一定要去找春算账！不因春归而伤春，却因丢下愁而怨春，还要寻找"春归何处"，让春把愁一起带去。

结尾不过是说离愁难遣，这种情感本来平淡无奇，他人写来很可能就索然无味，可你们看看，辛弃疾写出几多曲折，几多奇幻，几多悬念，这需要多么丰富的想象，多么奇特的构思，多么高超的技巧，这就叫天才！它能从无中生有，从平处见奇，读到此处你不得不拍案叫绝！

宋代陈鹄《耆旧续闻》指出："辛幼安词：'是他春带愁来，春归何处，却不解、带将愁去。'人皆以为佳，不知赵德庄《鹊桥仙》词云：'春愁元自逐春来，却不肯、随春归去。'盖德庄又体李汉老（李邴）杨花词：'蓦地便和春，带将归去。'大抵后辈作词，无非前人已道底句，特善能转换耳。"这种说法见风就是雨，能让人见识他的学问，也能让人见识他的小聪明，可读这类评点一不小心就容易掉入陷阱。好像辛弃疾不过"善能转换"，根本谈不上什么原创。即使假定辛弃疾遍读了赵、李二家词，或者赵读过李邴词，他们说的也不是一回事。赵说的是愁逐春而来但不肯随春而去，辛说的是春带愁来但不带愁走。至于李邴那句话出自《洞仙歌·一团娇软》，说的是杨花由春"带将归去"，压根就没有愁什么事儿。辛与赵，辛的《祝英台近·晚春》与赵的《鹊桥仙·来时夹道》，二者的写作时间都不可考。即使二者可能相互影响，也不知道各自的作年谁前谁后，怎么分清是谁影响谁呢？

词人写的是男女分别的常见主题，却写出了十分罕见的艺术杰作。我们读这首词，着力点是要看它云谲波诡之境，想象构思之奇，心理描写之细，意象画面之美。

早在宋代就有人称此词"风流妩媚，富于才情"（魏庆之《诗人玉屑》），明清人或称它"妖艳"（沈际飞《草堂诗馀正集》），或称它"昵狎温柔，魂销意尽"（沈谦《填词杂说》），总之，它是一首典型的婉约词，辛弃疾豪放起来山摇地动，一旦婉约起来妩媚销魂，就像沈谦说的那样，"才人伎俩，真不可测"（沈谦《填词杂说》）。

第 14 讲

稼 轩 体

1. 什么是稼轩体？

稼轩词在当世就产生了巨大影响，与他过从甚密的词人刘过，就已写过"效辛体《沁园春》"以"寄稼轩承旨"（岳珂《桯史》卷二）。稍后著名词人蒋捷写有《水龙吟·效稼轩体招落梅之魂》，正式提出"稼轩体"。其实，刘过的"辛体"与蒋捷的"稼轩体"是同一概念，"辛体"也就是"稼轩体"。与此同时，诗人戴复古又提出"稼轩风"："壶山好，文字满胸中。诗律变成长庆体，歌词渐有稼轩风。"（《望江南·壶山好》）

谁都没料到，稼轩体在词人中好评如潮，在学术界却争议不断。什么是"稼轩体"？什么是"稼轩风"？"稼轩体"与"稼轩风"是什么关系？至今仍然是各说各话，学者们的争论一直没有消停。"体"也好,"风"也罢,都难免掺入阅读者的主观印象,顾名思义,"主观印象"当然就很"主观",无法做出大家一致认同的客观描述,何况"体"与"风"这两种东西,本身又易于感受而难于言传。

这里只说我的感受和认识,有没有理在我,至于信不信,由你。

"体"的繁体字"體"形旁,从"骨"表意,从"豊(lǐ)"表声。通过它更容易直观地看出"体"的本义——指身体各部位的总称,也指身体某一具体部位,如《论语·微子》说"四体不勤,五谷不分"。后来逐渐引申为实体、本体,又引申文体、体裁,再引申为体制、政体等。

到了南宋,以"体"论诗已成时尚,用今天的话来说,论诗不以"体"就算过时了。《沧浪诗话》第二部分"诗体",以"体"论时代诗风,如"建安体""正始体""永明体""齐梁体""初唐体""盛唐体""元和体"等;更以"体"论各朝诗人,如"苏李体""曹刘体""陶体""谢体""少陵体""太白体""东坡体"等;还以"体"论诗歌流派、诗人群体,如"玉台体""西昆体""宫体";等等。

详细列举严羽的各种"体",是想弄清楚宋人以"体"论

第14讲 稼轩体　231

诗的特点，他们使用"体"的内涵与外延。无论是以"体"论朝代、诗人，还是以"体"论流派、群体，"体"都是指整体的诗歌风格和审美趣味，都是从整体上进行把握，并不是指某一首诗歌、某一种技巧、某一些用语。

可有些专家不太理会宋人如何言"体"，硬要说"稼轩体"的"体"，"原系稼轩词或一体式的标举"，而"稼轩风"的"风"，才是对"稼轩长短句整体风范风调的指称"（严迪昌《"稼轩体"与"稼轩风"辨》）。

当然，词人效某"体"的时候，对"体"的体认和表述并不严格，不管是他人效稼轩体，还是稼轩效他人体等，有时候只效其部分，有时候则效其整体，但后世谈到稼轩体的时候，无论是欣赏还是评论都指向整体风貌。

另外，宋人说的"稼轩体"与"稼轩风"，其实二者是互通的，它们指向的也是同一对象，说"稼轩风"完全是为了押韵。我们回顾一下戴复古的《望江南·壶山好》："壶山好，文字满胸中。诗律变成长庆体，歌词渐有稼轩风。""风"与"中"只为押韵，"风"与"体"则属相通——"长庆体"也即"长庆风"，"稼轩风"也即"稼轩体"，我们万不可拘泥于字面，让一个大活人死于句下。

我们这里所谓"稼轩体",是指稼轩词鲜明的主导风格、独特的艺术个性和新颖的表现方式。

稼轩词有雄视一世的气概,"横绝六合"(刘克庄《辛稼轩集序》)的张力,恢张宏阔的意境,因作者壮志成空的痛苦,加上"男儿到死心如铁"的执着,使其雄豪慷慨出之以盘旋郁结。如果说苏东坡豪放而超旷,那么辛弃疾则豪雄而沉郁。清人周济对稼轩体的体认细腻而又深刻:"稼轩敛雄心,抗高调,变温婉,成悲凉。"另外,稼轩词也不乏妩媚旖旎的风韵,闲适恬淡的心境,感情的丰富展现为风格的多样——这就是"稼轩体"的整体风貌。

"稼轩体"在表现方式上有哪些新创呢?大家知道,苏轼越界"以诗为词",也就是以写诗之法填词,极大地丰富了词的表现手法,辛弃疾更是大刀阔斧,他比苏轼走得更远,从苏的"以诗为词"扩展到"以文为词""以赋为词",甚至以传奇为词。

经语、史语、子语、俚语随便驱遣,抒情、议论、叙事随时转换,诗句、文句、赋句随意借用,总之,对辛弃疾来说,词在他手中"最为听话",在他的门下也用途最广。前人说"词至于稼轩,能事毕矣",也就是说,辛弃疾几乎穷尽了词这种文体的艺术潜力。

稼轩体表现方式上的创新，上面一口气列举了许多，但是，只知道特点一二三四或ABCD，当时记住了转脸便忘了，就是没有忘了也不甚了了。读诗词和读其他文学作品一样，最重要的是要有切身感受。

我们还是学学古代白话小说的方法，"花开两朵，各表一枝"，并满足大家"口说无凭，有例为证"的要求。

先谈"以文为词"。它主要表现在两个方面，一是以散文的章法、叙事、议论填词，如《哨遍·池上主人》论《庄子·徐无鬼》"于蚁弃知，于鱼得计，于羊弃意"一节，完全就是议论化的散文。我们看看此词的开头几句："池上主人，人适忘鱼，鱼适还忘水。洋洋乎，翠藻青萍里。想鱼兮、无便于此。尝试思，庄周正谈两事。一明豕虱一羊蚁。"大家一定像被暴击一样，也一定马上会问："这是词吗？"另一首《哨遍·秋天观》，几乎就是一篇《庄子·齐物论》的读后记："何言泰山毫末，从来天地一稊米。嗟大少相形，鸠鹏自乐，之二虫又何知。记跐行仁义孔丘非。更殇乐长年老彭悲。"这是不是击碎了你对词的印象和想象？当然这是非常极端的例子，其实，以文为词而又情韵兼胜的杰作，在稼轩集中比比皆是，如长调《水调歌头·盟鸥》：

> 带湖吾甚爱，千丈翠奁开。先生杖屦无事，一日走千回。凡我同盟鸥鹭，今日既盟之后，来往莫相猜。白鹤在何处，尝试与偕来。
>
> 破青萍，排翠藻，立苍苔。窥鱼笑汝痴计，不解举吾杯。废沼荒丘畴昔，明月清风此夜，人世几欢哀。东岸绿阴少，杨柳更须栽。

以散文化句式表意，以散文化技巧叙事，是这首词以文为词的主要特点。上片开头"带湖吾甚爱"，用散文化句型，散文化节奏，散文化语言，把自己对带湖的喜爱直接陈述出来。第二句交代"吾甚爱"的原因——"千丈翠奁开"，像千丈镜匣初开，带湖万顷翡翠似的碧波，粼粼波光晶莹剔透。如此美的带湖又该如何去爱呢？"先生杖屦无事，一日走千回"，我的个天，一首歌叫"让我爱你爱个够"，辛弃疾要是能活到今天，他一定会改为"怎么爱你也爱不够"。"一日走千回"还不能满足，恨不卷起铺盖住在带湖上面。事先要不告诉你这是词句，无疑你会认为它们是哪篇散文中的摘句。这两句就是晓畅的散文句式，一上来就引入虚词——"甚"，变诗词句式为散文句式。由于"带湖吾甚爱"，因而爱屋及乌，连带湖上的草木鸥鹭都爱，还要与鸥鹭立誓为盟："凡我同盟鸥鹭，今日既盟之后，来往莫相猜。""今日既盟之后"来于《左传·襄公九年》，这句春秋时期郑晋的盟誓，把庄重的经语用于与鸥鹭的立盟，要多滑稽就有多滑稽。更好笑的是，还让鸥鹭邀白鹤一起来。"既……之后……""凡"这些连词和虚词，把词句的句式、词句的音节，彻头彻尾都散文化了。词人壮年赋闲以后，在带湖找到了温暖和慰藉，因而写得特别有喜感。这首词以文为词的特点，就是用散文化的叙事代替词的抒情，"一日走千回"、我与"鸥鹭"盟约、邀白鹤"偕来"，词人之情都融化在事里，这样叙事就是抒情，情不是用语言"说"出来，而是通过行为"做"出来。

以文为词的第二个表现，就是词人有意识地以赋为词，今天赋已归属于"文"这一大类。稼轩集中有很多带有"赋"的标题，词人把瓢泉庄园所有景点都"赋"了一遍，如著名的《贺新郎·甚矣吾衰矣》"甚矣吾衰矣"，就是"赋"他的"停云堂"。他还"赋"了许多乐器、名胜、山水、花鸟，尤其常以词赋山水，从云山、溪水到一丘一壑都不放过，如《兰陵王·赋一丘一壑》《玉楼春·戏赋云山》《沁园春·弄溪赋》。不妨以《沁园春·弄溪赋》这首山水词为例,它的写法也是层层铺叙,从弄溪的形状、溪中倒影、溪旁菖蒲翠竹、溪边长松、溪中小鱼、溪上鸟儿,上下左右四方无一挂漏,状物像赋一样穷形尽相。赋乐器的词也有好几首,如著名的《贺新郎·赋琵琶》,实际上就是以词体形式写成的琵琶赋,上片连续用杨贵妃弹琵琶、白居易《琵琶行》中弹琵琶、王昭君出塞弹琵琶。大不同于词浓缩凝练的传统写法,这首《赋琵琶》写得铺张扬厉、如瓶泄水。

以赋为词不是偶一为之,而是他填词中一种自觉的意识,如《鹧鸪天·再赋牡丹》,连《鹧鸪天》这样的小令也写成赋体。还有《贺新郎·别茂嘉十二弟》,很多学者认为它借用了江淹《恨赋》的手法,其实,它脱胎于江淹的名作《别赋》。

稼轩体另一大特点就是语言丰富多彩。稼轩词突破了语言的所有障碍,打破了语言的百般禁忌,南宋词人刘辰翁说,有些语言"自辛稼轩前,用一语如此者必且掩口,及稼轩横竖烂漫,乃如禅宗棒喝,头头皆是"(《辛稼轩词序》)。就以运用成语典故来说,"辛稼轩别开天地,横绝古今,《论》《孟》《诗·小序》《左氏春秋》《南华》《离骚》《史》《汉》《世说》,《选》学,李杜诗,拉杂运用,弥见其笔力之峭"(吴衡照《莲子居词话》)。各种古诗古文的名句在辛词中百宝杂陈,一经他那真力弥满的笔触点化,成语典故便获得了新的生命。就像刘熙载在《艺概·词曲概》中说的那样,"任古书中理语、庾语,一经运用,便得风流"。

人们更多地注意辛弃疾才气纵横,而忽视了他学问渊博,更忽视了他刻苦勤奋。经史子集儒释道野史小说,不只是信手拈来,而且有如己出。我们来看看他的两首集句。《踏莎行·赋稼轩集经句》集自儒家经书:

　　进退存亡,行藏用舍。小人请学樊须稼。衡门之下可栖迟,日之夕矣牛羊下。
　　去卫灵公,遭桓司马。东西南北之人也。长沮桀溺耦而耕,丘何为是栖栖者。

其中有五句集于《论语》,二句集于《诗经》,其他《易经》《礼记》《孟子》各一句。要把五部经典中的名句,重新有机地组合成一首词,比用自己的语言写一首难度大多了。通常集句词难得出彩,但这首集句赢得了一片喝彩,有人称赞作者把"百宝装成无缝塔"(卓人月《古今词统》卷九)。

稼轩知识渊博令人惊叹,他一填词就自如地出入儒释道经典。来看看另一首集句《卜算子·用庄语》:

> 一以我为牛,一以吾为马。人与之名受不辞,善学庄周者。
>
> 江海任虚舟,风雨从飘瓦。醉者乘车坠不伤,全得於天也。

顾名思义此词是《庄子》的集句,分别集自《庄子》的《应帝王》《天道》《山木》《达生》。要写出这样的集句词,先要把《庄子》烂熟于心,再要有良好的记忆力,最后还得有很强的语言驾驭能力。

稼轩体是词人综百家而成一家的结果。稼轩填词取径甚广,从《诗经》《楚辞》到当时词人都不放过,他"效"的作者有些名不见经传,"泰山不让土壤,故能成其大;河海不择细流,故能就其深"(司马迁《史记·李斯列传》)。如长调《醉翁操·长松》,"昔与游兮皆童,我独穷兮今翁。一鱼兮一龙,劳心兮忡忡",句型和情调都取法楚辞,明代卓人月说它是

"小词中《离骚》"(《古今词统》)。稼轩集中标明"效李易安体""效花间体""效朱希真体""效赵昌父体"等,实际上他暗中效法的词人肯定更多。可见,他从来没有把词视为小道,而是以"壮岁旌旗拥万夫"之力填词。

细读稼轩词的代表作品,才会对稼轩体有深切的审美感受。下面是稼轩词名作的讲析,但愿我能"讲进去",希望大家能"读进去"。

2. 以文为词

即将要讲的这首《贺新郎·甚矣吾衰矣》,从起笔"甚矣吾衰矣"可知,它是词人老年的杰作。

天才从来就是孤独的,老去的天才尤其孤独。

此词便是一位天才在倾诉孤独,而且是倾诉老来的孤独,我们来感知一下老去天才孤独的滋味:

> 邑中园亭,仆皆为赋此词。一日,独坐停云,水声山色,竞来相娱。意溪山欲援例者,遂作数语,庶几仿佛渊明思亲友之意云。

甚矣吾衰矣。怅平生、交游零落，只今余几！白发空垂三千丈，一笑人间万事。问何物、能令公喜？我见青山多妩媚，料青山、见我应如是。情与貌，略相似。

　　一尊搔首东窗里。想渊明、停云诗就，此时风味。江左沉酣求名者，岂识浊醪妙理？回首叫、云飞风起！不恨古人吾不见，恨古人、不见吾狂耳。知我者，二三子。

小序中的"邑"指上饶铅山县邑。"园亭"指上饶瓢泉庄园。绍熙五年（1194年）夏秋之交，辛弃疾从福建安抚使任罢职后，就开始在上饶铅山营建新居，也就是瓢泉庄园。庆元二年（1196年）夏，原来居住的带湖庄园失火，辛弃疾举家移居瓢泉。他把瓢泉庄园的亭子、池塘咏了个遍，连写了五首同一词牌的《贺新郎》。"独坐停云"即一个人在"停云堂"独坐，"水声山色"都来逗他开心。"意溪山欲援例者"，山水跑来讨好我，估计是要我一视同仁，依照前例也赋一首"停云堂"。我满足了"溪山"的要求，写了这首《贺新郎》，与陶渊明《停云》一诗差不多，这首词也是抒写思亲友之意。这篇小序写得幽默机智。

苏东坡和辛弃疾都仰慕渊明，苏把渊明的诗文都和了一遍，自称"我不如陶生，世事缠绵之"（《和陶饮酒二十首》其一），辛在《水龙吟·老来曾识渊明》一词中说得更绝，"老来曾识渊明，梦中一见参差是"，他觉得自己就是渊明转世。于是，行为出处无一不学渊明，连庄园建筑也要打上渊明的印记，他把自己瓢泉庄园中一个厅堂名为"停云堂"，因为陶渊明有一首四言诗《停云》。陶诗前面的序言说"停云，思亲友也"，辛这首词前的小序也说，"仿佛渊明思亲友之意"，简直到了亦步亦趋的程度。

不过，陶渊明是陶渊明，辛弃疾还是辛弃疾，他从不失自己的身段。我们细读一下原词就清楚了。

小序说，"邑中园亭，仆皆为赋此词"，这一时期咏瓢泉园亭的《贺新郎》共五首，此前最晚的一首题为"赵晋臣之积翠岩"，写于庆元六年（1200年）夏秋间，这首词写作应晚于这一时间，约写于宋宁宗嘉泰元年（1201年）春前后。

另外，此词写作还应晚于《感皇恩·读庄子闻朱晦庵即世》。南宋大儒朱熹号晦庵，卒于宋宁宗庆元六年三月甲子。到入夏的"梅雨"季节，辛弃疾正在读《庄子》时，才听到朱氏逝世的噩耗。《宋史·辛弃疾传》载，辛弃疾曾和朱熹同游武夷山，朱熹遗体下葬之日，朝廷正严禁朱熹的道学，"门生故旧至无送葬者，弃疾为文往哭之，曰：'所不朽者，垂万世名。孰谓公死，凛凛犹生。'"可见朱熹与他感情很深，朱的逝世对他的触动很大，也可见他对朋友的古道热肠。这首悼念词的下片说："一壑一丘，轻衫短帽。白发多时故人少。子云何在，应有玄经遗草。江河流日夜，何时了。"

《贺新郎·甚矣吾衰矣》一上来就喟叹："甚矣吾衰矣。"《论语·述而》记孔子的话说："甚矣吾衰也！久矣吾不复梦见周公。"词人仅取前半句，感叹自己衰老之快："我怎会老得这么厉害呀？！"他为什么突然发出这样的感慨呢？"怅平生、交游零落，只今余几！"平生交游的知己快零落殆尽，眼下没几个在世，这使他感到惆怅郁结。前不久悼念朱熹时，他沉痛地说"白发多时故人少"。头上白发越多，世上故人越少，好友陈亮、朱熹都先后走了，能与他知心的人越来越少，他自己也就越来越孤独。彼此知心已属很难，这需要同一层次的慧心；彼此交心那就更难，除了需要相当的慧心外，还得有双方的高度信任，没有信任感就不会向对方敞开心扉。

平生知己都先后离去，只剩下我这白头老翁："白发空垂三千丈，一笑人间万事。""白发"句典出李白《秋浦歌十七首》

其十五："白发三千丈，缘愁似个长。"李白只说忧愁百结，折磨得自己"白发三千丈"，而辛弃疾则灰心地说，空有"壮岁旌旗拥万夫"的才干，空有"他年要补天西北"的壮志，如今一头白发却一事无成。回首平生，枯荣成败转头空，功名利禄堪一笑。"男儿到死心如铁"才是辛弃疾，只是眼见自己年华一天天老去，身边故旧又一天天零落，谁都难免无奈和无助，"一笑人间万事"就是这时的愤激语、伤心语。一听说老友范爱农突然离世，刚强如鲁迅也心生幻灭，"故人云散尽，我亦等轻尘"（鲁迅《哀范君三章》其三）。

"问何物、能令公喜？"语出《世说新语·宠礼》，王珣、郗超"并有奇才"，大司马桓温以珣为主簿，以超为记室参军。超为人美髯帅气，珣却生得矮小丑陋，一个"能令公喜"，一个"能令公怒"。这一句承上启下，前面讲自己衰老已甚，故旧又先后凋零，"人间万事"全成笑料，唯一能让自己高兴的就是山水美景，这就引出了下面的金句——

"我见青山多妩媚，料青山、见我应如是。情与貌，略相似。""人间万事"想起来就心烦，名利小人看起来就碍眼，只有青山看上去很"妩媚"，并料定青山觉得我也一样"妩媚"。这两句是全词的点睛之笔，此词因这两句而陡生亮色。这两句好在什么地方呢？它不是传统意义上的物我两忘，物我两忘是相互消解，双方都失去了主体性，彼此都消融在对方中，借用王国维的话来说，物我两忘属于"无我之境"。辛弃疾"我见青山"两句，是我与对象的相互肯定，不是你消融在我里，我消融在你中，而是我非常欣赏你，你同样也很欣赏我，彼此同时都承认对方的主体地位，这或许就是王国维所谓"有我之境"。不过，王国维的有我之境与无我之境，其内涵与我说的完全不同。王国维的有我之境与无我之境之分，只是"以我观物"与"以物观物"之别："有我之境，以我观物，故物皆著我之色彩。无我之境，以物观物，故不知何者为我，何者为物。"（《人间词话》上卷）"以我观物"尚能理解，"以物观物"就不知所云。

这两句也许受到陶渊明"采菊东篱下，悠然见南山"的影响，但陶只写自己见南山的心境，并没有写南山见自己的反应，既没有相互肯定，也没有相互否定。即使受到陶渊明的影响，辛与陶二人这两个名句，各自都写出了不同的生命体验，因而各自都有不同的精彩。顺便说一下，陶这一千古名句被王国维划入无我之境，可陶渊明只写恬淡超然的心境，强调的是自己"悠然见南山"，不是见南山才"悠然"。按照王国维先生的定义,陶这两句应为"以我观物",当归属于典型的有我之境。

辛的"我见青山多妩媚,料青山、见我应如是",与李白的"相看两不厌,只有敬亭山",二者都是写自己灵魂的孤独,但李白是实写与敬亭山的相亲,辛弃疾是泛写与青山的彼此欣赏。比较而言,李白可能更为悲观。

上片结尾两句"情与貌,略相似",绝对不是狗尾续貂,它的重要性没有得到应有的重视,它的深刻更没有得到相应的阐释。不管是普通读者还是专业人士,都只是一味赞美前两句,而无意中冷落了后两句。事实上,从"我见青山"到"略相似",这四句是一个有机的整体:没有前两句,"情与貌,略相似"没有着落;没有后两句,"我见青山"两句缺乏深度。怎样才会出现"我见青山多妩媚,料青山、见我应如是"这种情况呢?词人对此做出了天才的回答:当自己内在的情怀与外在的容貌,与我眼中的青山高度相似的时候,我和青山就会"情人眼里出西施",双方都觉得对方"妩媚"可爱。这个回答到底是偶尔蒙对了,还是敏锐地悟到了,抑或因深思而想到了?要是仅仅蒙对了,那就算作者撞了大运;要是他真的悟到了,那就表明作者的直觉极其敏锐;要是通过运思而认识到了,那说明稼轩不只是个杰出的词人,还是一位非常超前的美学家和思想家，他提前八九百年就达到了今天的思想深度。格式塔心理学认为，如果我觉得对象很美，甚至能为眼前的对象陶醉，那就表明我与对象之间，具有广泛样态上的同构，就是此词所谓"情与貌，略相似"。辛弃疾理所当然就是格式塔心理学的先驱，你说神吧？更神的还在后头，"情与貌，略相似"这一回答，暗合马克思《1844年经济学哲学手稿》的一个深刻观点。马克思在这一伟大著作中断言，"我的对象只能是我的一种本质力量的确证"，人在他的对象中"直观自身"（马克思《1844年经济学哲学手稿》第54、83页）。我的对象就是我的对象化，也就是说我的对象就是我自身。因为我与青山同样"妩媚"，青山就成了我本质力量的确证，我从青山的直观中获得了自我的肯定。这不是一种理论的深度，而是生命体验的深度。

由于这首词，特别是由于这四句，我对辛弃疾的欣赏，已从喜爱变成了膜拜！

上片写自己年迈衰甚，知交都先后凋零，老来无尽的惆怅孤独，加上"人间万事"无一可喜，唯有坐对青山互赏"妩媚"。这样，他把无情的青山越写得有情，越反衬得有情人世的无情，越把青山写得温暖，越是反衬得人世异常冷漠。

下片写因现世少良朋，转向古人求知己："一尊搔首东窗里。想渊明、停云诗就,此时风味。"化用陶渊明《停云》的序意和诗句,《停云》第一节说:"霭霭停云,濛濛时雨。八表同昏,平路伊阻。静寄东轩,春醪独抚。良朋悠邈,搔首延伫。"诗前小序中也说,"罇湛新醪,园列初荣",这次为了朋友小聚,樽中特地斟满新酒,桌上摆满时蔬,哪知因雨朋友不能赴约,"愿言不从,叹息弥襟"。一切都准备停当迎接好友,菜早上来了客人却久等不来,"搔首东窗"就是等得心焦时挠头的情形。今天客人迟到太久,我们会打电话去问一问、催一催,可古代没有手机,没有微信,只有自己急得"搔首"。词人和渊明"心有灵犀一点通",但同江左那些名利之徒势同水火:"江左沉酣求名者,岂识浊醪妙理?"江左东晋那些名士,虽然也沉酣于酒池之中,但他们是以酣饮来标榜放达,以"达"来博得社会的盛誉,因而越"作达"就越不"达"。苏轼在《和陶饮酒二十首》其三中挖苦他说,"江左风流人,醉中亦求名"。为什么说这些"求名者"不"识浊醪妙理"呢?什么又是"识浊醪妙理"呢?陶渊明在《饮酒》诗中说:"悠悠迷所留,酒中有深味。"所谓"酒中深味"就是回归生命的真性,使人"渐近自然"(陶渊明《晋故征西大将军长史孟府君传》),在酒中任真自得,融然远寄。"求名者"从来不敢坦露真性,他们只懂随时变脸的戏法,永远不能识得"浊醪妙理"。词人表面说的是东晋"求名者",但谁都能听出弦外之音。身边全是这些"求名者",你说能不孤独寂寞吗?

哪怕孤独求偶仍然豪气不除:"回首叫、云飞风起!"孤寂之中突然大叫一声,立马山摇地动、"云飞风起",除了辛弃疾,谁有这种火山般的爆发力?这一句怎么恭维都不过分,它让我们真正见识了雄强,见识了霸气。

笔力一振起,气势一上来,郁积的激情狂气便喷薄而出:"不恨古人吾不见,恨古人、不见吾狂耳。"这两句语出《南史·张融传》:"融善草书,常自美其能。帝曰:'卿书殊有骨力,但恨无二王法。'答曰:'非恨臣无二王法,亦恨二王无臣法。'……常叹云:'不恨我不见古人,所恨古人又不见我。'"莫道张融狂,更有狂过张融者。辛弃疾这里所说的"狂",指不合于时、不容于世的傲骨,也指俯视千古的气概。岳珂《桯史·卷三》载:稼轩每宴宾客,"必命侍姬歌其所作。特好歌《贺新郎》一词,自诵其警句曰:'我见青山多妩媚,料青山、见我应如是。'又曰:'不恨古人吾不见,恨古人、不见吾狂耳。'每至此,辄抚髀自笑,顾问坐客何如"。这二联的确叫人神畅气旺,难怪读者对它们击节赞赏,作者也对它们十分自负。

"狂"的背后是深深的孤独："知我者，二三子。"这两句都语出《论语》，《论语·宪问》有"知我者其天乎"句，"二三子"在《论语》中数见，属孔子对弟子的常用称呼，如《述而》"二三子以我为隐乎，吾无隐乎尔"，《八佾》"二三子何患于丧乎"等。"知我者"的潜台词，是孔子的"知我者其天乎"，人世真正的知己太少了，充其量不过二三子而已。这两句照应上片的"交游零落，只今余几"。

　　全词以孔子的"甚矣吾衰矣"开头，又以孔子的"知我者，二三子"结尾，形成章法上首尾圆合的审美效果。词人通过重续陶渊明《停云》"思亲友之意"，写尽自己知音难觅的晚年孤独。

　　不过，同样是写精神的孤独，陶渊明只流露出淡淡的惆怅，《停云》情感平静而节奏舒缓，辛弃疾虽然处处效法陶渊明，可这首《贺新郎·甚矣吾衰矣》的情感却慷慨淋漓，音节顿挫有力。词中的警策名句络绎奔注，词人的情感更是奇峰迭起，如开头以"甚矣吾衰矣"陡起，词中又以"回首叫、云飞风起"振起，写孤独竟然也写得这般热血沸腾，充分地展示了辛弃疾的才气与霸气。

　　此词的句式、音节和章法，都体现了"以文为词"的特点。写法上不是以议论代抒情，而是以议论为抒情，如"不恨古人吾不见，恨古人、不见吾狂耳"，你能分清它是议论还是抒情吗？又如"我见青山多妩媚，料青山、见我应如是"，它既是议论也是抒情。南宋严羽在《沧浪诗话》中，批评宋人"以文为诗""以议论为诗"，要是看到辛弃疾"以文为词""以议论为词"，他一定会瞠目结舌。另外，作者有意用大量散文句式，将虚词引入词句中，如首句连用两个"矣"字，词中随意用"耳""者"，除了使意象变得疏朗外，听起来像是"之乎者也矣焉哉"的古文。

3. 开眼了！

孔夫子认为"知者乐水，仁者乐山"（《论语·雍也》），辛弃疾既乐水也乐山，看来他既仁且智。他写山水的名作很多，今天专门聊聊他如何写山。

在稼轩词中，山是和他心心相印的知己，它们往往不远万里跑来和他谈心："青山欲共高人语，联翩万马来无数。"（《菩萨蛮·金陵赏心亭为叶丞相赋》）高超的棋手只想和高手对弈，"青山"也只想和"高人"对谈，俗人、笨人都入不了"青山"

的法眼。山还是他自己人格和形象的化身，他与山具有某种内在的同构："我见青山多妩媚，料青山、见我应如是。情与貌，略相似。"二者连"情与貌"都"略相似"，他与山的关系就更进了一层——从只是心灵相通的知己，变成长得一模一样的孪生兄弟。青壮年时觉得只有青山可以"共语"，到了晚年他更感到只有青山可以共谋："尘土人言宁可用，顾青山、与我何如耳？"（《贺新郎·再用前韵》）世俗小人那些闲言碎语，我和青山才懒得理会。

他那首写山的奇作《沁园春·灵山齐庵赋》，清代先著称它是词史上独有的"创见"（《词洁辑评》）：

叠嶂西驰，万马回旋，众山欲东。正惊湍直下，跳珠倒溅；小桥横截，缺月初弓。老合投闲，天教多事，检校长身十万松。吾庐小，在龙蛇影外，风雨声中。

争先见面重重，看爽气朝来三数峰。似谢家子弟，衣冠磊落；相如庭户，车骑雍容。我觉其间，雄深雅健，如对文章太史公。新堤路，问偃湖何日，烟水濛濛？

词人对灵山新奇的感受、新颖的比喻、新巧的构思，无一不让人耳目一新,从诗境到诗艺都叫我开眼了!

此作于宋宁宗庆元二年(1196年),时辛弃疾二度落职闲居上饶带湖。

灵山是位于上饶西北的山脉。据《江西通志》记述,灵山有七十二峰,"高千有余丈,绵亘数百里",众山逶迤耸翠,兼具雄奇之姿与秀美之韵。明中叶夏言的《灵山》诗赞叹说:"立壁峭崖森似戟,攒峰悬峤蹙如螺。九华五老虚揽结,不及灵山秀色多。""齐庵"大概指词中的"吾庐",可能是词人在灵山的临时居所。

上来就给人以巨大的震撼:"叠嶂西驰,万马回旋,众山欲东。"他人写山,或写其耸峭,或写其辽阔,或写其险峻,或写其清幽,或写其淡远,且看辛弃疾如何下笔:重峦叠嶂的群峰像群马嘶鸣,奋蹄向西疾驰而去,忽然又如万马回旋,眼看又要掉头向东。他完全不做描头画脚式的正面刻画,而是摄取灵山如万马奔腾的气势。要有"力拔山兮气盖世"的笔力,还要有天马行空的想象,才能写出这种绝世妙语。

开头三句远眺总揽之后,接着就是近看特写:"正惊湍直下,跳珠倒溅;小桥横截,缺月初弓。"山中正好有瀑布飞流直下,溅起水花如泄玉飞珠,一座拱形小桥凌空飞架,在飞瀑背景下像一弯新月，又像一把弯弓。大处便大笔涂抹，细处便工笔细描，既勾勒其苍莽雄峻，又刻画其秀丽空灵，不然不是枉叫"灵山"吗？

在这崇山峻岭之中，怎么少得了苍松呢？他在《归朝欢·山下千林花太俗》前的小序中说："灵山齐庵菖蒲港，皆长松茂林。"他写松同样别出心裁："老合投闲，天教多事，检校长身十万松。"老了本该享闲散的清福，哪知老天偏要教我多管闲事，一把老骨头还要来统领巡视这十万长松。一棵棵挺拔的长松，比喻为一个个威武的士兵，因而在灵山观赏十万长松，也就是在军中检阅十万大军。他仿佛又重回了"沙场秋点兵"的场面，我们仿佛又看到了"壮岁旌旗拥万夫"的大将风采。写灵山苍松的繁茂劲挺，却说自己"检校长身十万松"，既表现苍松高耸凌云的风姿，又表现了自己统率万军的气度。话说得非常轻松幽默，但轻松幽默中藏着沉重的心酸。

不过，可能是说者无心而听者有意，心酸只是我们听出来的弦外之音，并没有影响词人对灵山和"小庐"的纵赏和喜爱："吾庐小，在龙蛇影外，风雨声中。""龙蛇影"就是松树影，古人常以龙蛇喻长松，如白居易《庐山草堂记》说古松"如龙蛇走"，苏轼《戏作种松》一诗也说："我昔少年日，种松满东冈……不见十余年,想作龙蛇长。""风雨声"注家或说是"松林的风吹雨打声",或说是"风雨交错的呼啸声",其实它是指"惊湍直下"时"跳珠倒溅"的声音。"龙蛇影"承"长身十万松","风雨声"承"跳珠倒溅",是说"吾庐"在"长松"影下,在"惊湍"旁边,简直是美不胜收。

上片写灵山的雄奇秀美,把灵山写得气象峥嵘,但笔力雄健又针脚绵密,如先总揽"叠嶂",再细说"惊湍""小桥""长松""吾庐",由大以至小,由远而及近,层次布局一丝不乱。人家舞大刀天下无敌,用绣花针也无人可比,豪放与婉约"无适而不宜"(魏庆之《诗人玉屑》)。

下片以极其独特的表现方法,写对灵山独特的审美感受,创造了山水诗独特的妙境。

过片"争先见面重重",照应上片首句"叠嶂西驰",前有"叠嶂"才后有"重重"。上片"叠嶂西驰"是将灵山喻为马,下片"见面重重"是把灵山拟为人。分明是从齐庵望见了重重叠叠的群山,偏要说成是群山争着跑来和自己相见,把无情之物写得有情,把没有生命的写得有灵性,人与山亲密无间,人在群山中,山在人眼中,真正实现了人与物的交融。"争先见面"的群山是啥模样呢?"看爽气朝来三数峰",见面后看到清晨的群峰都笼罩着"爽气"。"爽气"就是早晨清爽的空气，典出《世说新语·简傲》："王子猷作桓车骑参军，桓谓王曰：'卿在府久，比当相料理。'初不答，直高视，以手板拄颊云：'西山朝来，致有爽气。'"这则小品表现了王子猷为人的散漫高傲、对政事的超然、对自然的雅兴。而此词主要是萃取"爽气朝来"的意象，写灵山早晨的清爽宜人，以及词人对灵山清晨的沉醉。知道背后典故更韵味深长，不知道是在用典也不影响欣赏。"三数峰"的"三"是个概数，古诗文中的三和九都是泛指其多。"三数峰"紧承前面的"重重"，是说无数重重叠叠的山峰。

对这些争着来见面的诸峰印象如何呢？"似谢家子弟，衣冠磊落；相如庭户，车骑雍容。"它们像东晋谢家子弟，个个都气宇不凡、磊落俊伟，又像司马相如庭院中那些车骑显要，无一不雍容华贵。司马相如是西汉辞赋的代表作家，《史记·司马相如列传》载，相如回到临邛时，随从车骑都雍容闲雅。把灵山群峰拟人化，并以"谢家子弟""相如庭院"为喻，表现群峰壮丽华贵的气象。本来风马牛不相及的三方竟然凑在一起，这在山水诗词中是闻所未闻的创意。能把灵山写得这么奇妙，首先要有对灵山奇妙的感受，其次要有奇妙的想象，最后还要有表现这种体验的奇妙技巧。

更奇妙的还在后头："我觉其间，雄深雅健，如对文章太史公。"此前诗人不是说山水美得像画，如"江城如画里，山晚望晴空。两水夹明镜，双桥落彩虹"（李白《秋登宣城谢朓北楼》），就是说画美得像山水，如"惠崇烟雨归雁，坐我潇湘洞庭。欲唤扁舟归去，故人言是丹青"（黄庭坚《题郑防画夹五首》其一），只有辛弃疾说青山美如文章。徜徉于千峰竞秀的灵山，恰如陶醉于司马迁的《史记》，灵山给人的审美感受，像太史公的文章一样雄浑、高深、典雅而又刚健。"雄深雅健"典出《新唐书·柳宗元传》，原文是韩愈对柳文的赞美，称柳宗元的文章"雄深雅健，似司马子长"。以评文的赞语评山，不仅新颖大胆，还恰到好处，你不得不佩服他的手眼和本事。面对人间仙境一样的灵山，他自然就会想到要在这儿结庐长住："新堤路，问偃湖何日，烟水濛濛？"辛弃疾原本要截断灵山一条溪流，筑成一个名为"偃湖"的人工湖，最后这成了半截子工程，只留下一条新筑的堤坝，也就是词中说的"新堤路"。词人想象偃湖筑成后，将是湖光山色，"烟水濛濛"，灵山更加美不胜收。借用辛弃疾的名句来说，"只消山水光中"（《丑奴儿近·博山道中，效李易安体》），无事过这一生。

这首词是一幅灵山的写意画，词人对灵山风光遗貌取神，上片写灵山的雄奇俊秀，完全不刻画山的形状、泉的清浊、松的颜色，直接把山说成是西驰东突的骏马，松说成是接受检阅的威猛战士，泉说成是惊湍飞溅的珠玉，放弃静态描摹而做动态展示，略过山水的形状而直取其精神。下片写自己的审美感受，以"谢家子弟""相如庭户""文章太史公"为喻，写灵山的风神气韵。这种写法给读者全新的艺术感受。苏轼在《书鄢陵王主簿所画折枝二首》其一中说："论画以形似，见与儿童邻。赋诗必此诗，定非知诗人。"只会盯着对象夸沉鱼落雁之容、闭月羞花之貌，一毫不差描眉毛、画嘴唇，写得再逼真也等而次之。要准确地把握对象独一无二的精神、气质和美感，就需要敏锐的直觉和细腻的审美；要把不可目视的精神气质表现得栩栩如生，又需要丰富的想象和语言技巧；另外，不只需要想象的奇幻丰富，还需要渊博的历史和文学知识——刚好这一切辛弃疾无所不备。

  "新奇"是这首山水词给我最强烈的印象。"新奇"体现在这首词的方方面面，体验、想象、构思和表达，无一不新，所在皆奇。尤其可贵的是，新不是有意立异，奇也不是存心猎奇，这些全得之于无心，比喻像是信手拈来，语言更是脱口而出，新得浑厚，奇得自然。

附第 15 讲

李煜：绝代才子，薄命君王

1. 假如没有"归为臣虏"……

对有些词人的词作，喜欢或不喜欢只说明趣味有差异，而对于李后主词，喜欢或不喜欢那可是能判别品位的高低的。

对有些词，你不喜欢，可能是词本身的水平有问题，对于李后主词要是不喜欢，那可是你自己的鉴赏水平有问题。

哪怕是对东坡词，批评家也偶有微词，对李后主词，古今几乎无一例外地点赞。

清初沈谦在《填词杂说》中说："李后主拙于治国，在词中犹不失为南面王。"用现在的话来说，李煜在现实世界是个昏君，而在词坛上却是位英主。有人感叹"重光天籁也，恐非人力所及"。李后主词属于天籁，是天才灵感的闪光，不是笨汉靠汗水浇灌得出来的。

史称李后主"书画兼精",画家称赞他的绘画"高出意外",书法家称赞他的楷书、行书、草书"风神溢出",学者称赞他"才高识博",批评家称赞他"尤精鉴赏",这哥们除了治国理政极其低能,在文艺领域简直无所不能。

偏偏他又是南唐的一国之君,他的天职就是治国理政。

命运给他开了十分残酷的玩笑,他自己干什么最无能,命运就安排他去干什么。随便让他当一个词人,当一个画家,当一个书法家,当一个鉴赏家,都会让该行的大牛低头,而让他去做一国之君,必定所有人都会摇头。清代郭麐在《南唐杂咏》中说:"作个才子真绝代,可怜薄命作君王。"

不过,我常常好奇地想,假如李煜不是后主,假如没有亡国被虏,假如没有经历从国王到囚徒的巨变,就算他是个绝代才子,他能否发出"问君能有几多愁?恰似一江春水向东流"的浩叹?能否感受到"流水落花春去也,天上人间"的沉哀?能否使填词"眼界始大,感慨遂深"(王国维《人间词话》)?

古人有"蚌病成珠"的名言,西方也有"好诗是眼泪的珍珠"的说法,都是指优美的诗文来于痛苦的人生。李后主的一生像坐过山车一样,不只是"天上人间",简直是"天堂地狱",从人生的幸运儿变为人间的倒霉鬼,体验了人生的大喜与大悲,他的创作应验了"国家不幸诗家幸",那些众口传诵的不朽杰作,配得上他从国君到囚徒的一生。

仅从他个人来说,谁愿意"一旦归为臣虏"?谁愿意体验"肠断更无疑"的悲哀?可从我们读者来说,幸好他"归为臣虏",不然怎么会有"千里江山寒色远,芦花深处泊孤舟,笛在月明楼"的佳境?怎么会有"四十年来家国,三千里地山河"的妙词?

套用清末民初陈衍的话来说,无此绝等伤心之事,亦无此绝等伤心之词。就百年论,谁愿有此事;就千秋论,不可无此词。

我知道,这样说未免残忍,可读者通常都是残忍的,我们阅读时手舞足蹈的快乐,往往来于作者刻骨铭心的痛苦。

不过,读者欣然忘食的陶醉,何尝不是对作者呕心沥血的奖赏?

这里,我们"话分两头",从"归为臣虏"之前,聊到"归为臣虏"之后,走进李后主的心灵深处,清晰完整地勾勒李后主的精神风貌。

2. 任真、任性、任情

　　李煜是南唐国主李璟的第六子，阴差阳错成了南唐的末代国主。南唐是个短命王朝，一共只传了三主：先主李昪、中主李璟、后主李煜，所以人们称他为"李后主"。尽管王国维《人间词话》称他"生于深宫之中，长于妇人之手"，可他并不像《红楼梦》中的贾宝玉那样"愚顽怕读文章"，更不像贾宝玉那样"腹内原来草莽"，史虚白《钓矶立谈》载，"后主天性喜学问"，他是一位博学多情的"绝代才子"。李璟为人很有风度，填词也很有个性，李煜没有继承祖父和父亲为人的冷酷强悍，也没有学到他们的政治手腕，但在文艺领域比父亲才气更大，兴趣更广，才艺更高。

　　人们常说近墨者黑，可他长期生活在阴森险恶的宫廷，竟然没学到一点尔虞我诈的本领，对任何人、任何事都没有一点机心。他向往无事一身轻的快活，"万顷波中得自由"的洒脱，两首《渔父》道出了他心心念念的人生理想：

　　　　一棹春风一叶舟，一纶茧缕一轻钩。花满渚，酒满瓯，万顷波中得自由。（《渔父·一棹春风一叶舟》）

浪花有意千重雪，桃李无言一队春。一壶酒，一竿纶，世上如侬有几人？（《渔父·浪花有意千重雪》）

如果事先不知道作者，你相信这两首词是李煜的吗？全不像假模假样的装清高者，他对治人之术既无兴趣也无能力。对于他来说，与其摆弄人，还不如摆弄笔；与其天天钩心斗角，还不如整日作画填词。假如他生在陶渊明的时代，处在陶渊明的位置，他可能也会写"少无适俗韵，性本爱丘山"，这大概就是所谓本性难移。

从少到老李煜都本色本真，一生从不藏着掖着端着。无论是早期宫廷生活的纵乐，与心爱姑娘偷情的痴迷，还是后期抒写"归为臣虏"后的屈辱，对"故国梦重归"的追怀，对"壮气蒿莱"的痛惜，他都表现得那样任情，那样任性，那样任真。王国维说他一生都"不失其赤子之心"，他的笑，他的泪，他的爱，他的恨，都是一样的放纵、坦诚、纯情。先看看他前期的《浣溪沙·红日已高三丈透》：

红日已高三丈透，金炉次第添香兽。红锦地衣随步皱。

佳人舞点金钗溜，酒恶时拈花蕊嗅。别殿遥闻箫鼓奏。

这是亡国之前的宫中行乐词。清晨的太阳爬得老高老高，阳光穿透宫殿的帷帘，李后主和宫女还在纵情逸乐，他们夜以继日仍没尽兴，还朝金炉中添香兽，还在跳着欢快的舞步。狂舞致使金钗滑落，纵饮只好闻花解酒，正殿里舞点正欢，别殿里箫鼓不断，完全是过把瘾就死的节奏。从这首词行乐的疯狂，就可以看出李后主的纵情任性。

李后主"归为臣虏"以后，这些特点就表现得更为明显。他明明知道自己是亡国囚徒，身边多有耳目监视，稍有不慎就会招致不测，可他仍然明目张胆地抒写亡国之痛、故国之思、人生之恨，如：

多少恨，昨夜梦魂中。还似旧时游上苑，车如流水马如龙，花月正春风。（《望江南·多少恨》）

闲梦远，南国正芳春。船上管弦江面绿，满城飞絮辊轻尘。忙杀看花人！

闲梦远，南国正清秋。千里江山寒色远，芦花深处泊孤舟，笛在月明楼。(《望江南·闲梦远》)

这两首词写故国春日的繁华和江南秋色的爽朗，这是典型的以美景写哀情，以梦游写怨恨。故国的春光越明媚心情就越晦暗，秋色越高旷精神就越逼仄。

他甚至糊涂到给金陵旧宫人捎信说："此中日夕，只以眼泪洗面。"他的《浪淘沙·往事只堪哀》更是毫无顾忌：

往事只堪哀，对景难排。秋风庭院藓侵阶。一任珠帘闲不卷，终日谁来。

金锁已沉埋，壮气蒿莱。晚凉天净月华开。想得玉楼瑶殿影，空照秦淮。

用现在的话来说，"往事只堪哀，对景难排"不就是对现实的仇恨吗？"金锁""壮气"不是想推翻新朝吗？"玉楼""瑶殿""秦淮"不就是梦想复辟吗？

王铚《默记》载，南唐重臣徐铉入宋后为散骑常侍，宋太宗有一天问他说："曾见李煜否？"徐铉回答说："臣安敢私见之。"宋太宗对徐铉说："你只管去，只要说我让你来的就行了。"后主见徐铉后"相持大哭"，两人默坐不久，后主忽然长吁一口气说："当时悔杀了潘佑、李平。"当年潘佑感于国运衰弱，连上八封奏疏，力荐李平当尚书令。正是徐铉等人排斥李平，谎称李平妖言惑众，煽动潘佑一伙人犯上。李煜糊涂蛋干糊涂事，不分青红皂白把二人打入牢狱，潘佑自杀于家，李平自缢于狱。现在对徐铉说后悔杀潘、李，不啻当面斥徐铉误国，让徐铉情何以堪？宋太宗让徐铉见后主，原本是要他刺探后主的动静，哪知后主天真到全无防备，对昔日的大臣和盘托出自己的悔意。徐铉一是要讨好新朝，二可能不满旧主的指责，转脸就把这次对话告诉了宋太宗，于是李煜就招来了杀身之祸。

可见，后主对任何人都没有戒备，对任何人都随便吐真心，他填词更是自说自话，毫无遮掩地抒发真情。纯情任真是李后主其人其词的特性。

3. 忘情、偷情

我们先和大家聊他的早期词。这一时期的词作，表现的内容与花间派词大同小异，情怀不外乎男欢女爱，词境不外乎楼阁亭台，但表现的方式与花间词大为不同，章法不像花间那样云遮雾绕，意脉变得清晰流畅，尤其是表现语言不像花间那样错彩镂金，大多呈现为清新晓畅的白描。先看早期的一首《菩萨蛮·花明月暗笼轻雾》：

> 花明月暗笼轻雾，今宵好向郎边去。刬袜步香阶，手提金缕鞋。
>
> 画堂南畔见，一向偎人颤。奴为出来难，教君恣意怜。

此词约写于宋乾德二年（964年）前后，是抒写李煜与小周后偷情的情景。

据陆游《南唐书·昭惠传》载，南唐保大十二年（954年），十八岁的李煜娶昭惠，也就是人们所说的大周后。大周后既美丽而又聪慧，婚后夫妻缠绵恩爱。婚后十年大周后身患重病，有一天突然见自己的妹妹出入宫闱。大周后吃惊地问妹妹说："什么时候来宫中的？"天真的妹妹哪明白姐姐的心事，她有口无心地回应道："已来好几天了。"大家能想到大周后的伤心愤怒吧？此后她一直侧卧病榻，至死都脸不朝外。

大周后名娥皇，小周后名女英，她们名字与舜的二妃娥皇、女英相同，命运也与二妃相似。这对姊妹不只比着拼漂亮，还比着拼聪明，史称小周后"警敏有才思，神采端静"。小周后一进宫就让后主魂不守舍，大周后病逝前就常常幽会，后来立为皇后"乃成礼而已"，用现在的话来说就是走走过场。这首词作于小周后被纳为皇后之前，是在大周后死前的一次幽会，不然，用不着挑"花明月暗笼轻雾"的时候，幽会好像做贼似的。

上片写幽会时的氛围与期待。

首句"花明月暗笼轻雾"，"花明"是说花儿娇艳明媚，间接交代此时正值春天，春天不仅使花儿绽放，也使少男少女春心萌动，这两字为下文做了铺垫。"月暗"是说此夜月色暗淡，"笼轻雾"是说夜雾迷蒙。你们知道，在月朦胧、夜朦胧、花香四溢的春夜，幽会偷情最有情调，也最为安全。于是，就有了下一句"今宵好向郎边去"，可见姑娘为这次偷情做了精心安排，对幽会的时间和氛围都精挑细选。"郎"是古代对丈夫或情人的称呼，有点像今天的"宝贝"或"宝宝"。从这种亲昵的称呼可以看出，姑娘已经对"郎"芳心暗许。现在的问题是，怎样"向郎边去"呢？"刬袜步香阶，手提金缕鞋。"月色朦胧只是让人看不清，但静悄悄的月夜更容易听见。姑娘真是心细如发，为了不让人发觉，她把那双漂亮的金缕鞋提在手上，光穿袜子蹑手蹑脚快步上台阶，这样幽会神不知鬼不觉。她对幽会越是期待，她幽会时就越发细心。女同胞们，学到了吗？

下片写她幽会时的娇痴与任纵。

"画堂南畔见，一向偎人颤。"一来到约会地点——画堂南畔，一看到那儿等着她的情郎，她立马就投到了情郎怀里，爱得那样放纵，爱得那样忘情，爱得那样忘乎所以，那样急不可耐——以至于全身颤抖。肉麻的情话可以胡编出来，颤抖的身体却装不出来。"奴为出来难，教君恣意怜。"前两句是肢体语言，后两句是心里话。宫中四周都是耳目，出来一次实在太难，就像《纤夫的爱》中唱的那样，"只盼它日头落西山沟哇，让你亲个够"。

这首词完全是一位偷情姑娘的独白，情感内容风流狎昵极了，由于它能够本真本色，人们能忍受它纵情任性，不仅没有人指责它淫荡轻薄，反而古今好评如潮，有人说它"珠声玉价"，有人说它"极俚极真"，有人说它"十分沉至"。

4. 纵情、放歌、醉舞

同学们常问我对李后主的看法。治国无能透顶，文艺全能冠军——这就是我给他写的评语。

他的艺术感觉极好，审美趣味极高，为人又纵情任性，所以，狂欢、放歌、醉舞基本可以囊括——即使不是全部，至少也是大部——他早期宫廷生活的内容。他的《玉楼春·晚妆初了明肌雪》就是这一生活的生动写照：

晚妆初了明肌雪，春殿嫔娥鱼贯列。凤箫吹断水云间，重按霓裳歌遍彻。
临风谁更飘香屑？醉拍阑干情味切。归时休放烛光红，待踏马蹄清夜月。

上片写宫中歌舞。首句"晚妆初了明肌雪"形容宫女光彩照人，因晚上光线较暗，"晚妆"通常都化得比较浓艳，"初了"是交代刚刚妆成，此刻姑娘更显得明艳，这才有了下面的"明肌雪"，宫女的肌肤像雪一样洁白明丽。下句"春殿嫔娥鱼贯列"，写晚妆初罢的宫女入殿，"春殿"同时点明时节与地点，春夜既容易心花怒放，宫殿又那样富丽堂皇，"鱼贯列"可见嫔娥之众，也可见队列之齐。

接下来，好戏就将开场了："凤箫吹断水云间，重按霓裳歌遍彻。""凤箫"就是凤凰箫，古人把排箫称为凤箫，将竹排列成凤翼的形状。"凤箫"此处泛指管乐器。"吹断"的断是尽的意思，"吹断"也就是吹得极其尽兴。"按"就是按奏，"重按"就是重奏。"霓裳"是《霓裳羽衣曲》的简称，唐代一支著名的大曲。据说这支大曲在晚唐失传，李后主独得其曲谱，大周后又对曲谱进行了校正。"歌遍彻"指唱完大曲中的最后一曲。唐代大曲又称大遍，由若干小曲按一定顺序组成，其中各小曲也可称遍。这两句的大意是说，不断演奏《霓裳羽衣曲》，凤箫等各种乐声激越悠扬，在水云之间一直缭绕飘荡。"吹"而说"断"，"按"而说"重"，"歌"而说"彻"，可以想象演奏得何等尽兴。

下片写舞散归来。"临风谁更飘香屑"遥承上片首句，"临风"也作"临春"，没有"晚妆初了明肌雪"，就不会有临风飘香。歌罢舞散后离开宫廷才会"临风"，"香屑"就是风中飘散的香粉或香味。见到的是美色，听到的是佳音，闻到的是香气，喝到的是醇酒，我的个天，声色香味他全占了，极声色之娱，享口腹之乐，这如何叫他不心醉神迷呢？难怪他"醉拍阑干情味切"了！"谁更飘香"如闻其声，我们好像听到李后主高喊：哪个美人身上这么香呵？"醉拍阑干"更如见其人，李后主拍打阑干的醉态和狂态，还一直在我们眼前晃动。

"归时休放烛光红，待踏马蹄清夜月"二句，写舞散归去时的情景，表现了李后主兴致之高，也流露了他的趣味之雅。他是南唐国主，"休放烛光红"是他的口诏，归时不让随扈点燃红烛。晚上一路"放烛光红"相伴，原本是有美感的情景，可李后主觉得这有点俗套，"待踏马蹄清夜月"更有情调。"待踏"就是要踏。"踏马蹄"语意近似"马蹄踏"，但"踏马蹄"是"使"马蹄踏，而"马蹄踏"则是马蹄自己踏，前者的施动者是人，后者的施动者是马；前者是主动地营造诗意，后者是被动的条件反射。另外，"踏马蹄"突出了"踏"，"踏马蹄"三字一入眼，耳畔就能传来马蹄的嗒嗒声。"清夜月"重点是"月"，春夜那清澈如银的月色。潇洒倜傥的白马王子，跨着白色的骏马，踏着皎洁的月色，让人宛如走进了童话世界。那一阵阵清脆的马蹄声，既打破了春夜的寂静，又衬托得春夜更为寂静。

明代戏曲理论家沈际飞，拿苏轼《西江月·顷在黄州》"可惜一溪风月,莫教踏碎琼瑶",与李煜"归时休放烛光红,待踏马蹄清夜月"两句对比,认为他们两人"总是爱月",都把春夜月写得妙不可言,老天"可谓生瑜生亮"。他们"总是爱月"倒是不假,但后主爱的是天上如银似水的朗月,东坡爱的是水中明月的倒影,所以一个想踏"清夜月",一个则"莫教踏碎琼瑶"。当然,既有浓厚的生活情趣,又有很高的审美品位,这是他们两人共同的特征。

以流宕奔放的笔致,明丽自然的语言,写尽情放纵的歌舞,抒神采飞扬的兴致,把李后主任情任性的特点表现到了极致。谭献称此词"豪宕",陈廷焯评此词"风雅疏狂",它虽略带脂粉却绝不艳俗,尽显疏狂而又不失风雅。

5. 故国、哀情、剧痛

以他"归为臣虏"为界,李后主从国主的极乐堕入囚徒的深悲,从欢乐的绝顶坠入痛苦的深渊。他的《虞美人·春花秋月何时了》就是后期词的代表作:

春花秋月何时了,往事知多少?小楼昨夜又东风,故国不堪回首月明中。

雕栏玉砌应犹在，只是朱颜改。问君能有几多愁？恰似一江春水向东流。

首句"春花秋月何时了"，前人说，千古奇语辟空而来，它既百转千回又一气奔涌，像是洪水中的大坝突然溃堤。伙伴们，春花何其美，秋月何其明，它们是古往今来人们陶醉的美景，只见诗人为春花飘零而落泪，为秋月被遮蔽而悲伤，还没有见过盼望春花秋月赶快消逝的。"何时了"就是什么时候才有个完呵。有人认为这句是在问天，实际上它不是发问而是埋怨，并以埋怨的口吻表示对"春花秋月"的讨厌。为什么这样讨厌"春花秋月"呢？下句"往事知多少"做了回答。做南唐后主之日，不管是"南国正芳春"，还是"南国正清秋"，不管是"凤阁龙楼"的宫中，还是"芦花深处"的郊外，迎接他的都是佳人、美味、清歌、妙舞，南国留下了他多少欢声笑语，多少甜蜜回忆，而这一切"往事已成空，还如一梦中"（《子夜歌·人生愁恨何能免》）。没有下句"往事知多少"，上句便没有着落；没有上句"春花秋月何时了"，下句便没有分量。

"小楼昨夜又东风"紧承首句，原来是"昨夜又东风"，使他原本痛苦的心情更心烦意乱，才有了首句"何时了"劈头盖脸的埋怨。"又"是"还""再"的意思，表示再来一次或重复出现，它在这里有厌烦甚至厌恶的含意，譬如遇上讨厌的不速之客到访，我们可能不耐烦地说"又来了"，一听到父母唠叨我们会说"又开始了"，天天都想黏在一起的女友来了，谁还会说"又来了"呢？第四句"故国不堪回首月明中"，是第二句的引申和具象化，对于一个亡国的国君来说，"故国"隐含了皇权、尊贵、豪奢、威风、放纵、享乐……从前越是风光，眼下就越是难受，所以说"故国不堪回首"。"月明中"照应首句的"春花秋月"。

上片的一、三与二、四隔句相承，二、四句与一、三句又相互映发，一边是春花、秋月、春风，一边是往事、故国，它们是情因景起，也是景由情生。章法不能说不绵密，可我们读起来又全不见章法，李后主只管滔滔说去，他哪顾得上什么章法，又哪用得着什么章法呢？

下片换片不换意，"雕栏玉砌应犹在，只是朱颜改"二句，正面写月明中回首故国。"不堪回首"又忍不住回首，表明故国是他人生的剧痛，正如心理学家说的那样，希望忘掉的恰恰是忘不掉的。一看到"雕栏玉砌"，马上就会想起宫殿的巍峨、装饰的华丽，与前面寒酸的"小楼"形成强烈的对比。叫他牵肠挂肚的还有红粉佳人，以及和她们一起的那些甜美时光。"应犹在"的"雕栏玉砌"，尚且永远不可能再见，"朱颜"已改的倾国美人，今世更不可能重逢。你想想他该有多少哀伤，有多少创痛？恐怕连他自己也说不清，这就引出了他的自问自答，成就了诗词史上的千古名句："问君能有几多愁？恰似一江春水向东流。"愁既看不见摸不着，到底有多少愁更无法量化，以汹涌奔腾的一江春水，来比喻自己倒海翻江的哀愁，不仅把"愁"形象地展现在眼前，而且使他的"愁"具有强度和力度。以水喻愁在诗词中常见，此前有刘禹锡"水流无限似侬愁"之喻（《竹枝词九首》其二），比起李后主的名句来，这个比喻一是过于直白，二是没有后主那种奔腾翻滚的力量，"水流"可能是涓涓溪流，也可能是普通河流，显然没有"一江春水"的气势。

　　身为囚徒，或者完全没有意识到自身的险境，或者完全不顾自身的险境，还敢公开"回首故国"，还敢留恋"雕栏玉砌"，还敢怀念宫女"朱颜"，还敢说自己愁如春江，可见他有多任真任性，更可见他的"赤子之心"。

　　此词一出便誉满词坛，清代谭献《词辨》称它为"神品"，甚至认为"后主之词，足当太白诗篇，高奇无匹"。大多数人认为后主词"当以此阕为最"。

它千回百转又一气奔涌，如开头"春花秋月何时了"，含蓄细腻又奔放强劲，前者如"何时了""知多少""又"，后者如"问君能有几多愁？恰似一江春水向东流"。奔放易于造成气势，也易于一泄无余，意尽于句中不耐咀嚼，而后主的"恰似一江春水向东流"，气势奔放而又回味无穷。

它以清新明净的语言，抒发深厚强劲的情感，具有震撼人心的力量，使人们忘记了他亡国之君的身份。

6. 自然、人生、长恨

无论是《虞美人·春花秋月何时了》中的"雕栏""玉砌""朱颜"，还是《破阵子·四十年来家国》中的"凤阁龙楼""玉树琼枝"，李煜的这些名作虽然艺术上都非常高妙，读起来也都非常动人，但词人所抒写的无非是对故国的深情、对权势的留恋、对宫女的思念。作为一个亡国囚徒，其悲情只有摆脱宫殿、宫女，填词才能真正实现"眼界始大，感慨遂深"，完成"变伶工之词而为士大夫之词"的重任（参见王国维《人间词话》）。王国维还特地举出两个名句作为例证："自是人生长恨水长东""流水落花春去也，天上人间"。前一句来于《相见欢·林花谢了春红》，后一句来于《浪淘沙令·帘外雨潺潺》，在我看来前者可能更为典型：

林花谢了春红，太匆匆！无奈朝来寒雨晚来风。
胭脂泪，留人醉，几时重。自是人生长恨水长东。

这首词具体写于哪一年还难以确定，但无疑作于他身为阶下囚以后，被俘前他忙着"重按霓裳歌遍彻"，哪能感受什么"人生长恨"？

"林花谢了春红"，一起笔语气就很沉重。春日里，诗人常常或咏梅花，或咏桃花，或咏杏花等，而李煜的"林花"却囊括了春天的百花，感慨并不是单为某一种花而发。"谢了"用字很重，"谢"指"林花"凋谢，"了"既表示完成时态，也表示肯定和感叹语气。"春红"既指花儿的颜色，也象征春天的色彩，又代表了一切美好的事物。这样，"谢了春红"不是指一朵花的凋谢，而是指春天的消歇，也是指美好事物的消逝，因而它加重了人的感伤。再加一句"太匆匆"更让人触目惊心,"匆匆"本已形容春天溜得很快,"太匆匆"就是转瞬即逝了。大自然不仅不"天遂人愿",甚至还要故意刁难人:"无奈朝来寒雨晚来风"。春光虽会随节令而去,春红也会随节令而凋,但都不至于"太匆匆",只因寒雨狂风的摧残,才加速了春光的消逝和春红的凋零。造物实在喜怒无常,一边遣春日让林花绽开,一边又派风雨摧春红零落。造物无情,词人"无奈",除了叹息又能如何呢?"大都好物不坚牢,彩云易散琉璃脆"(白居易《简简吟》),白居易只是局外人的惋惜,"无奈朝来寒雨晚来风",却是同病相怜的"无奈"和恼怒。

过片"胭脂泪,留人醉,几时重",语言和音节都很短促,其中"留人醉"也作"相留醉"。"胭脂泪"上承上片的"春红""寒雨"——没有前面的"春红""寒雨",就不会有"胭脂泪",下启"留人醉,几时重"——因"胭脂泪"才"留人醉",因"留人醉"才问"几时重"。把带雨的春红,说成胭脂流泪,花红与泪水搅在一起,既让人心爱,也让人心疼;既叫人心醉,也叫人心碎。什么时候又会见到"胭脂泪"呢?大自然中的好花易衰,人世间的好人多难,有时甚至还像《窦娥冤》中说的那样,"为善的受贫穷更命短,造恶的享富贵又寿延"。人人都希望"天遂人愿",最后却常落得个"事与愿违"。

于是，词人便发出了"自是人生长恨水长东"的浩叹。和"问君能有几多愁？恰似一江春水向东流"一样，这一句也是诗词中的千古名句。因为更加明白显豁，"恰似一江春水向东流"更为人传唱；也因为它太过明白显豁，有人认为"自是人生长恨水长东"更耐人咀嚼。将"人生长恨"与"水长东"并列，形成了二者之间的张力，前面再加"自是"二字的肯定判断，我们可以把这句理解为"人生长恨"就像"水长东"，也可以理解为"人生长恨"就是"水长东"。

成为亡国奴以后，李煜后期每首词中的悲情，几乎都与梦回故国相关，虽说"亡国之音哀以思"，但影响了情感的深度与广度。而这首词从自然切入，从好花易谢想到好人多难，从风雨无情想到世事无常，他体验到"人生长恨"恰如江水长东，"长恨"伴随着人的一生，是人生摆不脱的属性与宿命。这首词已经跳出了亡国之君的身份，超越了从国君到囚徒的一己之悲，抒写了一个人对人生的悲剧性体验。

这首词对人生的体验深度，不只实现了对自我的超越，也超越了大多数诗人。诗人和词人描述花儿飘零，一般都是惋惜春光的流逝，感叹生命的短暂，如"无可奈何花落去"，"惜春长怕花开早，何况落红无数"，而李煜则从"林花谢了春红"，感受到了"自是人生长恨水长东"。有了这种对人生新颖深刻的体验，才会有词中这句神来之笔。

这首词的词牌又叫"乌夜啼"，上下片虽句型略异，但字数完全相同。两片歇拍的两个长句都用了叠字，如上句"朝来""晚来"，是形容寒雨狂风接连不断，下句的"长恨""长东"，是强调二者的属性别无二致。

李煜还有一首《乌夜啼》(也名《相见欢》)，二者的形式完全一样，情感也大致相近，大家可以对比参读：

无言独上西楼，月如钩。寂寞梧桐深院锁清秋。
剪不断，理还乱，是离愁。别是一番滋味在心头。

附第 16 讲

诗中的理趣

1. "理"还有"趣"吗?

大家一看标题就可能问:"诗中的理趣","诗"还能说"理"吗?"理"还能有"趣"吗?

《尚书》提出"诗言志",强调抒写志向、心愿、胸襟。陆机的《文赋》主张"诗缘情",要求诗歌抒发情感意绪,不仅没有人倡导"诗说理",反而有人认为诗排斥理:"夫诗有别材,非关书也;诗有别趣,非关理也……诗者,吟咏情性也。"(严羽《沧浪诗话》)此文中的"材"又作"才"。严羽的大意是说,诗歌需要其他的才能素养,不在于读书的多寡与学问的广狭;诗歌别有情趣韵味,不在于义理的浅深。用诗来说理就像用网来遮阴,完全是对诗的误用,诗适宜抒发情感展露本心。

可诗人从来都很率性,该说理的时候就说理,想抒情的时候就抒情,何曾理会过理论家的那些清规戒律?严羽批评宋代诗人"以议论为诗",其实,"以议论为诗"有久远的传统,既不始于宋人,也没止于宋人。议论说理的诗歌诗句,《诗经》和《楚辞》中还少吗?在元、明、清的诗歌中更俯拾即是。譬如汉乐府中的《长歌行》:"百川东到海,何时复西归?少壮不努力,老大徒伤悲!"《古诗十九首》:"生年不满百,常怀千岁忧。昼短苦夜长,何不秉烛游。为乐当及时,何能待来兹?"虽然一个教人要及时努力,另一个教人要及时行乐,可它们不都在说理乃至说教吗?

要不是因为有味、有趣、有益,这些说理诗怎么会传诵至今?它们怎么又会成为格言警句?

即使是严羽所崇拜的"盛唐诸公",李白、杜甫议论说理的诗作也很多,如李白的《古风五十九首》其九:

> 庄周梦胡蝶,胡蝶为庄周。
> 一体更变易,万事良悠悠。
> 乃知蓬莱水,复作清浅流。

> 青门种瓜人，旧日东陵侯。
> 富贵故如此，营营何所求。

此诗不过写世事反复无凭，营营富贵汲汲功名虚妄可笑。杜诗是中晚唐议论说理诗的滥觞，杜甫早期便在诗中大发议论，后期说理诗就更多了，我们来看看他早期的《前出塞九首》其六：

> 挽弓当挽强，用箭当用长。
> 射人先射马，擒贼先擒王。
> 杀人亦有限，列国自有疆。
> 苟能制侵陵，岂在多杀伤。

立意高远而又议论正大，恰恰是这首诗最为精彩的地方，不仅把"理"说得耐人寻味，而且所说之"理"还让人过目不忘。

问题不是诗歌能不能说理，而是因何说理，如何说理，说何种理。

说到诗中的理趣，人们有不同的理解，有的认为它是个复合词，指诗中的义理和情趣，有的则认为它是单纯词，指诗的理中之趣。

诗人们对人生和社会有许多感悟，并以俏皮的议论和新颖的比喻表现出来，这些感悟既富于人生与社会哲理，又要能感发读者的审美情趣，这种诗歌理、情、趣三者兼备——这就是所谓诗中的理趣。

现在我有信心回答朋友的问题了：有些诗人说理"说"得有趣，"理"本身更为有"趣"，于是就出现了理趣诗。

2. "诗与思的对话"

诗中所说之"理"是否有"趣"？首先，"理"本身不能是人云亦云的陈词滥调，不能是名人名著的名言集锦，它必须是诗人独特的人生体验；其次，必须"理"中有情，理性中凝聚着感性，冷冰冰的理肯定无趣；再次，说理的技巧必须极其高明，诗人的人生体验就是"理"的呈现；最后，"理"必须出之以精练生动的警句，它不仅能使读者会心一笑，而且能使读者受益终生。譬如苏东坡的《题西林壁》：

横看成岭侧成峰，远近高低各不同。

不识庐山真面目，只缘身在此山中。

此诗作于元丰七年（1084年）五月，时苏轼由黄州贬所改迁汝州团练副使。苏轼赴任汝州途经九江时，与友人参寥同游了庐山。这首名作就是写那次游山的奇妙感受。

诗题中的"西林壁"，指庐山西麓西林寺墙壁。西林寺被称为庐山北山第一寺，寺壁至今还有苏轼的题诗。

由于庐山特有的地势山形，苏轼发现一个有趣的现象：横看它是连绵起伏的山岭，侧看是高耸入云的山峰，远看、近看、俯看、仰看，你会看到完全不同的庐山。庐山就像一个百变观音，只要你换一个不同位置，它便呈现出不同的面貌。

不同的角度，不同的游人，眼中就会有不同的庐山，就像我们常说的"一千个读者，有一千个莎士比亚"一样，而庐山还是那个庐山，莎士比亚还是那个莎士比亚。这让人想起了盲人摸象，因为摸的地方不同，有的盲人说大象像一根柱子，有的说像一条蟒蛇，有的说像一把扇子，有的说像一堵墙，有的说像一根绳子。

游人尽管能走能看，而盲人只能靠手触摸，但游人有可能犯与盲人同样的错误——把局部当作全体。盲人无法看清大象的"真面目",游人无法看清大山的"真面目"。

这样问题就来了,游人为什么"不识庐山真面目"呢？他们千里迢迢不是特地来看山的吗？这就引出了尾句："只缘身在此山中。""身在此山"只能看到此山的一溪一石,自然看不到此山的全貌。你要想深入了解庐山,就必须深入此山之中,你要想看到庐山真容,又必须跳出庐山。

苏轼看山的感受,再一次印证了"旁观者清,当局者迷",无论是治学还是处世,要入乎其内又出乎其外。

苏轼看山的感受,也提醒我们,千万不能自以为是,我们看到的可能是一孔之见,个人的认识很难全面。

苏轼看山的感受,同时还告诉我们,与人相处的时候,要学会换位思考,这样才能将心比心,站在别人的立场上思考问题,你可能得出完全不同的结论,这就会避免许多因武断而造成的误解。

苏轼游山给后人留下无数启示,从不同视角读《题西林壁》,恰如苏轼当年看庐山,同样也是"横看成岭侧成峰",不同的人会受到不同的教益。

这首诗把理说得有识,有味,有情,有趣。

另一著名诗人王安石,也写了一首著名游山诗《登飞来峰》,他的感受与苏轼大不一样:

飞来峰上千寻塔,闻说鸡鸣见日升。
不畏浮云遮望眼,自缘身在最高层。

浙江有两处飞来峰:一在浙江绍兴城外的林山,唐宋时山上有座应天塔,传说此峰是从东武县(今山东省诸城市)飞来的,所以叫它飞来峰;一在浙江杭州西湖灵隐寺前,寺前面有座千寻高塔。后世一般认为此诗的飞来峰在杭州,"千寻塔"即灵隐寺前的高塔。

宋仁宗皇祐二年(1050年)夏,王安石在浙江鄞县任知县,任满回临川故里,途经杭州时写下此诗。此时的诗人正值盛年,在政坛上又声名鹊起,他自己的抱负极大,社会对他的期望极高。《登飞来峰》恰好表现了他高远的见识,开阔的眼界,博大的胸怀。

首句"飞来峰上千寻塔"十分关键,它是后面所有议论的基础。飞来峰已是山的顶峰,又登上顶峰上的千寻塔,只有站得高才能望得远。这就引出了第二句"闻说鸡鸣见日升",在飞来峰的千寻塔上，鸡最先能看到太阳从地平线上升起，所以传说此处鸡一鸣就太阳升。"闻说"暗用了郭璞《玄中记》典故："桃都山有大树，曰桃都，枝相去三千里。上有天鸡，日初出照此木，天鸡即鸣，天下鸡皆随之。"这句不仅写出极目千里的眼界，还写出了"居高声自远"的气势。

前两句是陈述登高见闻，首句登高实写，次句见闻虚拟，读来逼真而又灵动。

后两句是前两句的升华："不畏浮云遮望眼，自缘身在最高层。""不畏"言辞斩绝，"浮云遮望眼"是古诗中的常见景象，如李白《登金陵凤凰台》说，"总为浮云能蔽日，长安不见使人愁"。"浮云"能够"遮望眼"，是因为我们站得没有浮云高，假如我们置身于浮云之上，浮云怎么能遮住我们的"望眼"呢？"自缘身在最高层"是诗人的明见，也是诗人的自信，更是诗人的展望。

这本是一首登高诗，但它的写法十分别致。诗人并没有写自己登高后的所闻所见，所谓"闻说"只是听别人说而已，并非自己的亲身见闻，诗人不是要写登高见到了什么，而是要写登高想到了什么。大家可能会问，写"想到什么"为什么一定要登高呢？在家坐着不是同样会想吗？静坐当然也会想问题，但不会想到"自缘身在最高层"。其他诗人是触景生情，王安石是触景生思。这首诗实现了"诗与思的对话"。

  此诗让我想起了庄子的"井底之蛙"，你所处的位置影响你所持的见识。民间常说"屁股决定脑袋"，就是你的位置的高低，决定你视野的远近、思想的深浅。这里的"位置"既指现实的高度，也指精神的高度。就现实而言，站在一个低洼的地方，你的眼界自然很小，挺立于万山的峰顶，你肯定就看得很远；就精神来说，如果精神非常低俗肮脏，你的见识必然卑下龌龊。

  它能给人以启迪，人们才争相传诵。

  章法上环环相扣，有了首句"飞来峰上千寻塔"，才有次句的鸡鸣日升；有了前两句的自然现象，才会有后两句的议论；没有后两句，前两句未免太"平"，没有前两句，后两句又未免太"空"。另外，首句是尾句的铺垫，尾句又是首句的照应。

  苏轼和王安石这两首诗，不只实现了"诗与思的对话"，更实现了诗与思的统一——它们既是诗歌，同时也是哲理。

3. 何苦板着脸呢？

诗的"理"要想说得有趣，语言应尽可能活泼俏皮，要是板着脸一本正经地说教，理再好也难得讨好。哪怕咏史怀古一类题材的诗歌，也必须化沉重为轻松，变严肃以调侃，以机智的语言发思古之幽情。如杜牧的《赤壁》：

折戟沉沙铁未销，自将磨洗认前朝。
东风不与周郎便，铜雀春深锁二乔。

此诗大概写于会昌三年（843年），时杜牧外放为黄州刺史。

湖北有三处赤壁：一在今天的赤壁市，通常认为这是"武赤壁"，就是史称"赤壁之战"的战场；一在今天武汉市江夏区金口街赤矶山村赤矶山；一在今天的黄州区，就是人们所说的"文赤壁"，杜牧和苏轼写的都是黄州赤壁。

汉献帝建安十三年，也就是公元208年，赤壁打了一场大仗，就是"赤壁之战"，它决定着吴国的命运，孙权和刘备联手击败了曹军。大家都知道，《三国演义》中有神乎其神的孔明借东风,还有耍小聪明的孔明草船借箭,这些小说故事虽不足为凭,可史载当时的确刮起了东风,只不过东风肯定不是孔明借来的。

诗的前两句是叙事。"折戟沉沙铁未销",一天,他在赤壁捡到一根"折戟",折戟埋在江边的沙子里,戟铁还没有完全腐蚀掉。

"自将磨洗认前朝",他好奇地磨洗断戟上面的斑锈,一经擦洗才知道是前朝遗物。诗人给我们卖了个关子,没有交代到底是哪个"前朝",进一步激起了我们一探究竟的欲望。这在诗法上是蒙后省略。

第三句中的"周郎",就是三国时期名将周瑜。"二乔"就是大乔小乔,三国时期著名的美女。大乔嫁给了孙策,吴国政权的奠基者,也就是吴王孙权的兄长;小乔嫁给了诗中的那位"周郎",赤壁大战中的总指挥。"铜雀"即铜雀台,楼顶上装饰有大铜雀,曹操后期所建的楼台,其实是他晚年的逍遥宫,楼台中住有许多姬妾歌伎。故址在今河北省临漳县。

后二句是诗人的感慨:"东风不与周郎便,铜雀春深锁二乔。"赤壁大战是战争史上以少胜多的战例,周瑜用火攻烧了曹操兵营的战船,幸亏决战时刻来了一场强劲的东风,假如刮的是西风后果不堪设想。他说,当年要不是来了一场东风,火烧了曹操的江上战舰连营,三国历史就要重写了,江南的两个美女大乔小乔,就一定会成为曹操的玩物,捉到他的铜雀台金屋藏娇,大乔不是孙夫人,小乔也不是周夫人,统统成了曹操的妃子。

许顗在《彦周诗话》中说:"杜牧之作《赤壁》诗云……意谓赤壁不能纵火,为曹公夺二乔置之铜雀台上也。孙氏霸业,系此一战。社稷存亡,生灵涂炭都不问,只恐被捉了二乔,可见措大不识好恶。""措大"是对穷酸书生的蔑称。许顗认为杜牧不识好歹,如果没有一场东风,整个吴国都灭亡了,更不用说生灵涂炭,还谈什么二乔呢!说这个家伙好色好出了名,只想到美女被关起来了。

其实是许顗过分古板,无法理解杜牧的深意,也无法体认此诗的风情。大乔是吴主孙权的嫂子,小乔是统兵元帅的娇妻,她们虽与大战无关,但代表了吴国的体面与尊严,假如连她们也被曹操羞辱,那还谈什么"社稷存亡"?更不要说"生灵涂炭"了。

本是重大的历史题材,杜牧表面上说得特别轻巧,"东风不与周郎便",东风要是不给周郎方便,"铜雀春深锁二乔",

那二乔可要藏在曹操的铜雀台里了。把美好的时节"春深",与著名的美女"二乔"连到一起,本身就具有万种风情,再加上"铜雀"与"锁",又让人想起曹操喜欢霸占人妇的荒淫风流。把怀古咏史写得别有风致,显示了杜牧的过人之才。

宋末谢枋得在《注解选唐诗》中说:"后二句绝妙,众人咏赤壁,只善当时之胜,杜牧之咏赤壁,独忧当时之败。"谢氏看出了此诗的妙处,议论一定要出人意料,"理"翻空则易奇,"理"奇必定会有趣。

历史不能"假若",但诗人可以假想。杜牧后二句议论翻空出奇,除了他的见识独具慧眼,还因为他的想象丰富新奇。

诗人由一根"折戟"而想到赤壁之战,又由一场东风而想到战争胜负,再由胜负想到了历史的必然与偶然。

我们常常说历史是必然的,但这种必然性要通过无数偶然性凸显出来。我们不难发现,关键的历史时刻,关键人物的一次感冒,宠妾的一次笑脸,老天下的一场大雨,大地上的一阵狂风,就可能改变战争的输赢和历史的走向。英国有一则谚语也道出了这种历史的偶然性:失了一颗马蹄钉,丢了一个马蹄铁;丢了一个马蹄铁,折了一匹战马;折了一匹战马,损了一位国王;损了一位国王,输了一场战争;输了一场战争,亡了一个帝国。

这是一首咏史的杰作，轻巧风趣又别具深度，别有风情又绝不轻佻。

李商隐也是写"理趣"的高手，他的许多怀古咏史诗，也时不时和古人开玩笑，如著名的七律《隋宫》：

> 紫泉宫殿锁烟霞，欲取芜城作帝家。
> 玉玺不缘归日角，锦帆应是到天涯。
> 于今腐草无萤火，终古垂杨有暮鸦。
> 地下若逢陈后主，岂宜重问后庭花。

颔联"玉玺不缘归日角，锦帆应是到天涯"，用圆润的流水对，用奇特的想象，用华美的意象，来讽刺隋炀帝的荒唐。尾联"地下若逢陈后主，岂宜重问后庭花"，更是让两位荒淫的皇帝团聚，让隋炀帝向陈后主讨教亡国之音《玉树后庭花》，这个玩笑开得很"残忍"，也嘲笑得很辛辣。

4. 妃子一笑

明人胡应麟在《诗薮》中说:"晚唐绝'东风不与周郎便,铜雀春深锁二乔''可怜夜半虚前席,不问苍生问鬼神',皆宋人议论之祖。"把这几句诗说成"宋人议论之祖",未免过于夸大其词,好像其他大牌诗人从不发议论似的。不过,怀古咏史诗倒是最容易生发议论的,因而怀古咏史诗也多理趣。

我再讲杜牧著名的《过华清宫绝句三首》其二:

> 新丰绿树起黄埃,数骑渔阳探使回。
> 霓裳一曲千峰上,舞破中原始下来。

华清宫是唐玄宗在天宝六载(747年)命名的行宫,唐玄宗和杨贵妃曾在这儿放荡堕落,大唐王朝也在这儿走向衰落。唐玄宗和杨贵妃在这儿留下多少笑声,后代诗人就在这儿发出多少哀叹。

以华清宫为题的咏史诗很多,以杜牧和李商隐的咏华清宫最好。

《过华清宫绝句三首》首首都妙,和大家重点讲第二首,主要是因为这首的理趣更浓。

天宝末年,杨国忠多次进言"禄山必反",唐玄宗派宦官辅璆琳探听虚实,安禄山重金贿赂辅璆琳,辅回朝禀报安禄山忠心耿耿。杨国忠有次说安禄山心虚,"陛下试召之,必不来"。唐玄宗立即下诏,安禄山"闻命即至"。从此,唐玄宗更加宠信安禄山,不管什么人提醒都听不进去,甚至皇太子的忠言也不管用。一有人言安禄山将会叛乱,唐玄宗马上将他解送安禄山处置,表示对安禄山的信任。

可悲的是,安禄山的反象越来越明显,除了唐玄宗老眼昏花外,连蠢猪也看得出来;而安禄山也只能赢得唐玄宗的信任,连身边人也不会信任他。

此诗前二句"新丰绿树起黄埃,数骑渔阳探使回",就是写辅璆琳探听安禄山军情一事。"新丰"指唐设的新丰县,在今西安市临潼区,临近华清宫。"黄埃"指马队急驰扬起的尘埃。唐朝时期"渔阳"在今天津蓟州等地,时安禄山是平卢、范阳、河东三镇节度使,"渔阳"正好属安禄山管辖。天宝十四载(755年)冬,安禄山在范阳起兵叛乱。"探使"就是指辅璆琳。

"探使回":向唐玄宗谎报信息。"起黄埃":这满天黄尘,暗示了浓重障眼的烟幕，也象征了上层的昏暗，并预示着大祸已经临头。

只有唐玄宗还蒙在鼓里。

他还沉湎在大唐盛世里，还沉醉在杨贵妃的温柔乡中，"霓裳一曲千峰上"，他荒淫得越来越疯，放纵得越来越嗨。"霓裳"指唐玄宗谱的《霓裳羽衣曲》，一支舞曲竟跳到了"千峰上"，作为一国之君的唐玄宗，与杨贵妃醉生梦死就是他晚年的全部，这该多可怕，又该多可悲！

于是，必然的结局就是"舞破中原始下来"！谁都知道"霓裳一曲千峰上"，一支舞哪怕跳到万峰上，也不至于"舞破中原"。这里的"舞"代指皇上的放荡堕落，他的放荡堕落导致国破家亡。

"霓裳一曲千峰上，舞破中原始下来"二句，以极度的夸张形成极大的反差，给读者带来惊悚的效果。清人黄叔灿在《唐诗笺注》中评点道："'舞破中原始下来'，造句惊人，奇绝，痛绝！"不过，只这一句不会"惊人"，二句合在一起才惊心。

这首诗艺术上可称道的地方很多，一是平静的叙述中蕴蓄了巨大的张力，无论是"渔阳探使回"，还是"一曲千峰上",更不用说"舞破中原",我们好像听到叛军越来越响的炮声。二是每句都蕴蓄了巨大的历史容量,譬如第二句"数骑渔阳探使回",与第三句"霓裳一曲千峰上",读者只有知道"探使"辅璆琳欺君的史实,才能读懂两句之间的联系,才能理解"渔阳探使回"后,唐玄宗为何那样开心,竟然"霓裳一曲千峰上"。三是这首诗中的理趣,不由诗人直接通过议论说出来,而是读者从诗人提供的事实中得出来,这正是此诗最高明的地方。

从上句的"千峰上",到下句的"始下来",不露声色的强烈反讽,点出了荒淫之君的通病:不见棺材不掉泪,不走上绝路不回头,而上了绝路又回不了头。

《过华清宫绝句三首》的第一和第三首,艺术上都堪称绝妙,但在写法上各有千秋,大家可以自己揣摩。

其一:

长安回望绣成堆,山顶千门次第开。
一骑红尘妃子笑,无人知是荔枝来。

其三:

万国笙歌醉太平,倚天楼殿月分明。
云中乱拍禄山舞,风过重峦下笑声。

我们再看看李商隐的《华清宫》:

华清恩幸古无伦,犹恐蛾眉不胜人。
未免被他褒女笑,只教天子暂蒙尘。

李商隐一起笔就单刀直入,"华清恩幸古无伦"。对杨贵妃的宠幸,唐玄宗算得上前无古人。大家肯定想到了白居易的《长恨歌》,"后宫佳丽三千人,三千宠爱在一身"。

可唐玄宗仍然觉得爱得不够,"犹恐蛾眉不胜人",担心自己的宠爱比不上前人。诗人的议论层层推进,一直推到极其荒唐的境地。

到此,大家肯定以为接下来会批判皇帝的荒唐,没想到诗人笔头陡转:"未免被他褒女笑,只教天子暂蒙尘。"告诉你吧,皇上,你对杨贵妃宠爱的程度,还真的比不上人家周幽王宠爱褒姒。

烽火戏诸侯的故事家喻户晓。褒姒是个冷面女人,她从来不喜欢笑,周幽王又特别想看她笑。有一次,他为了让褒姒笑,在烽火台上点火,周边的诸侯只要看到烽火台有火,就以为是敌人开始侵犯了,就全部跑来保卫周幽王。

等他们来了以后,发现并没有敌人来犯,褒姒就咯咯咯地艳笑。周幽王为了听她这个笑声,竟然调戏自己的诸侯!后来,敌人真的来犯,再在烽火台点火,诸侯们都不来。你就让褒姒笑吧,笑到最后把天下都笑丢了。

周幽王宁可让诸侯愤怒,也要让褒姒开心,宁可丢掉江山,也要看褒姒一笑!而皇上再怎么爱杨贵妃,也"只教天子暂蒙尘"而已,怎比得上周幽王搭上了天下呢?你不"被他褒女笑"才怪哩!等您老人家把天下爱丢了,再来和周幽王比拼比拼。

幽默中含泪,挖苦时有情,这是一首十分漂亮的绝句,可古人认为应当为尊者讳,这样对待皇上有失厚道,有违儒家"温柔敦厚"的诗教。

5. 项羽不够爷们?

很多人喜欢项羽的《垓下歌》,它唱出了英雄末路的悲哀,把我们带进了霸王别姬的伤心场景:

力拔山兮气盖世,时不利兮骓不逝。

骓不逝兮可奈何,虞兮虞兮奈若何!

不过,也有些人对项羽自刎乌江不以为然,觉得他刚一失败就自刎不够爷们,在哪里倒下去,就在哪里站起来,那才是真正的爷们。杜牧就是其中的代表,我们来看看他的名诗《题乌江亭》:

胜败兵家事不期,包羞忍耻是男儿。

江东子弟多才俊,卷土重来未可知。

"乌江亭"在今天安徽省和县东北面的乌江浦,也就是西楚霸王项羽自刎的地方。大家注意,项羽宁可自刎也不过江,《史记·项羽本纪》记述了他的心迹:"于是项王乃欲东渡乌江。乌江亭长权船待,谓项王曰:'江东虽小,地方千里,众数十万人,亦足王也。愿大王急渡。今独臣有船,汉军至,无以渡。'项王笑曰:'天之亡我,我何渡为!且籍与江东子弟八千人渡江而西,今无一人还,纵江东父兄怜而王我,我何面目见之?纵彼不言,籍独不愧于心乎?'……乃自刎而死。"

当年江东八千子弟跟着项羽渡江，现在无一人生还，项羽深感愧对八千子弟的亡灵，没有面目再见江东父老。

由此可以看出霸王的仁慈，但杜牧觉得这是"妇人之仁"。他认为"胜败兵家事不期"，胜败是兵家之常事，不可能只打胜仗不打败仗，将军要能赢得到，也要能输得起，"包羞忍耻是男儿"，一蹶不振不算一个好将军，也不算一个好男人。容忍受挫折带来的羞辱，承受失败后的耻笑，这是一个男儿必备的心理素质，也是一个男儿应有的社会担当，更是一个男儿走向成功的必要条件。一打败仗就垂头丧气，甚至逃到乌江自刎，你项羽还算一个男人吗？只有输得起，才能赢回来！

诗人还提到了赢回来的可能性："江东子弟多才俊，卷土重来未可知。"他告诉项羽，江东多的是人才，要是心理上没被打败，你怎么知道不会东山再起？谁敢料定你不会"卷土重来"？干吗要轻易自杀呢？

我经常让我的学生背这首诗，我也告诫儿子要背这首诗。一个人要能够承受事业的失败，要面对他人的羞辱耻笑，能够经受别人的冷眼，要有坚韧不拔的毅力，这样跌倒了才会爬起来。

杜牧"题咏好异于人"（胡仔《苕溪渔隐丛话》），"拗相

公"王安石也好做翻案文章,他的《叠题乌江亭》就和杜牧撑上了:

> 百战疲劳壮士哀,中原一败势难回。
> 江东子弟今虽在,肯与君王卷土来?

此诗写于宋仁宗至和元年(1054年)秋,王安石赴京途经乌江亭,见到杜牧《题乌江亭》后有感而发,从"叠题"二字就明白是针对杜牧而来。王安石完全不同意杜牧的观点,要项羽"卷土重来",完全是痴人说梦。

作为一个杰出的政治家,王安石不会从个人的品性胸襟立论,不会以个人的意志来看问题,他是从现实的形势来做决断,因而一起笔就说"百战疲劳壮士哀,中原一败势难回"。

杜牧强调意志,王安石注重形势。

"百战疲劳"致使斗志消磨,"中原一败"已成定局,不论意志如何坚定,其"势"已经无可挽回。这就是我们常说的"形势比人强"。

为什么不能"卷土重来"呢?"江东子弟今虽在,肯与君王卷土来?"江南的子弟虽然还在,但谁会再跟他一起渡江呢?

既已人心尽失,只好自刎乌江。

就做人而言,杜牧的意见十分可取;从形势着眼,王安石说得更为在理。

那么,项羽该不该自刎?连我自己也弄糊涂了,还是来看看李清照《夏日绝句》怎么说:

> 生当作人杰,死亦为鬼雄。
> 至今思项羽,不肯过江东。

此诗无疑写于靖康之变后,但具体时间很难确定。靖康二年(1127年),金人攻陷帝都,并掳去徽、钦二帝,宗室赵构匆匆在应天府(今河南商丘)登基,撇下被占领的故土、沦陷的人民,还有祖宗的陵寝,匆匆南逃到扬州,接着匆匆逃到杭州,再接下来匆匆逃到温州。在民族和宗庙存亡的历史关头,赵构只忙着抢皇冠,忙着保性命,想也不能担起抗敌重任。

朝野先前对他充满希望,很快就转为失望乃至绝望。

《夏日绝句》就是在这种背景和心境下写成的。

"生当作人杰,死亦为鬼雄",活着就要做人中豪杰,死了也得成为鬼雄！刘邦曾称赞开国功臣张良、萧何、韩信为"人杰"。"鬼雄"来于屈原《九歌·国殇》："身既死兮神以灵，子魂魄兮为鬼雄。"（子魂魄兮一作：魂魄毅兮）刘、项那一代都是人中英灵，活就要活得惊天动地，死也要死得倒海翻江，是生是死都让人敬仰。

这位杰出的女词人尤其崇尚项羽："至今思项羽，不肯过江东。"项羽失败后勇于担责，士卒牺牲心存愧疚，战场杀红了双眼仍旧仁慈，犯下大错还知道羞耻，一败涂地照样是悲剧英雄，自刎乌江又何其悲壮！

回望秦汉那一代热血英豪的背影，再看看眼下这伙贪生怕死的鼠辈，对项羽们的景仰，便是对鼠辈们的轻蔑；纸面上是赞叹，纸背后是嘲弄。

杜牧以胸怀品性议人，认为一个人应该百折不挠，几起几落都一笑而过，拿得起又放得下，能够赢又不怕输，"包羞忍耻是男儿"，他推崇豪气凌云而又坚韧不拔的大丈夫。

王安石从现实形势立论，强调为人不可意气用事，王安石别具现实的清醒和历史的深度。

李清照这首绝句正气凛然，在没有英雄的时代呼唤英雄主义精神，一起笔就先声夺人，字字都力透纸背，读来让人荡气回肠。

三位名人，三首名作，三种不同角度，三个不同结论，大家说说，谁更有理？项羽算不算爷们？项羽该不该自杀？

6. 公有理还是婆有理？

读古代那些著名的理趣诗，我们会发现一个有趣的现象：对同一个人或同一件事，诗人们常常自说自话，而且公说公有理，婆说婆有理。诗人全都说得天花乱坠，而读者都看得眼花缭乱。下面李商隐与王安石这两首同一标题的《贾生》，就属于这种情况。

上次在项羽自刎上，王安石与杜牧说不到一块去，现在对贾谊的不遇，王安石与李商隐又话不投机。先看李商隐的《贾生》：

> 宣室求贤访逐臣，贾生才调更无伦。
> 可怜夜半虚前席，不问苍生问鬼神。

贾谊（前 200 年—前 168 年）世称贾生，是西汉初年著名的政论家、文学家。对社会虽有清醒的认识，对政治也不乏深远的眼光，因受到大臣周勃、灌婴等人的排挤，他的谋略无用武之地。贾谊的文才更为人所称赞，他留名青史的也是文学作品，十八岁他便以善文轰动文坛，鲁迅推贾谊的文章为"西汉鸿文"。由于对贾谊的文学才华大为赞赏，对他的人生际遇深表同情，司马迁特地将他与屈原合传，后世因而往往将他们并称"屈贾"。

  古代的圣贤中，最让我崇拜的要数孔圣人，倒不一定是他比别人更高明，而是他比别的圣贤更诚实，譬如"耕也，馁在其中矣；学也，禄在其中矣"二句，就诚实得让人痛苦。我国古人读书很少是因为"爱智"，大多数人是为了求官，说好听点是希望实现人生抱负，说难听点是想得到"黄金屋"和"颜如玉"，当然这二者能兼而有之更好，通常也真的能兼而有之——官场上实现了抱负，就不愁"黄金屋""颜如玉"。官运亨通的捷径就是皇恩眷顾，这样君臣际遇便是热闹的话题，放在今天会霸占热搜榜。

  譬如贾谊有高才却无高位，年纪轻轻就被贬长沙，壮志未酬便英年早逝，使他一直是后世诗人咏叹的对象。唐代刘长卿《长沙过贾谊宅》说："汉文有道恩犹薄，湘水无情吊岂知。"

生逢汉文帝这样的明君，贾谊又是才高一世的天才，但他不仅没有如鱼得水，反而因才得祸。文帝对他表面上非常礼遇，实际上并无知遇之恩。《史记·屈原贾生列传》记载了文帝与贾生那次"倾心交谈"："贾生征见。孝文帝方受釐，坐宣室。上因感鬼神事，而问鬼神之本。贾生因具道所以然之状。至夜半，文帝前席。既罢，曰：'吾久不见贾生，自以为过之，今不及也。'"这段话中有几个词要稍作解释。"受釐"就是举行祭祀后祭余之肉归致皇帝，以接受神的保佑。"宣室"是未央宫前殿的正室。"前席"就是谈话的时候，在座席上移动双膝靠近对方，通常指谈话十分亲密。

李商隐这首《贾生》，正是由上面这段记载生发的。"宣室求贤访逐臣"，此处"宣室"代指汉文帝，"求贤"而"访逐臣"，既"求"又"访"，汉文帝是多么求贤若渴。时贾谊已经被贬到长沙，"逐臣"这里指代贾谊。

"贾生才调更无伦"，"才调"就是才能、风调、品性。"更无伦"即更是无与伦比。一边是皇上求贤若渴，一边是贾生"才调无伦"，看来君臣遇合是必然的了，贾谊等着受重用吧！

前两句的写法是层层推进，既吊足了读者的胃口，又让读者掉入陷阱。

"可怜夜半虚前席","夜半"可见交谈时间之长,"虚前席"可见听得入迷。古人坐在地面的席子上,坐的方式是双膝跪地,臀部实际坐在自己脚跟上。聊得亲热开心的时候,就想双方靠得更近一些,双膝下意识地不断前挪,这就是诗中所谓"前席"。诗人通过这一细节刻画,把汉文帝倾心倾听入耳入神写得活灵活现。

你以为贾谊小子要鸿运高照,明早就会在仕途上一骑绝尘。岂料尾句突然反跌:"不问苍生问鬼神。"君臣整整交谈了一夜,可他们谈的既不是治国之道,也不是安民之法,而是问天地鬼神之原,求自己长生之方,总之,是聊了一夜的鬼话!

真是失望极了,滑稽极了,荒唐极了!

贾生"可怜",汉朝可悲!

诗的前三句一路拉升,一直把读者送上天顶,尾句突然撤走天梯,我们好像从天顶摔了下来,诗人的反跌用得真妙。

这种反讽是人间神品,先是把读者引入陷阱,最后才让真相大白,诗人诡计多端,读者也乐于中计;诗人只是点到为止,读者能心领神会,这是一次美妙的精神会餐。我们是在读一首诗歌杰作,又好像在听一个绝妙段子,掩卷之后仍然口有余香。

可王安石不这么看,你看看他的《贾生》怎么说——

一时谋议略施行,谁道君王薄贾生?
爵位自高言尽废,古来何啻万公卿。

熙宁二年(1069年),宋神宗独排众议,任命王安石为参知政事,开始了轰轰烈烈的"熙宁变法"。由于变法的手段相当激烈,执行又相当激进,一是触犯了许多人的利益,一是让许多人难以适应,变法遭到不少人的强烈反对。熙宁七年(1074年),王安石被迫辞去相职退隐江宁,但他的新法仍然还在推行。此诗或许就是在这种情境下写的。

"一时谋议略施行",贾谊所献的治国方略,他的那些政治主张,汉文帝一一付诸了实践。"谁道君王薄贾生?"这怎么能够说汉文帝薄待了贾生呢?

"爵位自高言尽废,古来何啻万公卿",历史上很多达官权贵,他们的官越来越大,他们的爵位越来越高,可是他们的奏议都被扔掉,建言全部被废弃,他们不过是一具具高官厚禄的腐尸。

王安石是一位有才华有魄力有理想的政治家,他不在乎职位的大小、爵位的高低，只看重自己的政治理想能不能实现。

问题是，贾谊的方略推行了吗？贾谊的理想实现了吗？贾谊同意王安石的评价吗？

朋友，汉文帝是厚待还是薄待了贾谊？你是同意李商隐还是同意王安石？